Meurtres bio

au château

Du même auteur :

Chez le même éditeur, dans la même collection
L'Avalanche, 2013

Chez d'autres éditeurs
Le Bal des Ours, Ed. du Bastberg, 2009
La Fille qui mourait dans l'aube, Ed. du Bastberg, 2007
Un siècle de ski dans les Vosges, La Nuée Bleue, 2001
Mortes neiges, Ed. du Bastberg, 2001

Grégoire Gauchet

Meurtres bio au château

roman policier

Collection
Les enquêtes rhénanes

Aux petites fleurs de nos sous-bois,
aux grands mammifères de nos conseils municipaux,
aux vertébrés et aux invertébrés.

Avertissement

Ceci est une fiction durable et revendiquée. Toute parenté avec des situations ou des personnages existant ou ayant existé “dans notre belle Alsace” relèverait du plus étonnant des hasards, bien que parfois les circonstances font bien les choses, la réalité dépassant, et de loin, la fiction.

« L'écologie est une affaire bien trop sérieuse pour
la laisser entre les mains des écologistes. »
Roland Fischer,
député-maire UMP de Sainte-Anastasie

« Blaise Poulossière sortit de sa poche
l'immensité d'un mouchoir à carreaux. »
René Fallet,
Les vieux de la vieille

1

Comment ces trois là s'étaient dégotés, c'est un mystère au moins aussi épais que celui qui voit le pissenlit pousser aux côtés de l'ortie et du bleuet dans les prés du Martialmatten. Pourtant, ils avaient lié amitié, de cette amitié naturelle des mauvaises herbes. Et le mystère avait d'abord pris le visage d'un improbable après-midi carpes *no kill* à l'étang de pêche du Wasserloch, le même étang où, trois semaines plus tard, on devait retrouver, nageant la brasse des grands paquebots et après bien des cadavres, toute la clique ou presque, baquant nue et criante de vérité dans les eaux vertes. Ni le Pissenlit, ni l'Ortie, ni le Bleuet ne s'étaient rendus là autrement que pour vidanger une sourde colère écologique, si grande qu'un bassin d'orage même intelligemment construit au bas des vignes n'aurait pu l'endiguer.

Le Pissenlit, c'est Claude Paille, un habitant du lotissement des Poètes, venu de Mulhouse se mettre au vert avec ses femmes. Il comprendra bientôt que la vie dans un village alsacien de carte postale soutient la comparaison avec le Chicago de la grande époque et avec la réputation finalement surfaite de sa ville natale. C'est un article d'importation. 41 ans, physique passe-partout du genre de ceux qui prolifèrent comme des pissenlits parmi les individus standardisés que produit la société, il est venu s'enraciner au volant de son monospace dans l'utopie pavillonnaire, les rêves de fraternité agreste, de BBQ, d'air pur et de calme. Sur son visage lisse jure un nez trop arqué qui fait que, finalement on se souviendra de lui avec un pincement au creux des reins si l'on est une femme, et une pointe de jalousie si l'on est de l'autre sexe. Des yeux noirs, des cheveux de la même cuvée achèvent de le rendre singulier. À qui veut l'entendre, le Pissenlit avoue une passion, purement théorique, pour le vélo tout-terrain. Ces virtuelles échappées en montagne, bien plus que le puissant lobbying exercé par ses compagnes avides d'élever leur future progéniture dans la tranquillité de la campagne, l'ont décidé à immigrer au pied des collines, entre l'Atlantique des vignes et le Pacifique des bois. Depuis son salon, outre les étonnants sous-vêtements rouges d'une voisine invisible à laquelle il se promet de rendre un jour visite, il voit le vignoble onduler, frôler les forêts de robiniers, de chênes, de pins sylvestres et de châtaigniers. Elles fraternisent en pagaille au dessus des rangées de ceps et habillent de dentelles vertes les ruines roses du château du Schweissberg, qui domine Rieswihr.

L'Ortie, c'est Morand. Un vieux garçon, le gardien du Schweissberg. Pas méchant, juste un peu rasant, parfois piquant et énervant, comme cette mauvaise herbe en cours de réhabilitation dans les jardineries. En tant que président de la Société d'Histoire Locale de Rieswihr et Environs (qui publie chaque année un bulletin, diffusé au Salon du Livre de Colmar, et veille à l'intégrité du château), il se présenterait bien comme un vieux Rieswihrien de quarante générations, ce qui nous ramènerait vers la fin de l'Empire Romain. Mais à la vérité, il n'est là que depuis la petite enfance ; un bail, tout de même, puisqu'il sautille vers ses 73 ans. L'Ortie et sa chevelure blanche préféreraient remonter à beaucoup plus haut et rivaliser avec les viticulteurs de Rieswihr, vieillis en fûts de chêne de père en fils depuis la création du monde. Mal léché par la solitude, il remâche une existence revêche d'agent du Trésor à la retraite et de vieux célibataire, qu'il promène dans le décor médiéval du village dont il surveille la moindre pierre avec une vigilance de boy-scout. Il dort dans l'une des plus vieilles demeures de Rieswihr. L'ancienneté de son logis valide presque le titre de noblesse auquel il aspire, le rapprochant de la lignée éteinte des maîtres du Schweissberg, les seigneurs de Burckheim, dont il ne peut s'empêcher de contempler l'ancien château. Ah, le Schweissberg... L'Ortie en atteste deux étymologies : le Schweissberg « montagne qui sue », tirant son origine d'une légendaire source vinique jaillissant de son flanc sud, et le Schweissberg « montagne des Suisses », une chronique du XVIe siècle gardant le souvenir d'une immigration bernoise. Évidemment, les plus irrespectueux des villageois l'ont surnommé la « montagne de m... », prétextant que les Suisses ont distrait le « w » en chemin.

Quant au Bleuet, c'est Maria. Ah, Maria... Elle a les yeux de la même couleur intense que la petite fleur des blés qui rend sentimental. Malgré ses 45 ans, elle semble vouloir éternellement rester dans la fleur de l'âge bleu. Rien à voir avec la blonde et fatale pin-up des légendes rhénanes, Maria est italienne par ses parents, arrivés des Pouilles cinquante ans auparavant. Une brune donc, plutôt élancée, généreuse, toute en courbes, un galbe à elle seule, les yeux pétillants comme du crémant. Avec son mari, Jean-Luc, le fils cadet d'un vigneron du (grand) cru, sur le front duquel, disent les mauvaises langues, elle fait pousser plus de cornes qu'un berger cévenol ne pourra jamais en compter sur la tête de ses chèvres, le Bleuet tient l'hôtel-restaurant du Cheval d'Or, rebaptisé officieusement la Corne d'or. Jean-Luc est aux fours, Maria au moulin de l'hôtellerie. Grâce au talent gastronomique de l'un et aux charmes de l'autre, l'affaire se porte bien. Enfin, avant que commence cette histoire...

Et pour que ces trois-là, le Pissenlit, l'Ortie et le Bleuet, se trouvent un dimanche à l'étang de pêche du Wasserloch au milieu des carpistes et de leur holocauste de merguez, il a fallu l'irruption brutale d'un événement extérieur, largué comme une bombe par la gazette locale, la seule à soupçonner l'existence de Rieswihr sur la mappemonde :

Un village vacances va s'implanter au Schweissberg, titre le journal sous la plume d'un certain O. K., ce qui pousse immédiatement le Pissenlit à supposer « Avec des initiales pareilles, on sait pour qui il roule... »

Dans les villages alsaciens, le journal se glisse à l'aube dans les boîtes aux lettres, avec la régularité que mettent les Rieswihriens à glisser leurs mains sous les jupes des femmes. C'est ainsi qu'on verse aux maisonnées leur rasade de nouvelles, en même temps que fument le café et les tartines ; à tel point que certains abonnés mal réveillés se trompent parfois et trempent leur journal dans le café, ce qui déforme inéluctablement l'information et est l'objet de bien des réclamations dans les rédactions.

En découvrant le journal, l'Ortie en avale sa ration de calcium de travers. À demi asphyxié, il pense un instant qu'il n'atteindra ni la fin du texte catastrophique dont le titre vient de le crucifier, ni son soixante-treizième anniversaire. Pour bien comprendre sa stupeur, sachez qu'il n'a auparavant jamais été question de construire un complexe touristique, et que Rieswihr n'est pas tout à fait une commune viticole comme les autres. Elle accueille un écomusée, célèbre dans tout le monde alémanique et même en France "de l'intérieur", où sont présentées les maisons traditionnelles et les us et les coutumes des petits pays d'Alsace. Le vrai village se double d'un faux village idyllique, où l'on croise des bouviers, des chevaux et des gens en costumes qui vivent comme au début du XXe siècle. Cela leur est un peu monté au cerveau, tous ces colombages, ces cigognes et ces géraniums : les Rieswihriens se sentent un peu la conscience et les vigies de l'"alsacianitude".

Présenté hier à Paris par le leader européen des résidences de vacances Bois & Loisirs, avec le soutien de la Caisse des Dépôts et Consignations et celui de la Région Alsace, le projet de village vacances prévoit la construction de quatre cents chalets de haute qualité environnementale et d'un aquapôle tropical à Rieswihr, dans la forêt du Schweissberg, lit l'Ortie, horrifié. Son premier réflexe, qu'il ne réprime pas, est de rouler en boule la feuille de chou et de la lancer à l'autre extrémité de la cuisine vers la poubelle crénelée destinée au recyclage du papier. Mais le journal, rebelle pour une fois, se redéploie en vol et atterrit à mi-chemin entre la cafetière et la bannette.

— Ah les sauvages ! s'exclame l'historien.

Il se met à arpenter la pièce, et décoche un coup de canne dans l'infâme gazette.

— Ils ne respectent donc rien !

Finalement, rongé par une curiosité aux airs de fatalité, il ramasse le quotidien et tente, d'une main que la colère fait trembler, de lui redonner une allure plane, susceptible d'autoriser la poursuite de la lecture.

C'est un projet de grande ampleur qui s'apprête à voir le jour dans la forêt de Rieswihr et qui constituera le plus grand investissement touristique de ces vingt dernières années en Alsace. Le leader européen des résidences de tourisme Bois & Loisirs a annoncé son intention d'aménager un village vacances de mille six cents lits dans la forêt du Schweissberg. Rieswihr abrite déjà l'écomusée, un des joyaux du tourisme régional, ainsi qu'un parc de loisirs sur le thème de la vie, le Biorama. Estimé à 200 millions d'euros, l'investissement se doublera de la construction d'un aqualude tropical, indispensable au succès de l'opération et capable d'attirer les vacanciers d'Europe du Nord. Jean-Pierre Ribeire, le PDG de Bois & Loisirs motive son choix par le plaisir qu'il a pris à découvrir l'écomusée l'été dernier. "Il s'agira d'une opération écologiquement exemplaire s'inscrivant dans une démarche de développement durable", affirme-t-il, la société s'étant pourvue en 2009 d'une charte écologique. Le projet tombe à pic pour relancer la fréquentation de l'écomusée, en baisse constante depuis cinq ans, et pour faire décoller celle du Biorama, le parc de loisirs créé en 2007 par la Compagnie des Pyrénées, qui reste loin de ses objectifs. Aux côtés de Jean-Pierre Ribeire, le député-maire UMP de Sainte-Anastasie Roland Fischer n'a pas caché sa satisfaction : "C'est un excellent projet, une chance pour Rieswihr et une chance pour l'Alsace toute entière, dans un contexte économique contraint, a-t-il déclaré. Nous ne pouvons que nous satisfaire de voir un investisseur de cette qualité venir s'installer chez nous, d'autant que les retombées pour les entreprises locales seront considérables."

Concrètement, le Syndicat mixte du Biorama du président Albert Vogel devrait acquérir prochainement un terrain de 200 hectares pour le rétrocéder ensuite à l'euro symbolique à Bois & Loisirs. Ce projet d'ampleur n'aurait évidemment pu se concrétiser sans le soutien précieux de la Caisse des Dépôts et Consignations et des collectivités locales. L'inauguration est d'ores et déjà annoncée pour l'été 2013. Cerise sur le gâteau, l'investissement s'accompagnera d'un déploiement exemplaire sans précédent d'énergies renouvelables, avec notamment une éolienne géante couronnant le château du Schweissberg.

Furieux, l'Ortie déchire cette fois-ci le journal et saute à pieds joints sur les lambeaux. Il se précipite à la fenêtre et contemple la colline du Schweissberg et son château, SON château.

— Une éolienne ! rugit-il.

Pas question de laisser faire ce sacrilège. Et, les yeux dans les yeux du Schweissberg, il fait le serment à Harold de Burckheim de résister à l'invasion des hordes barbares de promoteurs et d'éoliennes, serment qui le mène en début d'après-midi sur les berges du Wasserloch, où il espère pactiser avec d'autres croisés.

2

— Tu devrais aller à l'étang de pêche et leur expliquer, c'est ton rôle de maire. Mille six cents lits, ça va faire des remous, JiPé.

Jean-Pierre Fecht dévisage sa femme Lucie, avec cette expression énigmatique et plaisante qui lui donne un air de confirmand et fait qu'on ne sait jamais s'il est sincère, distrait, ou séduit, mais qui laisse à l'interlocuteur une impression apaisante.

Depuis ce matin, les téléphones ne cessent plus de sonner. Au début, JiPé a répondu. Puis il a débranché tous les moyens de communication.

— Il s'est absenté, a dû répondre Lucie, très agacée, à ceux qui venaient sonner à la porte.

Pris au dépourvu, le maire a tenté de contacter le député Roland Fischer pour lui demander des explications. Mais son ennemi héréditaire, le député-maire de Sainte-Anastasie, président de la Communauté de Communes des Coteaux (CoCoCo pour les initiés) à laquelle Rieswihr appartient, est injoignable. À croire que « Schwarzkopf » (son sobriquet) a délibérément organisé le silence radio.

— Petit con, grogne JiPé.

« Démerde-toi tout seul », songe-t-il amèrement : tel est, en substance, le message politique que lui adresse Roland

Fischer avec un doigt d'honneur qui, pour virtuel qu'il soit, n'en est pas moins charnu.

Le maire de Rieswihr n'est pas un mauvais homme. On peut même affirmer que pour un professeur de gymnastique entiché d'idées humanistes, il relève le niveau général dans la CoCoCo. Dans le canton, si le canton a encore une signification, on en connaît des qui deviennent de petits tyranneaux locaux à force de régner, ou qui finissent par confondre le village et leur jardin, d'autres qui délèguent à tout bout de champ et qu'on voit à la mairie tous les 32 du mois de février, d'autres encore qui sont rien que des fils à papa mis en place par un vieil imbécile qui s'est pris soudain pour le roi Soleil, et d'autres enfin qui sont de fieffés benêts élus par leur épouse ou par un concours de circonstances, et qui s'avèrent incapables d'administrer même leur propre ménage.

Le Jean-Pierre, ou JiPé, comme on l'appelle à Rieswihr, en terminera bientôt avec son deuxième mandat. Il a été réélu au premier tour avec le plein des voix, ce qui, dans nos villages où on peut voter pour qui on veut, même pour ceux qui ne se présentent pas, et mélanger à discrétion les listes ennemies, est un indice flagrant d'opinions favorables. Mais le maire, ce matin, n'en mène pas large et ne fait pas l'unanimité devant madame le maire, qu'on sait deux fois plus ambitieuse que son homme.

— Leur parler pour leur dire quoi ? Puisque je te répète que je tombe des nues, Lucie ! s'énerve-t-il enfin. Je ne suis au courant de rien. C'est encore un coup de Schwarzkopf ! Il veut torpiller le projet-phare de mon troisième mandat !

— Tu as intérêt à rebondir, mon chéri.

— Je ne suis pas un ballon de foot !

Le projet-phare de son futur troisième mandat, c'est un « écohameau ». Dans sa bouche, ce néologisme fond comme un caramel. À l'exemple de nombre de ses pairs désormais démangés par l'écologie, Jean-Pierre a assisté à la projection de *Une Vérité qui dérange*, le film réquisitoire d'Al Gore, dont l'industrie du cinéma a inondé la planète. Désireux de pousser ses semblables vers une prise de conscience, il l'a fait diffuser à l'Agora lors du Grenelle local de l'environnement, lancé par son rival Schwarzkopf pour être bien vu du ministère de l'Écologie. Tout ce remue-méninges a abouti à la signature par la CoCoCo d'un « plan climat territorial », listant une série de mesures pour diminuer localement les rejets de gaz à effet de serre, et pour se retrouver en 2020, à Rieswihr, Sainte-Anastasie et autour, dans les clous du protocole de Kyoto. Eh oui, à Rieswihr, on contribue aussi à la lutte contre le réchauffement climatique. Et c'est dans ce contexte qu'a germé en lui l'idée de la construction d'un quartier vertueux, composé de maisons passives et animé d'une nouvelle façon de vivre ensemble. Bref, Rieswihr incarnera l'habitat du XXIe siècle. Avec cette histoire de Bois & Loisirs, JiPé voit venir gros comme une *passiv Haus* la manœuvre de Schwarzkopf pour supplanter son écohameau avec un village vacances HQE.

— Je te rappelle, JiPé, que la campagne des municipales va bientôt commencer, reprend Lucie, qui ne perd jamais le nord.

— Justement, Schwarzkopf aurait pu m'en parler avant et m'associer à la communication. Merde, ça se passe quand même chez moi !

— Il aura voulu se réserver un effet d'annonce pour s'arroger la paternité du projet, JiPé. N'oublie pas qu'il a de l'ambition, lui.

Jean-Pierre Fecht ne s'attarde pas sur le « lui ». Il n'a déjà pas envie de se disputer avec ses administrés, alors avec sa femme...

— Tu en penses quoi, Lucie ?

— Moi ? Mais je ne suis pas monsieur le maire, JiPé.

— Oui, mais tu es l'élue de mon cœur, avec un score digne de Sarkozy dans le canton de Habsheim, et l'élue de mon cœur est une femme avisée, flatte-t-il, un peu mièvre.

— Avisée quand ça t'arrange, oui. Allez ! Secoue-toi et va donc au Wasserloch leur dire la vérité !

— Quelle vérité ? Que je suis placé devant le fait accompli, que je ne sais même pas ce qui se passe dans ma propre commune ? Merci ! Ils auraient quand même pu me demander mon avis ! Merde ! Elle est où la démocratie, dans cette histoire !

— Laisse la démocratie où elle est et va à l'étang de pêche, Jean-Pierre ! se fâche Lucie. Tu n'as qu'à leur proposer une réunion publique et réunir le conseil municipal en séance extraordinaire. On ne pourra pas dire que tu seras resté les bras croisés. C'est quand même quatre cents chalets qui sont en jeu ! Ce n'est pas rien pour le village, surtout dans la situation actuelle...

Jean-Pierre réfléchit à la suggestion de sa femme :

— Oui, c'est une bonne idée. Et ça damera le pion à Schwarzkopf et à ses prétentions écologistes. Je vais lui montrer, moi, ce que c'est que la démocratie participative et l'écologie.

— Qu'est-ce que tu entends par là, Jean-Pierre ?

— J'entends que je m'entends, lâche-t-il.

Lucie roule de gros yeux.

— Tu ne vas quand même pas t'opposer au village vacances simplement parce que tu es vexé de ne pas avoir été prévenu ?

3

Philippe Dirringer, le président de l'association de pêche, s'est bien un peu étonné du succès inaccoutumé rencontré ce dimanche matin par la journée carpes *no kill* du Wasserloch. À croire qu'une brusque passion halieutique a saisi les Rieswihriens durant la nuit. Assis sur son tabouret, les jambes gainées jusqu'aux fesses de cuissardes marron, la haute silhouette courbe et camouflée du président Dirringer surveille d'un œil vif ses trois gaules frôlées par des poissons pansus effleurant la surface de l'eau verte. De l'autre œil, il observe la parade inhabituelle des villageois venus humer l'air de l'étang, comme sur la Croisette. Il sent bien que tous viennent à la pêche aux infos. Ici et là, quelques conversations naissent, qui s'évaporent aussitôt. Philippe Dirringer n'est pas dupe : lui aussi a lu le journal. En pêcheur expérimenté, il laisse traîner au pied de son trône d'Attila des étangs un exemplaire du journal, histoire d'appâter.

Après quelques approches cursives dignes d'un vieux goujon, l'Ortie vient mordiller. Philippe Dirringer rit intérieurement. L'Ortie appartient à cette secte de Rieswihriens lettrés remplis de mépris envers les adeptes de Neptune, considérant comme un plaisir vulgaire le plaisir simple qu'on prend à passer la journée au bord de l'eau, à manger des saucisses, boire des Meteor, et attraper des carpes qu'on relâche ensuite pour la beauté du geste.

— Bonjour monsieur Dirringer. Vous avez lu le journal ce matin ? s'enquiert l'Ortie.

Philippe Dirringer reste muet comme un carpiste, résolu à laisser le vieux garçon sur sa faim, si bien que le président de la Société d'Histoire, décontenancé, astique ses lunettes pour ne pas perdre pied et s'éloigne en direction du *club house*, où il espère trouver plus bavard.

Bingo. À proximité directe des barbecues, une conversation pour le moins animée oppose le Bleuet au « Chean-Paul », le patron du café Au Lion Rouge. De quoi se parlent ces deux-là ? L'Ortie s'approche et tend l'oreille.

À Rieswihr, tout le monde sait que le Chean-Paul est une grande gueule. Il parle tout haut de ce que beaucoup pensent tout bas en ayant un peu honte d'eux-mêmes. Derrière son comptoir, il dit du mal des étrangers et du bien du borgne de la Trinité-sur-Mer. Le Bleuet, c'est plutôt le contraire, politiquement s'entend. Elle milite chez les écologistes et dirige une association locale, Rieswihr Invitation Nature, qui emmène les enfants de l'école, les citadins et les touristes dans les collines observer les petites fleurs et les animaux du Schweissberg. L'inimitié remonte au collège. Le Chean-Paul, qui n'est jamais parvenu à ses fins avec elle, s'est déjà pris quelques paires de gifles. Il se venge en faisant courir des ragots sur la vertu du Bleuet, et des blagues salaces sur les immigrées italiennes. C'est sûr, il ne titre pas 12,5° comme son pinard sur l'échelle de la connerie humaine, mais un bon 80.

— Tu dis ça parce que tu ne veux pas de concurrence à ton hôtel ! Mais moi je dis que des milliers de touristes c'est bon pour les affaires ! disserte vertement le Chean-Paul de sa voix graisseuse, en cognant le pied vert de sa flûte sur le sapin du bar.

— Parce que tu crois qu'un touriste normalement constitué mettrait plus d'une fois les pieds dans ton boui-boui ! Tu rêves, mon pauvre Jean-Paul.

Le Chean-Paul, il est con mais c'est pas un rêveur :

— Le Lion Rouge n'est pas un boui-boui, c'est un iris(c)h bar ! proteste-t-il, en insistant sur le « c ».

— Un irish bar à Rieswihr ! Laisse-moi rire, ton truc n'a d'irlandais que le nom !

— Je suis le seul dans le coin à faire de la Guiness à la pression, le Bleuet !

Le Bleuet lampe une gorgée de muscat et le toise avec un air de défi qui ajoute encore à son terrible pouvoir de séduction.

— Et de la harpe celtique, t'es aussi le seul à en jouer, à Rieswihr ? Facho, va !

— ...

— J'aimerais bien voir la tête d'un Irlandais de Galway entrant chez toi, surtout s'il est né à Alger et que tes clients sont en train de jouer aux fléchettes !

Atteint dans ses convictions, le Chean-Paul se met à ricaner pour donner le change. Mais on voit bien à sa bouche tordue qu'il accuse le coup. Il cherche une réplique cinglante qui finit par jaillir :

— De toutes façons, avec le député Fischer contre vous, vous l'aurez dans le cul, vous autres les écolos ! Jean-Pierre en premier et toi avec ! Au Schweissberg, de toutes façons, y'a rien qu'une forêt pourrie qu'on ferait même pas du bois de chauffage avec ! Et des cailloux qui menacent de tomber sur la gueule des gens. Alors le Bleuet, moi je dis qu'un village vacances, ce sera au moins l'occasion d'en finir avec cette forêt. Parce que c'est pas un château à moitié éboulé, une ruine, qui va attirer les touristes chez nous !

Piqué au vif, l'Ortie entre dans la danse :

— Une ruine ! Vous y allez fort, jeune homme ! Vous parlez de l'ancienne demeure d'Harold de Burckheim !

Le Chean-Paul tourne la tête vers la droite et reconnaît l'historien, qui le fixe avec un air de vindicte aristocratique.

L'Ortie, il met jamais les pieds au Lion Rouge. Il s'arrête à peine de temps en temps au Cheval d'Or pour vider un pichet d'"edel" et mater le Bleuet, qui vaut tellement le détour à elle seule qu'elle devrait être mentionnée dans le guide Michelin.

— Qu'est-ce qu'il me veut, le paléontologue, avec ses de Burckheim ? Tu vois pas qu'il ne reste plus rien là-haut, pépé ? Tu sais pas qu'on leur a coupé la tête et le reste, à tes particules ?

— Le Schweissberg est classé monument historique, et personne n'a le droit d'y toucher ! se cabre l'Ortie.

Il bouillonne d'exaltation et, forcément, ça amuse le Chean-Paul et son solide abdomen de voir l'ancêtre sortir de ses gonds.

— Et toi aussi, t'es classé monument historique, l'Ortie ? Toi aussi, on n'a pas le droit de te toucher ?

Le Bleuet vole au secours du septuagénaire :

— L'Ortie a raison ! Et la forêt aussi, elle est classée « pas touche ». Elle est incluse dans le périmètre de protection du Schéma de Cohérence Territoriale de la CoCoCo, mon p'tit Chean-Paul.

Le Chean-Paul pivote cette fois vers la gauche et toise l'hôtelière.

— Vous comptez me faire attraper un torticolis, vous deux ?

— Le torticolis je ne sais pas, jeune homme, mais ma main sur la figure, assurément, si vous touchez ne fût-ce qu'à une seule pierre du Schweissberg ! subjonctivise l'Ortie, que la proximité du Bleuet galvanise.

Faut se méfier de l'amour qui dort chez les vieux garçons, ça se réveille comme un Etna.

Le Chean-Paul, surpris par l'attaque, a une moue méprisante. Il fixe le Bleuet, narquois :

— C'est ton nouvel *escort-boy*, le Bleuet ? Tu les prends à l'hospice de Sainte-Anastasie maintenant ?

Il ne devrait pas faire trop le malin avec le Bleuet, le Chean-Paul. À Rieswihr, les femmes, question actualité *people*, on ne sait pas comment elles font mais elles savent tout avant même que ça ne paraisse dans *Voici*. Surtout le Bleuet qui, avec le Cheval d'Or, occupe une place stratégique.

— Et ta femme, elle s'appelle « Reviens » ou pas, finalement ? lâche-t-elle d'une voix mielleuse qui ne trompe personne autour d'eux ; parce qu'évidemment, l'esclandre a créé un attroupement.

C'est comme ça qu'on apprend que Martine, l'épouse du Chean-Paul, est partie la semaine d'avant non pas en cure à Amélie-les-Bains pour soigner de l'asthme, comme il le claironne au Lion Rouge, mais pour une lune de miel adultère avec l'employé des surgelés SuperFrost, celui-là même qui passe tous les mercredis fournir les ménagères en gratins dauphinois et autres plaisirs du palais, et qui est, en plus, d'origine tunisienne, ce qui la fout mal pour un raciste du diamètre de Chean-Paul.

— Salope ! s'exclame-t-il, humilié. Ma femme est à Amélie-les-Bains !

Et, joignant le geste à la parole, il balance une grande claque au Bleuet qui l'envoie à la renverse sur les berges du Wasserloch, même que plus d'un Rieswihrien vous affirmera connaître la couleur rose de la culotte du cheval blanc d'Henri IV qu'elle portait ce jour-là…

Voyant la scène, l'Ortie se prend pour le chevalier Bayard ou on ne sait quel héros renaissant issu de la défunte lignée des de Burckheim :

— Lâchez cette femme, manant ! ordonne-t-il au patron du Lion Rouge.

Le Chean-Paul regarde avec étonnement le moustique énervé qui l'insulte et agrippe son tee-shirt *Guiness is good for you* en essayant vainement de le bouter hors de son tabouret. Quand l'Ortie surexcité lui décoche un poing aigre dans le nez, il perd patience, se lève, le soulève, s'approche de l'étang et… envoie l'histoire médiévale se baigner dans le Wasserloch. En plein vol plané, le président de la Société d'Histoire Locale de Rieswihr et Environs hurle qu'il ne sait pas nager. On entend ensuite un "plouf" sonore, et les clapotis qui en résultent déclenchent les avertisseurs des cannes à pêche, à croire que toutes les carpes se sont donné le mot pour mordre en même temps. S'y mêlent les glapissements et crachotements de l'Ortie qui se noie en bonne et due forme.

Le Chean-Paul est en train de regretter son geste, il se tient tout déconfit sur le talus tandis que les Rieswihriens accourent. C'est l'instant de relâchement que choisit le Bleuet pour lui rentrer dans le lard. Et question pare-chocs, le Bleuet est bien armée. Le Chean-Paul, propulsé dans la baille, emporte dans sa chute une haie de cannes à pêche. Devant tant de vandalisme, Gilbert, un sociétaire du club, se fâche.

Il expédie le Bleuet dans le sillage du Chean-Paul en jurant en dialecte, preuve qu'il est vraiment pas content. Alors le Pissenlit – le gars du lotissement qui a les cheveux noirs comme de la suie – qu'on avait pour ainsi dire jamais vu au Wasserloch et dont on pensait qu'il ne savait pas distinguer une carpe d'une sirène, a plongé pour secourir l'hôtelière.

Mais quand on connaît pas, il faut se méfier. À cet endroit-là, le Wasserloch c'est pas les calanques de Marseille : soixante centimètres de profondeur, tout au plus. Alors le Pissenlit se mange la vase. Ce qui ne l'empêche pas de refaire surface et de se porter au secours du Bleuet ; ça doit être ce que Darwin appelle la sélection naturelle. Le Chean-Paul, lui, crache de l'eau boueuse. Il a les pieds englués dans le fond, on dirait un hippopotame. Si bien que le flegmatique président Philippe Dirringer quitte ses gaules :

— On n'a pas le droit de perturber les carpes comme ça ! La baignade est interdite au Wasserloch ! Calmez-vous ou j'appelle les Brigades Vertes ! tance-t-il.

C'est dans ce brouhaha nautique qu'on s'aperçoit que l'Ortie n'est pas mort noyé. Le maire, le Jean-Pierre, aux abonnés absents depuis le matin, tient dans ses bras musculeux le président de la Société d'Histoire comme un bébé de l'année. Il est beau, le Jean-Pierre, il sent bon le sable chaud, il a de la boue jusqu'à la taille, il affecte l'air ténébreux de ses affiches et ramène tranquillement l'Ortie inconscient vers la rive. Un silence respectueux se fait dans son sillage, juste rompu par une carpe anxieuse. Avec la lumière d'été qui caresse les eaux vertes, on dirait Jésus traversant la Mer Rouge. Et on comprend à cet instant que cette histoire de village vacances vient de lancer avant l'heure la campagne des municipales, et que le Jean-Pierre, qui a pris le temps de se mettre en caleçon avant de se jeter dans l'étang, n'est pas prêt de céder son maillot.

Autour de lui, un cercle d'admirateurs se forme. Le Bleuet, sortie des nageoires du Pissenlit, se penche sur l'Ortie que Jean-Pierre vient de déposer, et lui fait de la réanimation.

— Le baiser de la mort, grommelle le Chean-Paul, que ses copains Jacques et Raymond ont hélitreuillé sur la berge.

— Si j'avais su, je me serais noyé aussi, glisse Raymond.

4

La nuit porte conseil, dit-on, et des conseils, Jean-Pierre Fecht en a besoin : il compte bien être réélu dans cinq mois. Il utilisera Rieswihr comme rampe de lancement pour ravir la présidence de la CoCoCo, et la circonscription, au député-maire de Sainte-Anastasie, Roland Fischer. Le coup du village vacances est la goutte d'eau qui a fait déborder le vase. Il met la nuit à profit (même s'il n'aime pas ce mot « profit », trop connoté) pour peser le pour et le contre du projet Bois & Loisirs. Mais il ne parle pas de ses conclusions nocturnes à sa femme Lucie, dont l'amitié avec Florence Fischer, fille unique de l'ancien député Modeste Schaeffer et épouse de son ennemi Schwarzkopf, l'agacent.

Fort d'une conviction nouvelle forgée sur l'enclume de l'écologie, il sonne le fidèle Yves Stucki, secrétaire de mairie, pour mettre au point la riposte :

— Il faut organiser une réunion publique à l'Agora et préparer le terrain pour les habitants !

L'idée de la réunion, suggérée par son épouse, est excellente, songe-t-il : « une initiative en phase avec ma promesse d'enclencher une véritable mécanique de démocratie participative.» Mais en politique, constate-t-il en s'aspergeant les joues de crème à raser, mieux vaut être prudent. Deux mandats lui ont appris à évaluer le sens du vent, sens qui se confond, parfois, avec sa conception de l'intérêt général.

Aussitôt dit, aussitôt fait. Autour de lui, outre le dévoué secrétaire de mairie, il y a le premier adjoint René Faller, un solide viticulteur qui a les pieds plantés dans la terre comme deux ceps, et l'adjointe à l'urbanisme du village, Suzanne Seyller, secrétaire médicale dans le civil et énigme bavarde pour tous.

— Tu as bien séché Jean-Pierre ? s'enquiert la Suzanne, par allusion au Wasserloch.

— *"S'esch" guet,* rigole le René en un approximatif jeu de mots alsatico-français, qu'on peut traduire par "j'ai bien séché mes couettes".

Ils sont assis dans la salle du conseil, une pièce modeste alliant boiseries murales et mobilier contemporain labellisé *Safety Forest,* choix fechtien qui marque la volonté de Rieswihr et de son maire d'inscrire leur trajectoire dans celle du développement durable. Dans un alvéole éclairé de bleu par une diode basse consommation, un buste de Marianne dénudée (dont les obus impressionnants rappellent tout autant l'enfer du Hartmannswillerkopf, le Monument aux Morts, que la poitrine du Bleuet) parade, ceint d'une étole tricolore transparente qui ne cache rien de ses arguments démocratiques.

Le fidèle Yves Stucki allume son Toshiba.

— Regardez, monsieur le maire.

Jean-Pierre considère avec hargne le blog de Schwarzkopf. Le député-maire de Sainte-Anastasie est un homme pressé.

Il apparaît les joues roses, poupin, gonflé d'importance et coiffé du célèbre brushing bleu argenté qu'il a choisi pour ses affiches électorales, brushing qui contribue à son succès auprès des rombières de Sainte-Anastasie et fait se gondoler les Rieswihriens, qui se demandent quel shampooing extravagant le député peut bien utiliser pour parvenir à cet incroyable résultat plus proche du renard argenté que de la lotion capillaire.

— *Fischer, le contrat confiance,* lit perfidement Jean-Pierre Fecht. Ce n'est pas possible, il pêche sa communication chez Darty !

Sur le blog bleu horizon du député, sous un lien reliant l'internaute aux interventions de l'élu à l'assemblée nationale, Schwarzkopf promeut le projet de village vacances, dont une attrayante esquisse dévoile les chalets haute qualité environnementale.

— *Bois & Loisirs, une chance pour notre région,* lit le JiPé.

Des gens heureux entourés d'enfants souriants se promènent entre les cottages, devant la ruine magnifiée du Schweissberg surmontée d'une éolienne blanche, gracieuse, aux airs bucoliques et agrestes de marguerite géante.

Le Jean-Pierre, incertain et prudent, sonde l'opinion de ses conseillers :

— Vous en pensez quoi ?

— C'est pas mal, ça en jette, observe le premier adjoint René Faller. On dirait un peu Jack et le haricot magique.

Le fidèle Yves Stucki n'émet aucun commentaire, devoir de réserve oblige.

La Suzanne Seyller fait des ronds dans l'eau de l'indécision :

— Je regrette que les élus du conseil municipal n'aient pas été préalablement informés, dit-elle.

— Je suis le premier à le regretter, Suzanne, reprend Jean-Pierre. Fischer a joué perso… C'est dommage… Et toi, René ?

— Faut voir à voir ce qu'ils proposent, lâche le viticulteur. Deux cents millions d'euros, ce n'est pas rien…

— Vous avez vu comme moi hier au Wasserloch que la question crée un vrai débat dans le village. Je souhaite que la décision soit prise dans une démarche de coproduction exemplaire avec notre population, poursuit le JiPé. C'est pourquoi je vous propose d'organiser une réunion publique participative dès ce soir à l'Agora.

— Je n'ai rien contre, dit le René Faller, mais il faut voir à ne pas trop ralentir les choses si on veut que le projet se fasse…

— Ou qu'il ne se fasse pas… dit Suzanne.

— Bon, mettons vingt heures ce soir, reprend le Jean-Pierre. Yves, tu nous trouves une sono. Moi, je vais joindre Fischer et l'inviter, on ne peut pas faire autrement, qu'il vienne faire part lui-même du projet et de ses positions à la population. Je vais aussi prévenir personnellement les autres conseillers municipaux, qu'il n'y ait pas de malentendu.

— Y compris l'opposition ? demande la Suzanne.

— Y compris l'opposition.

Il se tourne vers le secrétaire de mairie :

— Yves, préparez un communiqué que vous diffuserez sur le site de la mairie, en alerte mail et par SMS. Et envoyez Pascal entre midi et deux faire le tour des rues du village pour informer de vive voix les habitants.

Pascal Geishouse, c'est l'unique agent communal du village : cinquante-sept ans, le "couteau suisse" de Rieswihr. Il arrose les pélargoniums, désherbe mécaniquement les caniveaux, cure les fossés, rechausse les pavés. En cinq ans,

Pascal est passé de la culture du tout chimique aux méthodes naturelles. Comme le JiPé, il s'est converti. C'est aussi lui qui rebouche les nids de poule, taille les tilleuls de la rue du Général Leclerc et ceux de la place de la Mairie, explique aux habitants comment on trie ses déchets. Il est membre de Rieswihr Invitation Nature, l'association du Bleuet. C'est un bon gars, finalement assez secret, qui vit seul dans un petit appartement mis à disposition par la Commune.

L'une de ses attributions, la plus originale sans doute, est celle de garde champêtre. À Rieswihr, on a renoué avec la tradition tambour-major. Voyez y l'influence des bénévoles de l'écomusée, celle de Jacques Tati, ou la manifestation du goût *vintage* de Jean-Pierre pour un passé rural idéalisé, toujours est-il que le Pascal a été doté par le conseil municipal d'un tambour... Mais pas n'importe quel tambour : le JiPé a souhaité instiller dans la démarche un zeste d'esprit d'ouverture au monde. Pascal s'est donc vu remettre un djembé africain, cadeau offert par le chef du village malien avec lequel Rieswihr est jumelée. C'est l'une des deux quintessences en action de la philosophie fechtienne : « Agir ici pour là-bas » et « penser globalement, agir localement ». Moyennant quoi, tous les cinq ans, les élus prennent l'avion pour Bamako aux frais du village. Au début, le djembé, c'était un peu bizarre. On aurait dit une bande de jeunes ou le festival d'Avignon. Depuis, les gens s'y sont habitués, à part quelques vieux réactionnaires peu ouverts aux coutumes étrangères ; le Chean-Paul pour ne pas le nommer. Cette andouille a aussitôt dénoncé une africanisation du village et une atteinte intolérable à la culture alsacienne. Pourtant, Pascal n'abuse pas de son tam-tam. On n'entend retentir son bruit mat dans les ruelles moyenâgeuses que de temps en temps, au gré des nouvelles à annoncer (réunion du conseil municipal, mesures prophylactiques contre la dernière pandémie grippale, festival de théâtre à l'Agora, Fête du Grand Cru Schweissberg...).

— Et Yves, répétez bien que les débats seront suivis d'un verre de l'amitié !

— Et que les verres seront gratuits... s'amuse Suzanne Seyller.

— Les esprits se seront apaisés, ajoute René Faller, optimiste.

5

Apaisés, apaisés… il ne faut peut-être pas faire preuve d'angélisme, non plus… Ce n'est rien de dire que la réputation de fiers-à-bras des anciens sujets de Harold de Burckheim est célèbre dans tout le canton, et plus particulièrement à la brigade de gendarmerie de Sainte-Anastasie. Leurs penchants frondeurs sont même réputés jusqu'à Colmar, où le préfet Legradec les considère comme des paysans mal dégrossis, des sortes de Sundgauviens du nord. Rieswihr, c'est la forêt de Sherwood, on ne s'y aventure pas sans bonne escorte. Mais comme le village associe son nom à celui de l'écomusée, les détracteurs ne disent rien à voix haute et passent l'éponge. Ils pensent que ça doit être normal, ici, d'avoir conservé les us et coutumes d'avant la civilisation, et d'entretenir une agora.

Celle-ci est aménagée dans une ancienne carrière de grès où nos ancêtres débitaient des blocs pour construire leurs fermes et le château. Mieux vaut amener son coussin, pour s'assurer d'une soirée confortable, car sinon on pose ses fesses sur des roches brutes. L'Agora ouvre chaque été son esplanade à un festival de théâtre amateur, où Aristophane trinque avec Courteline, Molière avec Sophocle, et Salacrou avec Freddy Willenbucher. C'est le côté greco-alsacien des Rieswihriens, huit cents habitants au village, un peu plus les années bissextiles. Et ce qu'on diffuse à la télévision ce lundi soir, personne ne le saura car tout le monde est là. La Caisse des Dépôts et Consignations (dont les Rieswihriens pensaient jusqu'alors qu'il s'agissait d'une enseigne de dépôt-vente où vous recyclez le canapé de la grand-mère), avec son projet de multiplier par trois la population du village, d'aménager une piscine tropicale et de construire une éolienne géante au Schweissberg, suscite la curiosité, c'est un euphémisme.

Le député Fischer, convaincu d'incarner le progrès en marche, ne se dégonfle pas. Il arrive dans une luxueuse Citroën C6 de ministre, conduite par son chauffeur, Loïc Felzach. Il ne passe pas inaperçu, Schwarzkopf : une si grosse voiture pour un si petit homme ! Rondouillard, souriant, un bonhomme de dessin animé coiffé d'une chevelure dick-riversienne. Et le voici serrant la louche des gens avec un sourire de dorade royale, s'attardant, se faufilant vers l'estrade sans se presser. Pendant ce temps, la sonorisation diffuse des chansons d'Anaïs, et d'autres de Francisco Lolona, dont le maire est un grand fan. La réunion participative affiche l'air aimable d'une kermesse paroissiale ou d'une *surprise party* timide. Les Rieswihriens peuplent les gradins, alléchés par la perspective du pot de l'amitié dont il est connu qu'il s'achève parfois tard dans la nuit, et par le récit homérique qu'on leur a fait du scandale de la veille au Wasserloch.

Le JiPé frappe les trois coups du premier acte. Bon, ce n'est pas *La Dame de chez Maxim* qui est au programme, mais on s'attend globalement à rigoler un bon coup.

— Mes chers Rieswihriennes et mes chers Rieswihriens (Jean-Pierre, il commence toujours par le genre féminin, pour montrer qu'il soutient la parité hommes-femmes même si, au final c'est lui qui reste maire), je vous remercie d'être venu(e)s en nombre ce soir. En préambule et avant que d'aller plus loin, je voudrais vous rappeler que nous sommes ici à l'Agora qui, comme son nom l'indique, est un lieu d'expression de la démocratie. Toutes celles et ceux qui le souhaiteront pourront prendre la parole, dans le respect de l'opinion des autres, sans lequel il n'y a pas de débat possible.

Il marque un temps d'arrêt et pèse ses mots :

— Ce qui nous amène ici ce soir, vous le savez, vous avez tous lu l'article paru hier, et qui a, si j'ose dire, causé quelques remous.

Vague de rires.

— Jean-Pierre ! Mouille ta chemise !, crie quelqu'un.

— Comme moi, et comme le conseil municipal, vous avez découvert que le syndicat mixte du Biorama, le Symbior, et la société Bois & Loisirs projettent de construire au Schweissberg un village vacances, et cela suscite parmi nous bien des interrogations. C'est légitime et c'est la raison pour laquelle j'ai décidé d'organiser une réunion publique. Ceci dit, avant de passer aux questions, il me semble pertinent de donner la parole au député Roland Fischer, qui nous fait le plaisir d'être parmi nous ce soir.

— Mon cher Jean-Pierre, je te remercie, commence Schwarzkopf de son ton enjoué et paternaliste. Je ne viens pas il est vrai aussi souvent que je le souhaiterais à Rieswihr, c'est la politique qui le veut (Paris me retient plus que je ne le voudrais), mais c'est avec plaisir que je m'y rends chaque fois que tu m'y invites et que j'y apprécie la célèbre convivialité de ses habitants. Notre rôle à nous, élus, est de favoriser la prospérité de nos territoires, et par cela de créer les conditions favorables à l'éclosion de l'investissement. Alors un chiffre, d'abord : deux cents millions d'euros. Oui, vous entendez bien, mes chers amis, deux cents millions d'euros ! Vous allez dire “le député Fischer rêve, ou il a gagné au loto” ! Non ! Deux cents millions d'euros, c'est le montant de l'enveloppe dont bénéficiera Rieswihr pour la réalisation du projet Bois & Loisirs. Il faudrait être fou pour la refuser...

Rires dans les gradins.

— J'en discutais encore la semaine dernière avec Jean-Pierre Ribeire, le PDG de Bois & Loisirs. Il y a quatre cents chalets à construire, et nous entendons bien que ce chantier d'ampleur soit profitable aux entreprises locales. La CoCoCo, que je représente, s'est fortement engagée au travers de son plan climat territorial. Je n'ai pas peur de dire que le projet Bois & Loisirs s'intègre à la perfection dans cette philosophie du développement durable. Photovoltaïque, solaire thermique, puits canadiens, géothermie et biomasse seront privilégiés. Et ce n'est pas tout, Bois & Loisirs s'engage à optimiser l'isolation thermique des chalets. Cerise sur le gâteau, une magnifique éolienne capable d'assurer la production d'énergie nécessaire à Rieswihr sera édifiée sur le donjon du Schweissberg. Inutile de vous dire que sa vue depuis la plaine à des kilomètres à la ronde marquera un signal fort, celui de l'engagement de l'Alsace dans le troisième millénaire, et d'une société capable de concilier tradition et modernité ! Quel magnifique symbole ! C'est donc un beau projet, dans lequel je crois. J'y crois d'autant plus qu'il représente une chance pour notre jeunesse. Notre pays traverse aujourd'hui une période difficile, le chômage explose. Dans ce contexte, je vous conjure de bien mesurer les enjeux de la proposition faite par Bois & Loisirs en matière d'emploi des jeunes et de croissance verte. Le village vacances et son splendide aqualude créeront une quarantaine d'emplois, en plus des cinq cents équivalent temps plein générés par le chantier, sans parler des emplois induits. Je vous remercie.

Quelques applaudissements fusent.

— Merci Roland pour la qualité de ton intervention, dit Jean-Pierre. Je vais donc reprendre la parole pour présenter quelques remarques qui me viennent à l'esprit. Et puis je céderai à mon tour le micro aux Rieswihriennes et aux Rieswihriens qui souhaitent s'exprimer.

Le JiPé toussote. Tout le monde se demande comment il va réagir face à son rival ; lui-même se tâte.

— Oui, Roland. Je suis d'accord avec toi, deux cents millions d'euros ce n'est pas rien, c'est même une somme qui peut donner le vertige, et c'est notre devoir d'élus de poser des questions. Rieswihr est un petit village tranquille. Nous sommes 800 Rieswihriens, très exactement 856. Alors, gagner mille six cents habitants supplémentaires d'un coup, cela peut créer des appréhensions. Par ailleurs, nous avons à Rieswihr un projet d'écohameau que la CoCoCo s'est engagée à soutenir. Qu'adviendra-t-il de ce projet dans le cas où la Commune s'engage avec Bois & Loisirs ? Et puis, dernière remarque, le Schweissberg est un site classé et inconstructible selon notre Schéma de Cohérence Territoriale et notre Plan d'Occupation des Sols…

Schwarzkopf ne se démonte pas.

— Oui mon cher Jean-Pierre, je me doutais que ces points seraient soulevés, et je suis ravi que ce soit toi qui l'aies fait. Comme tu le sais, le POS et le SCOT sont modifiables par une simple procédure de révision. Il n'est évidemment pas question d'insulter l'avenir en figeant nos territoires, d'autant que le Schweissberg a été classé au titre de sa vocation de forêt dite « de loisirs ».

Une première main se lève pour réclamer la parole.

— Bonjour monsieur le maire, bonjour monsieur le député, Coralie Figenwald, Rieswihrienne, mère de trois petits enfants.

— Mes félicitations madame, dit Schwarzkopf, onctueux.

— Voilà. Pour moi, quatre cents cottages cela veut dire au moins quatre cents voitures. Ne craignez-vous pas que la vie ne devienne, vous m'excuserez du terme, invivable, avec tous ces véhicules en plus ? Et, c'est la maman parle, comment ferez-vous pour que la sécurité de nos enfants soit assurée ?

— C'est une vraie question, souligne Jean-Pierre, approbateur.

— Une excellente question madame, rebondit Schwarzie. Vous pensez bien qu'il ne s'agit évidemment pas de gâcher la vie quotidienne des habitants de Rieswihr, bien au contraire, et c'est l'un des points importants sur lequel nous avons évidemment attiré l'attention de Bois & Loisirs. Rassurez-vous, rien n'est encore arrêté, tout reste ouvert. Mais on peut penser que l'hypothèse d'une voie de desserte directe du Schweissberg contournant le village historique pourrait être la plus raisonnable.

René Faller, premier adjoint et viticulteur, s'arroge alors le micro :

— Une question que, je pense, se posent tous les viticulteurs. On a déjà du mal à agrandir nos exploitations avec toutes les contraintes des écologistes – les lézards verts qu'on voit jamais, insiste-t-il en jetant un coup d'œil appuyé au Bleuet – alors est-ce que le projet prévoit de soustraire encore des terres agricoles aux vignerons ?

— Je serai très clair. Si d'aventure des terres agricoles sont touchées, ce ne sera que de manière marginale. Quoi qu'il arrive, il y aura alors évidemment des mesures de compensation afin de ne léser personne, et surtout pas les vignerons qui sont l'âme de nos beaux villages alsaciens. Le projet se concentrera sur la forêt du Schweissberg, propriété à 95% de la Commune.

— Justement, monsieur le député ; Maria Spiesser, présidente de Rieswihr Invitation Nature et hôtelière du Cheval d'Or...

— Excellente table, et excellents lits, interrompt Fischer, gaillard.

— Merci, mais je ne me souviens pas de vous y avoir vu avec votre dame.

Quelques rires entendus voltigent.

— C'est donc que j'y étais incognito, rétorque le député, malicieusement, pour mettre les rieurs de son côté et avoir le dernier mot.

— Bon, reprend le Bleuet, il y en a ici qui n'aiment pas les lézards verts, mais il se trouve que je dirige moi une association de défense de l'environnement, grince-t-elle. Contrairement à ce que vous dites, le Schweissberg abrite une faune et une flore remarquables. On y trouve quand même des stations d'hépatites trilobées, de néotties nids d'oiseaux, et plus de quinze essences d'arbres. Je crois qu'il est de notre devoir de léguer aux générations futures une nature intacte. Et je rappelle à l'assemblée qu'une espèce sur dix est menacée de disparition en Alsace du fait de la destruction de ses habitats et de la pollution.

— Comme vous le dites si justement, rétorque Schwarzkopf, il y a au Schweissberg quelques espèces intéressantes, mais vous en conviendrez, c'est du moins l'avis des services de la Préfecture, aucune n'est véritablement exceptionnelle ni ne bénéficie d'un statut de protection contraignant.

— La forêt est protégée dans son intégralité..., proteste le Bleuet.

— Bien sûr, chère madame, mais comme je l'ai déjà dit tout à l'heure, nous pouvons tout à fait légalement sortir la forêt du Schweissberg du périmètre de protection et renforcer sa vocation de forêt de loisirs. Et, j'ai oublié de le signaler mais c'est un élément important, tant les collectivités que Bois & Loisirs s'engagent à compenser les hectares de forêt défrichés en replantant une surface boisée équivalente ailleurs dans le Haut-Rhin. De cette façon, la nature conservera tous ses droits.

— Il serait plus simple de conserver l'existant, plutôt que de planter des champs d'arbres..., remarque Jean-Pierre.

— Pas quand l'existant n'a rien de remarquable. D'autres questions ?

— Oui ; Jean-Luc Spiesser, je suis le mari de madame.

— Que du bonheur, cher monsieur.

— Je vous pose ma question ?

— Eh bien, je vous en prie.

— J'ai lu dans le journal que le Symbior allait céder gratuitement les deux cents hectares à Bois & Loisirs. Moi, quand j'ai ouvert ici mon entreprise, j'ai dû acheter mon terrain. Alors je me pose la question : pourquoi on ne les fait pas payer eux aussi ; d'autant que si j'ai bien compris, c'est le leader mondial des villages de loisirs, alors ils doivent avoir les moyens, non ?

— Le leader *européen*... *européen*... Sérieusement, monsieur Spiesser, le Symbior ne cédera pas gratuitement le terrain, mais le rétrocédera pour l'euro symbolique. Cela signifie que nous devrons d'abord acheter le terrain à la Commune et aux quelques privés possédant l'une ou l'autre parcelle. Quant à votre remarque sur la presque gratuité de l'acquisition pour Bois & Loisirs, ne perdez pas de vue que c'est un projet de développement économique d'intérêt général qui profitera à toute l'Alsace. Nous faisons une bonne affaire : pour chaque euro mis sur la table par les collectivités, Bois & Loisirs en investira dix ; nous allons déclencher l'apport de deux cents millions d'euros.

— D'accord, mais ces gens-là n'auraient-ils pas pu commencer par consulter les gens d'ici ? On s'étonne quand même que monsieur le maire Fecht n'ait pas été au courant, ou alors...

C'est le Fernand Schurrer qui parle. Le leader de l'opposition municipale rêve de dégommer le JiPé au prochain scrutin.

Schwarzkopf se tourne, pas mécontent, vers Jean-Pierre.

— Je voudrais certifier aux Rieswihriennes et aux Rieswihriens que j'ai découvert le projet comme vous dans le journal, grogne Jean-Pierre Fecht vexé, et que le député Fischer n'a pas daigné m'en informer avant de communiquer dans la presse locale.

Schwarzkopf se rembrunit.

Mais l'Ortie se lève lentement.

— Morand Huttinger, président de la Société d'Histoire Locale de Rieswihr et Environs, râle-t-il.

— Vous pouvez rester assis, cher monsieur, se rassérène le député.

— Non, non, non... proteste l'Ortie, la voix envahie par une colère sourde qui lui fait prononcer les *b* en *p* et les *g* en *ch*.

Che suis encore pon pied pon œil ! Kardez votre "monsieur" pour les autres, fandale que vous êtes, sauf mon respect à la République !

— Restez poli, monsieur… bougonne Schwarzie.

— Cela fait maintenant une demi-heure que ch'écoute ces salades, tempête l'Ortie, et en tant que téfenseur du patrimoine de notre village, je sens monter en moi la moutarde au nez ! Personne, je dis bien personne, n'a encore parlé de cette hérésie, de ce crime : une éolienne monsieur ! Vous voulez donc construire une éolienne géante de la hauteur de la cathédrale de Strasbourg sur le donjon de cet extraordinaire témoignage du passé médiéval de Rieswihr qu'est le château du Schweissberg ! L'ancienne résidence d'Harold de Burckheim ! Mais vous ne respectez donc rien ! Les bras m'en tombent ! C'est donc un site de première importance historique et patrimoniale ! Il n'est donc pas normal de bâtir un village vacances à ses pieds ! Avec une éolienne sur le donjon ! Je ne cautionnerai pas cela ! Chamais !

L'intervention de l'Ortie réveille un peu les gradins. Des sifflets, des applaudissements, des murmures traversent l'air. On entend un « Rassieds-toi, l'Ortie !»

— C'est une excellente remarque, cher monsieur, se rengorge Schwarzkopf. Mais je crois que votre réaction est un peu excessive.

Il met une main sur son cœur :

— Vous n'avez pas le monopole de la préservation de nos chers monuments alsaciens ! La CoCoCo, que j'ai l'honneur de présider, est très sensible à la conservation du patrimoine ; à ce titre, nous attribuons chaque année une subvention coquette aux sociétés d'histoire locale. Et pour répondre plus précisément à vos craintes, j'affirme ici qu'il n'est pas question de brader le Schweissberg, que nous nous engageons à sauvegarder ces belles ruines et à les mettre davantage en valeur qu'elles ne le sont aujourd'hui. C'est d'ailleurs avec plaisir que nous accepterons l'expertise de celles et de ceux qui, comme vous, œuvrent à la préservation de notre patrimoine. Mais, excusez-moi du peu, quel plus beau symbole de résurrection qu'une éolienne sur le Schweissberg !

— Jamais ! Non monsieur ! Jamais !, hurle l'Ortie. Il n'y aura jamais d'éolienne sur le Schweissberg ! Je ne cautionnerai pas cette mascarade !

Et l'Ortie quitte l'Agora en fulminant.

— Roger Pfister, fonctionnaire, dit une voix. Si le village vacances fait un flop, qui payera et qui entretiendra les lieux ?

— Il n'y a aucune raison objective pour que le village vacances ne prenne pas la place qui est la sienne. Je vous rappelle que Bois & Loisirs est le leader européen en la matière et que nous avons la chance de profiter de son savoir faire. Je dirai également que les études convergent pour dire que notre splendide région est confrontée à un déficit important du nombre de lits touristiques alors même qu'elle regorge d'atouts culturels et de beautés naturelles pour attirer les visiteurs, à commencer par l'écomusée et le Biorama.

Le Bleuet reprend le crachoir :

— Oui, c'est encore moi, monsieur le député.

— Revenez quand vous vous voulez, lance Fischer avec un clin d'oeil.

— Il y a autre chose qui me chiffonne dans votre projet. On dit que c'est la Caisse des Dépôts et Consignations qui est derrière tout ça, pour essayer de sauver le Biorama, justement, qui ne marche pas. Elle veut faire venir des touristes en construisant un village vacances à côté…

Fischer se tortille sur son pliant.

— D'abord, je vous ferai remarquer, chère madame, que contrairement à ce que vous laissez entendre la fréquentation du Biorama enregistre une progression constante depuis un an. Comme vous le savez, cet équipement dont nous nous félicitons, est contrôlé par la Compagnie des Pyrénées. Le village vacances, lui, sera géré par une autre société, Bois & Loisirs.

— Je m'excuse d'insister, continue le Bleuet, mais en tant que présidente de Rieswihr Invitation Nature je me suis laissée dire que l'actionnaire principal de la Compagnie des Pyrénées est cette fameuse Caisse des Dépôts, qui montre donc, en dépit de sa qualité d'établissement public, un intérêt particulier à voir le village vacances se faire. D'où ma question : est-il normal que l'intérêt général serve des intérêts particuliers ?

— Je trouve vos insinuations malveillantes, madame, lâche Schwarzkopf.

Jean-Pierre profite du trouble de son rival pour revenir à la charge :

— Je voudrais rappeler au nom du conseil municipal que nous défendons à Rieswihr un beau projet, celui de la création d'un écohameau. Aussi, je souhaite savoir si le projet de village vacances représente une concurrence ou si les deux projets peuvent se faire ?

Schwarzkopf passe une main traîtresse dans le dos du Jean-Pierre.

— Mon cher Jean-Pierre, il ne s'agit pas de renoncer à l'écohameau. Je suis intimement persuadé que les deux projets sont complémentaires.

Le Jean-Pierre ne comprend pas s'il se fait enfumer ou pas.

— Oui, mais cela veut dire quoi, clairement, Roland ?

— Mon cher Jean-Pierre, la Caisse est prête à consentir à un effort financier et à marier les deux projets, même si cela reste à confirmer…

— Oui, mais mon écohameau, ce n'est pas juste une réserve à touristes. Il y a tout un projet de vie sociale derrière et…

— On ne pourra pas s'engager à la fois financièrement sur le village vacances et sur l'écohameau, concède Schwarzkopf poussé dans ses retranchements, la réalisation de celui-ci s'en trouvera peut-être différée d'une ou deux années…

— Une ou deux années… On ne me la fait pas à moi, Roland !

— Je te laisse l'entière responsabilité de tes propos, rétorque Schwarzie.

Le Pissenlit lève le bras à son tour.

— Claude Paille, habitant des Poètes. Je suis venu à Rieswihr pour rechercher une certaine qualité de vie. Aussi, je vous avoue que la perspective de voir se construire un complexe touristique deux fois plus vaste que le village lui-même ne m'emballe guère…

Schwarzie sourit :

— Je comprends bien votre position mon cher monsieur. Mais je ne voudrais pas que des rivalités déplacées ou des intérêts mesquins mettent en péril l'intérêt général. Je le répète avec force : la France est la première destination touristique au monde, et c'est une chance unique pour l'Alsace !

Le Chean-Paul, le patron du Lion Rouge, monte au créneau.

— Jean-Paul Striffler, patron de l'iris(c)h bar le Lion Rouge. Moi, je dis comme vous. Le projet est un bon projet, et je suis certain qu'il sera très profitable au commerce local et qu'il permettra aussi à nos viticulteurs de faire davantage la promotion de leurs excellents vins. Mille six cents touristes pas semaine, c'est une vraie chance à saisir. Et sans doute bien mieux que d'accueillir un centre pour demandeurs d'asiles. J'ai lu quelque part qu'un touriste dépensait en moyenne soixante euros par jour, alors je vous laisse faire le calcul vous-même de ce que ça rapportera ; sans compter les taxes pour la Commune, qui y trouvera de nouvelles sources de financement.

— C'est un argument de bon sens, souligne Fischer.

— Je suis assez d'accord avec le Chean-Paul, même si je n'ai rien contre les demandeurs d'asile, enclenche le premier adjoint René Faller. La fiscalité nouvelle nous permettra de mettre en route des projets que nous ne pouvons porter à l'heure actuelle, comme la halte garderie et le périscolaire.

— Et la piscine tropicale, interroge le Pissenlit, qui va la payer ? Bois & Loisirs ?

— Non, ce seront les collectivités, notamment la CoCoCo, qui a la compétence piscines, qui financeront l'équipement. Car il faut savoir qu'il s'agira d'un complexe aqualudique ouvert aux habitants et aux scolaires.

Schwarzkopf regarde sa montre et interroge Jean-Pierre Fecht du regard.

— Bon, est-ce que certains d'entre vous ont d'autres questions ? demande le maire. Dans ce cas, si tu le permets, Roland, je vais conclure... Je ne crois pas trahir l'opinion générale en disant qu'il est encore un peu tôt pour se prononcer. Mais en tant que maire de Rieswihr, je m'engage ici à ce que chacun d'entre vous puisse donner son avis de manière souveraine en organisant un référendum.

On voit Schwarzkopf, contrarié, tapoter du poing sur la table :

— Mon cher Jean-Pierre, réplique-t-il, je ne peux cautionner une telle manœuvre, qui risque de nous faire perdre trop de temps et délivrer un signal négatif à l'investisseur. Une délibération du conseil municipal, souverain, suffira. D'ailleurs, je ne doute pas un seul instant que les Rieswihriens ont compris où se trouve leur intérêt.

— Ce n'est pas notre conception de la démocratie, et nous n'accepterons aucune ingérence dans nos affaires municipales, se cabre Jean-Pierre.

— Un référendum n'a de toutes façons aucune valeur réglementaire...

— C'est aux Rieswihriens de décider, et au conseil municipal de suivre leur avis.

— Aux Rieswihriens et aux autres habitants d'Alsace : la dimension du projet dépasse les limites du village !

— Mais le projet se situe sur notre ban !

— Je crois que nous pouvons en rester là pour ce soir, coupe René Faller avec autorité.

Jean-Pierre, qui n'aime pas qu'on se substitue à lui, le foudroie du regard.

On reste sur notre faim, déçus de la tournure civilisée qu'ont conservé les débats. On espérait mieux, après la bagarre du Wasserloch.

On en est là de nos considérations lorsque des hurlements stridents déchirent l'espèce de cohue verbeuse qui recouvre maintenant le théâtre de plein air.

— Au secours ! Au secours !

Suzanne Seyller fait irruption sur la scène, battant l'air de ses bras dénudés.

Elle roule des prunelles affolées et pousse des cris terribles. Elle est toute pâle et suffocante sur ses jambes qui flageolent.

Jean-Pierre, interloqué, essaye de la réconforter.

— Que se passe-t-il, Suzanne ? s'enquiert-il.

— Qu'est-ce qu'elle a ? s'interroge la foule.

— Pascal ! Pascal ! glapit Suzanne.

— Quoi "Pascal"? interrogent le maire et l'assistance.

— Il est mort..., pleurniche la Suzanne.

— Pascal, mort ? dit le Jean-Pierre.

— On l'a assassiné... souffle-t-elle.

Et elle perd connaissance.

Le maire est si étonné que les bras lui en tombent. Il lâche son adjointe. Suzanne dégringole sur un gradin et s'y cogne la tête.

Quelques paires de claques d'un pompier expérimenté la ramènent à la conscience.

— Mais où est Pascal ? insiste Jean-Pierre, pas convaincu.

— Au Schweissberg... souffle Suzanne. On l'a tué !

Alors, on se rend tous, en cortège, au château par la forêt. On plaisante encore, incrédules. Un crime à Rieswihr ? Le JiPé marche en tête. Les autres suivent. Ces choses-là, ça ne se rate sous aucun prétexte. Si ça se trouve, notre "couteau suisse" est simplement en train de cuver, et la Suzanne s'est trompée. Les lampes torches qu'on est allées quérir chez nous pour ne rien rater de l'excursion dansent dans les bois. Piétinant allègrement l'emplacement du futur village vacances, on rejoint les ruines. L'Ortie est revenu, alerté par un coup de téléphone. Il trépigne à l'idée de voir la demeure d'Harold de Burckheim souillée de sang. Le Bleuet et le Pissenlit commencent à s'acoquiner dans les ombres de la forêt. Tout le village avance à la queue leu leu, s'appelant, se disant d'aller par là, optant pour un raccourci, s'entraidant quand le sentier s'enhardit, le cœur impatient, remplis de stupeur et de curiosité. Le député Schwarzkopf peine à suivre à cause de son embonpoint, et de l'habitude prise depuis son élection à l'assemblée de se faire voiturer partout en C6.

— Il est là ! crie soudain Jean-Luc, au pied du donjon.

Pauvre Pascal… Il n'était déjà pas bien beau à voir de son vivant, alors tout démantibulé et la tête fendue, il fait franchement de la peine.

6

C'est à ce moment, forcément, que les gendarmes entrent dans l'histoire.

Précédé par sa réputation, le major Leclerc arrive sur les coups de minuit à la mairie de Rieswihr. Il arbore une trogne renfrognée qui avertit ses interlocuteurs que ça ne l'amuse pas d'être venu à l'heure de Nounours et qu'on badine encore moins avec son sommeil qu'avec la loi. Le cadavre de Pascal a intérêt à causer si le village entier ne veut pas finir la nuit en garde à vue à la brigade de Sainte-Anastasie, avec l'Armand Buhl, l'ivrogne qu'on ramasse tous les lundis soirs, et qui a fait de la cellule de dégrisement une sorte de résidence secondaire.

— Major…

Le militaire, qui vient du Nord, mâchonne quelques mots en papier bouilli.

Il est naturellement mal luné. En dépit de l'air farouche qu'il affecte – et qui le fait passer chez les nouveaux habitants pour le fin limier qu'il estime être – tous les Rieswihriens savent qu'il possède une sagacité de doryphore. Son caractère à la fois velléitaire et volontariste le prédispose aux cafouillages : il peine à élucider les plus minuscules larcins. Alors un meurtre, une grosse patate de crime… Gare au naufrage judiciaire ! Mais il est honnête et se trompe de bonne foi, c'est déjà ça. Et heureusement, le secteur, considéré comme peu criminogène, est surtout réputé pour ses vins fins et ses accidents de la circulation, toute corrélation entre la forte densité de caves viticoles et les sorties de route étant d'ailleurs d'emblée réfutée. Bref, le pouvoir de nuisance du major est, en quelque sorte, mécaniquement limité par la rareté des faits.

— Mademoiselle… ajoute respectueusement Jean-Pierre.

Car le vieux briscard est accompagné d'une gendarme auxiliaire, une charmante jeune femme d'origine marocaine dont la beauté orientale est troublante. Il l'appelle « petite » ou « Bouafia », son patronyme, en se prenant pour un chaste Pygmalion. On la sobriquette « la majorette » dans son dos.

— Alors, où c'est qu'il est, ce cadavre ? s'enquiert-il, après un salut tellement réglementaire que Jean-Pierre Fecht est transporté un mois en avant au festival de théâtre amateur du village.

— Il va falloir me suivre et marcher un quart d'heure. C'est inaccessible en voiture.

— Aaahh… fait le major, qui déteste la marche à pied.

— Et comment s'appelle-t-il, ce fainéant ?

— C'est Geishouse Pascal, notre agent communal. Il aurait dû partir à la retraite à la fin de l'année.

Évidemment, depuis le temps qu'on a mis la main sur Pascal, la nuit s'est épaissie en une lourde béchamel noire qui engloutit tout le Schweissberg. Schwarzkopf, épuisé par sa journée, rincé par la sortie impromptue au château, et satisfait de la discrète conversation qu'il a eue sur le sentier avec le premier adjoint René Faller, est rentré à Sainte-Anastasie.

Les villageois aussi ont pris le chemin du retour, une histoire bien épouvantable en bouche et des hypothèses fantastiques à soupeser. Un crime à Rieswihr ! Pour sûr, il faut remonter aux années soixante, au moins, pour trouver trace d'un homicide au pied du Schweissberg. On est désormais en petit comité, en commission municipale d'élucidation du crime, pourrait-on dire. Le témoin numéro un, la Suzanne Seyller, trop "émotionnée", a été exfiltrée par son mari Georges à l'hôpital de Colmar, au grand dam du major Leclerc. Restent René Faller, premier adjoint et le Bleuet qui a renvoyé son mari au Cheval d'Or (elle subodore un lien possible entre la mort de Pascal et le projet Bois & Loisirs, question d'intuition : Pascal était membre de Rieswihr Invitation Nature...). Le Pissenlit lui tient civilement compagnie. Il y a aussi l'Ortie, l'indécrottable défenseur du patrimoine, qui inspecte son Schweissberg chéri et vérifie à tâtons que le défunt n'a rien endommagé dans sa chute. Et Philippe Dirringer, le doux président de l'association de pêche, et meilleur ami du JiPé, qui ne s'est pas résigné à rentrer. Tout comme le Chean-Paul qui observe, jaloux, les jeux amoureux du Bleuet et du Pissenlit, et qui insinue que Geishouse Pascal aurait mieux fait de venir se désaltérer dans son iris(c)h pub plutôt que de jouer du djembé, et dont les bribes de discours révisionniste résonnent contre les ruines.

— À force de fumer du cannabis, ça devait arriver, affirme-t-il.

— Au lieu de tirer des plans sur moquette, vas donc tirer tes bières ! lance le Bleuet.

— Mais qu'est-ce que tu as contre le djembé, Chean-Paul ?, questionne Jean-Pierre interloqué.

— C'est pas de chez nous... grommelle Chean-Paul. On se croirait au Congo Brazzaville. Tu aurais pu choisir un hélicon.

— Oui, ton portrait tout craché... persifle le Bleuet.

— Tu exagères, Chean-Paul, gronde gentiment le maire.

— Moi je trouve que c'est une bonne idée, intervient le Pissenlit, qui se sent mélomane.

— Vous, les Poètes, on ne vous a pas demandé votre avis…, jette le patron du Lion Rouge pour bien faire comprendre au Pissenlit qu'il ne sera jamais du village.

— Il est où, votre cadavre ? s'agace le major Leclerc.

— C'est ici, indique Philippe Dirringer.

Le major Leclerc piétine à son tour consciencieusement la scène du crime, et ne tarde pas à manifester sa légendaire mauvaise humeur, quand Jean-Pierre lui demande s'il ne serait pas opportun d'appeler la police scientifique.

— Chacun son métier, se cabre-t-il. À vous les urnes, à nous les cadavres. Croyez-en mon expérience, on ne trouvera pas ici de pièces à conviction et, de toutes façon, elles seraient insignifiantes du fait que le mort est sans doute tombé du donjon. Si meurtre il y a, il se sera produit dans la ruine, donc il n'y aura pas d'indice en bas. CQFD.

— Bon… marmonne Jean-Pierre.

— Par voie de conséquence, nonobstant…

Ce sont deux des formules préférées du major avec « subséquemment ». Elles donnent du corps au raisonnement et révèlent aux autres l'intelligence et la justesse de ses déductions, même lorsqu'il ne déduit rien du tout.

Le major se penche et observe le mort, dont le corps désarticulé forme une masse sombre. Il hume l'air.

— Ce poivrot empeste le vin, grommelle-t-il.

Il tâte, fouille les poches, ne trouve rien, se relève, et fixe le maire d'un air sagace en plissant les yeux :

— Par voie de conséquence et nonobstant, reprend-il, nous allons faire transporter le corps à l'institut médico-légal.

Pauvre Pascal : lui qui n'a jamais été plus loin que Colmar et Gérardmer, il finira découpé en morceaux à Strasbourg.

— C'est un assassinat ? insiste le Bleuet.

— Madame je ne suis pas habilité à vous répondre, voyez avec le SIRPA gendarmerie !

— Mais il a été tué ou pas ? le presse à son tour Jean-Pierre Fecht.

— Pour être mort, il est mort. On va pas le faire pasteuriser !

Le maire ne relève pas la réplique douteuse qui fait référence au nom de l'hôpital de Colmar. Ses pensées sont ailleurs. Il songe au conseil municipal de demain soir, au village vacances, à son écohameau...

— Major, Pascal Geishouse était membre de mon association et je pense que sa mort peut avoir un lien avec le projet de villages vacances... lance le Bleuet.

— Qui était en vacances ? interroge le major avec désinvolture.

— Foutaises... se marre le Chean-Paul. Tout le monde sait qu'il roulait pour Schwarzkopf !

Le Bleuet sent la main du Pissenlit s'insinuer sous sa robe.

— Je vais aller inspecter le donjon, coupe le major.

Il renifle la nuit d'un air savant, incline le front vers l'avant d'un mouvement volontaire et s'adresse à sa jeune auxiliaire :

— Croyez en ma longue expérience, Bouafia : cet homme était soûl, désespéré, ou les deux à la fois. Subséquemment, il est tombé ou s'est suicidé. Il n'a sans doute pas supporté la perspective de la retraite, ajoute-t-il gravement en pensant à son propre cas. Ces choses-là, ça se prépare à l'avance, il faut savoir acheter son camping-car à temps.

7

— Mes chers collègues, la séance est ouverte, annonce Jean-Pierre Fecht.

Jamais de mémoire de Marianne (à part peut-être aux temps anciens de la Révolution Française, lorsque le cou du dernier de Burckheim a été tranché), le conseil municipal n'a accueilli autant de citoyens. D'habitude, on aperçoit seulement dans la salle quelques insomniaques qui parient sur la quiétude des lieux pour être happés pas le sommeil.

— Je vois là un signe de vitalité de notre démocratie, interprète le Jean-Pierre, et je vous en félicite.

Le fidèle Yves acquiesce, muet. Mais tout le monde sait, à part le JiPé, qu'on est venu parce qu'on croit que le maire va donner des informations sur la mort de Pascal, et parce qu'on espère assister à un débat animé.

— Vous savez que l'ordre du jour unique qui nous occupe ce soir, c'est le projet Bois & Loisirs, dit Jean-Pierre. Mais auparavant, je vous demande de vous lever et de respecter une minute de silence à la mémoire de Pascal. Il était au service de la Commune depuis trente ans et je voudrais saluer ici son professionnalisme et sa gentillesse.

— Pour jouer du djembé, il était fort oui..., ironise à voix basse le Chean-Paul à Jacques et Raymond, ses deux compères, 30% du chiffre d'affaires annuel du Lion Rouge.

— ... son engagement au service du développement durable, son attachement sans faille à Rieswihr, et au delà, la profonde humanité rhénane qui l'habitait... Nous étions son unique famille et je pense qu'il apprécie de nous voir ainsi penser à lui avec bienveillance. J'ai eu le major Leclerc cet après-midi au téléphone. Pascal a probablement enjambé le parapet du donjon pour des raisons que nous ne connaissons pas, et que nous ne connaîtrons peut-être jamais. Mais quelles que soient les circonstances de cette mort horrible, nous garderons de lui l'image d'un honnête homme.

Un sentiment de déception traverse la salle. Un suicide ? On se sent frustré.

— Nous ne pouvons que regretter ne pas avoir su être là lorsqu'il l'aurait fallu. On croit connaître les gens mais il est impossible de savoir ce qui se passe réellement dans leur tête... Voilà, je pense que nous pouvons nous lever.

Les Rieswihriens qui ont pu s'asseoir se lèvent, les quelque quatre-vingts autres, déjà debout en raison de l'exiguïté de la salle, raidissent juste un peu leur silhouette en prenant un air de circonstance.

Le silence pèse de tout son poids. Le match Bois & Loisirs va pouvoir commencer...

— Je vous remercie, dit le Jean-Pierre.

— Enfin, souffle le Chean-Paul, que le silence rend malade et qui aime peupler l'espace de ses grossièretés.

— Qui souhaite s'exprimer ? demande le maire en biglant vers Fernand Schurrer, fer de lance de l'opposition.

À sa grande surprise, le premier adjoint René Faller s'arroge la parole :

— Au nom du groupe majoritaire, Ensemble pour Rieswihr, je voudrais dire notre soutien clair et entier au projet Bois & Loisirs, lâche-t-il.

Le Jean-Pierre en reste sur les fesses :

— Mais, René… enfin…, articule-t-il désemparé. Ce n'est pas du tout ce…

À cet instant, tout le monde comprend qu'un coup d'état est en cours, et qu'on assiste en direct à une belle entourloupette entre le maire et son premier adjoint.

— Y a du schiste dans l'air, ricane le Chean-Paul qui confond géologie et géopolitique.

— Laisse-moi terminer, Jean-Pierre, nous te laisserons la parole ensuite, rétorque René Faller, en insistant bien sur le *nous* pour accentuer l'isolement du maire.

Il y a un flottement dans la salle. Des salves furtives d'applaudissements fusent, auxquelles répondent des protestations.

— Mais enfin, René, tu as bu ? se fâche le Jean-Pierre.

— Jean-Pierre, je te demande de respecter la voix souveraine de la démocratie.

— Respect toi-même ! Et la réunion d'hier à l'Agora, elle a servi à quoi, alors ? lance le Pissenlit. On nous avait dit qu'il y aurait un référendum !

— C'est la meilleure, ça ! gronde le Bleuet.

— Laissez parler la démocratie ! gueule Chean-Paul.

— Pas de scandale, Maria !, menace Jean-Luc, qui connaît le tempérament explosif de sa femme. Pas de scandale !

— C'est ça, rassieds-toi, la Louise Michel, raille le Chean-Paul.

— Mais enfin, c'est moi le maire ! se lamente le Jean-Pierre effondré. Tu n'as pas le droit, René !

Il dévisage son premier adjoint :

— Tu trahis l'esprit de notre liste Ensemble pour Rieswihr !

— Comme dit, Jean-Pierre, tu t'exprimeras après, tempère son premier adjoint. Et je te rappelle que tu as été élu maire par le conseil municipal, non pas par les suffrages des Rieswihriens.

— J'étais tête de liste et c'est moi qui ai récolté le plus grand nombre de voix ! Cette place me revient de droit !

— Ce n'est pas ce que dit le droit… Quant à l'idée d'un référendum, pour ceux qui en parlent encore, ça n'a jamais été une idée du conseil municipal, mais une idée défendue par monsieur Jean-Pierre Fecht en son nom personnel, dit-il à l'attention de la salle.

Monsieur Fecht… Voilà que René l'appelle monsieur Fecht au lieu de Jean-Pierre…

— Usurpateur ! proteste le Pissenlit.

— Traîtres ! gueule l'Ortie.

— Taisez-vous ! Laissez la démocratie s'exprimer ! Pour une fois qu'on l'entend causer ! s'amuse le Chean-Paul.

— Silence ! ordonne le René. On n'est pas à l'Agora, ici. La parole sera donnée à monsieur Jean-Pierre Fecht tout à l'heure, et il dira ce qu'il aura à dire, mais je demande à la salle de ne pas intervenir.

La grosse voix terrienne du viticulteur ramène provisoirement le silence, mais on sent la pression monter comme dans une Cocotte minute.

— Au nom du groupe majoritaire donc, je voudrais dire notre soutien clair et sans réserve au projet Bois & Loisirs, reprend René Faller. Aussi, je propose de rendre un avis favorable et d'entamer la procédure de modification du Plan d'Occupation des Sols, afin de donner au promoteur un signal positif. Vive Bois & Loisirs, vive Rieswihr ! Je cède maintenant la parole à Fernand Schurrer, conseiller municipal d'opposition.

— Merci, René, fait celui-ci.

— Mais… mais… et moi ? Je suis le maire ! C'est à moi de parler ! proteste Jean-Pierre, abasourdi.

— Mes chers collègues, au nom de Demain Rieswihr, le groupe d'opposition municipale que je représente, je voudrais dire que, nous non plus, nous n'insulterons pas l'avenir. Il est des circonstances durant lesquelles il faut savoir passer par-dessus nos différences. Nous voterons aux côtés du groupe majoritaire emmené par René.

L'intervention du Fernand, qui n'est pourtant pas un phare de la pensée rieswihrienne et, a fortiori, rhénane, est saluée par une bronca joyeuse ponctuée de huées. Les esprits s'échauffent.

— Vive Rieswihr !

— On veut des touristes !

— Vive l'écologie !

— C'est un scandale, écume le Bleuet. Vous sacrifiez la nature sur l'autel du profit !

— L'*hôtel* du profit, c'est ton rayon, moque le Chean-Paul.

— Je t'emmerde, lui rétorque le Bleuet.

— Mais c'est insensé ! se fâche le JiPé. C'est un coup d'état !

— Modère tes propos, Jean-Pierre ! gronde le René. Tu parles d'une décision du conseil municipal ! Avec ou sans toi, nous ferons rentrer Rieswihr dans le vingt-et-unième siècle et nous ferons de notre village un exemple de développement durable. On viendra de Singapour et de Montréal pour voir l'éolienne du Schweissberg ! Nous sommes des visionnaires, tu n'es qu'un homme du passé !

— Vandales ! hurle l'Ortie. Jamais il n'y aura d'éolienne sur mon château !

— Arriérés ! s'exclame Jean-Luc Spiesser.

— Conservateurs ! s'égosille Fernand Schurrer.

— Traîtres ! fulmine le Bleuet.

— Ostrogoths ! trompette l'Ortie. Barbares !

— Hou ! Hou ! Vieux débris ! lui rétorque la partie de la salle acquise au projet.

— Vive René !

— Vive Bois & Loisirs !

— Vive Jean-Pierre !

— René Faller est le valet de Schwarzkopf !

— Fecht à la déchetterie ! clame le Chean-Paul. Au tri sélectif !

— Assez ! vocifère René Faller, qui réalise que l'emballement va trop loin.

Le Jean-Pierre regarde alors les Rieswihriennes et les Rieswihriens dans les yeux comme le fait l'Ortie tous les matins avec le Schweissberg.

— Mes chères concitoyennes, mes chers concitoyens ! s'écrie-t-il. Moi qui suis votre maire démocratiquement élu... !

— Nous aussi, on a été élus démocratiquement ! s'énerve le René. Tu n'as pas le monopole des urnes !

— Et nous aussi, rouspète Fernand Schurrer. L'opposition a été démocratiquement élue, elle aussi !

— Messieurs ! Messieurs !

Va-t-on en venir aux mains ?...

— En tant que maire de Rieswihr, insiste le Jean-Pierre, je tiens devant vous à m'énerver dignement contre ce que je qualifierai de complot moyenâgeux.

L'Ortie fronce ses sourcils blancs et broussailleux...

René Faller fait celui que les propos du maire n'atteignent pas.

— Menteur ! hurle un citoyen, sans qu'on sache à qui s'adresse l'invective.

— Maintenant, écoutez-moi ! je n'accepte pas cette façon de faire ! reprend le Jean-Pierre.

Loin d'apaiser les humeurs, les paroles de Jean-Pierre aggravent la discorde. On se lève instinctivement en pensant à la bagarre du Wasserloch, les mâchoires se serrent, l'œil se noircit. Chacun jauge son voisin et prépare ses poings.

— Vive le progrès ! crie un supporteur de Bois & Loisirs.

— Vive la nature ! réplique le Pissenlit.

— Tu es en train de balkaniser Rieswihr, déplore René.

— C'est toi qui balkanise le village en trahissant tes électeurs ! Moi, je suis fidèle à nos promesses d'Ensemble pour Rieswihr !

— Fidèle ? Ficelé, oui ! Tu es un extrémiste de l'écologie ! Avec des gars dans ton genre, on met l'Alsace sous cloche !

— Il est fidèle à ses idées, lui, au moins ! lance le Bleuet.

— Tu n'es pas la mieux placée pour parler de fidélité ! se marre le Chean-Paul.

— Cela veut dit quoi exactement ? s'énerve Jean-Luc.

— En tant que maire de Rieswihr élu sur la liste Ensemble pour Rieswihr, poursuit le Jean-Pierre sans se laisser perturber, je te rappelle que nous avions pris un certain nombre d'engagements, dont celui de privilégier un développement raisonnable et maîtrisé de notre village. Tu veux faire de nous une réserve de touristes et nous mettre une éolienne sur le haut du crâne ! Bravo !

— Bravo ! applaudit l'Ortie.

— Hou ! scandent les autres.

— Si parmi les membres du conseil municipal, certains trouvent normal de ne pas respecter la parole donnée devant les électeurs, cela les regarde eux et leur conscience ; quant à moi... termine le Jean-Pierre, je m'en tiendrai à mes promesses.

Mais on ne touche pas à la bonne conscience de René Faller...

— Ma conscience vaut bien la tienne ! En m'insultant, c'est tout Rieswihr que tu insultes !

— Ma conscience, moi, je l'ai pour moi.

— Moi aussi !

— C'est ce que les électeurs décideront !

— C'est tout dit ! Le village est avec moi !

— Un autre de nos engagements de campagne, René, était de faire de Rieswihr une commune modèle sur le plan environnemental, poursuit le JiPé. Or, aujourd'hui, sous couvert de développement durable, tu veux nous faire construire quatre cents maisons avec la Caisse des dépôts ! Et sous prétexte qu'elles auront un panneau solaire sur le toit, on veut nous faire croire que c'est un projet écologique ! Je dis qu'on se moque de l'écologie ! Et que le village vacances n'aura pas d'autre vocation que de renflouer l'écomusée et le Biorama !

— Et alors ? tance René Faller. Elle est derrière qui elle veut, la Caisse ! Et il vaut mieux l'avoir derrière soi que chez le voisin !

— C'est une opération immobilière privée !

— Menteur !

— Elle est finie, l'époque où les élus et les technocrates décidaient seuls dans leur coin ! C'est la raison pour laquelle je demande au conseil municipal d'organiser un référendum sur la question ! Que ce soient les Rieswihriennes et les Rieswihriens qui tranchent !

Un tonnerre d'acclamations s'élève. Les invectives reprennent.

— Vendus !

— Référendum !

— Arriérés !

Cette fois-ci, c'est la guerre civile.

— Vous n'aurez pas Rieswihr et le Schweissberg ! s'écrie l'Ortie sur l'air de *Vous n'aurez pas l'Alsace et la Lorraine* !

— Ton Schweissberg, on s'assoit dessus ! riposte le Chean-Paul, rubicond, imitant un homme en action aux commodités.

— Et ton éolienne, tu veux savoir où on te la met, gros bœuf ? intervient le Bleuet.

Et comme l'Ortie se retourne et assène le pommeau de sa canne en plein dans la figure du Chean-Paul en souvenir du Wasserloch, le patron du Lion Rouge renverse la chaise du président de la Société d'Histoire Locale de Rieswihr et Environs et l'envoie valdinguer au pied de la table du conseil & environs. Voyant le bistrotier maltraiter le président de la Société d'Histoire, le Bleuet, qui compte l'Ortie parmi ses alliés, sort de ses gonds. Elle gonfle sa belle poitrine, un vrai Zeppelin, et se porte en renfort.

— Pas de scandale, Maria…

La supplication désespérée de Jean-Luc, son mari, n'y change rien. Le Bleuet fait tournoyer son tabouret au-dessus de ses cheveux bouclés et le propulse par dessus le conseil municipal en direction du Chean-Paul. Hélas, l'escabeau rate sa cible et atterrit sur Christophe Kern, un taciturne suppôt seguiniste du Fernand Schurrer, qui regimbe aussitôt et hurle à l'attentat du Petit-Clamart. Il bondit de sa chaise et se précipite vers le Bleuet. La contagion gagne l'ensemble du conseil, l'empoignade devient générale. Jean-Pierre agrippe le René par le col de sa chemise à carreaux, maire et premier adjoint roulent sous la table dans un corps-à-corps qui n'a rien d'amoureux.

— On n'en veut pas, de votre village vacances ! se rebiffe le Bleuet entre deux coups de poing. Vous allez défigurer le Schweissberg et massacrer notre forêt !

— Retourne à ton hôtel ! crie le Raymond, phallocrate et misogyne local. Et occupe-toi de tes fesses !

— Ses fesses, elles vous disent merde, gaffe le Pissenlit dans la fièvre de la lutte.

— Qu'est-ce qu'elles disent les fesses de ma femme ? grogne le Jean-Luc, pas content d'entendre le postérieur de son épouse faire irruption dans les débats.

— Ses fesses on s'assoit dessus ! hurle quelqu'un.

— Vous n'êtes que des arriérés et des égoïstes ! Arrêtez de cracher dans la soupe ! vocifère le René en étripant le JiPé.

— Ta soupe au pognon et tes saucisses au fric, on n'en veut pas !

— Si vous n'êtes pas contents vous n'avez qu'à aller habiter ailleurs ! On est chez nous, ici ! lance le Chean-Paul.

— Nous aussi !, rétorque l'Ortie.

— Vive le progrès, à bas l'obscurantisme !

— Et nous aussi on est chez nous, et depuis six générations !

— Et nous depuis dix !, s'égosille l'Ortie.

— Menteur !

— Quand on a un cul pareil, on évite d'allumer tout le village, tellement qu'on pourrait éteindre les réverbères la nuit !

— Le prochain qui critique le cul de ma femme, je le bute !

— Avec vous on serait encore à l'âge des cavernes !

— À bas Fecht, vive Faller !

— Non à la dictature de la démocratie !

— Tu sais ce qu'elles te disent mes fesses, vieux pervers !

— C'est pas de sa faute si les réverbères éclairent mal !

— Tout à fait, c'est de la faute au maire !

— Les réverbères éclairent très bien et sont dotés d'ampoule basse consommation !

— Tu veux que je te montre mon bilan carbone, aussi ?

— Est-ce que je dois consigner tout cela dans le procès-verbal, monsieur ? s'enquiert le fidèle Yves, glapissant dans les oreilles de René Faller qu'étrangle maintenant Jean-Pierre Fecht. Le secrétaire de mairie est l'un des premiers supporters du maire à être passé dans le camp du progrès, en jouant les intermédiaires entre le député Fischer et René Faller.

Mais le premier adjoint est trop occupé à serrer lui aussi la gorge de Jean-Pierre pour trancher cette délicate question.

— C'est la démocratie que tu étrangles, déglutit le JiPé d'un souffle rauque.

Que va-t-on encore entendre sur Rieswihr si la nouvelle de la bagarre se répand au-delà des bornes communales ! Dans un éclair d'intelligence, René se défait de Jean-Pierre, lui cogne vertement la tête contre un pied de chaise pour avoir la paix, et s'extirpe de sous la table du conseil. Autour de lui, Rieswihriennes et Rieswihriens se crêpent chignon et calvitie avec conviction.

— Assez ! hurle le René. Assez ! Arrêtez ! Arrêtez, nom de Dieu !

Mais on peut mesurer l'influence de la voix bourrue du René sur les belligérants : ils continuent de s'empoigner sans prêter attention à ses injonctions. Le René se désole. Il contemple, désemparé, et avec une pointe de jalousie, la force tranquille du Chean-Paul que la bière irlandaise a doté d'un abdomen de sumo. Il faut attendre une illumination, pas rimbaldienne mais presque, consécutive au nouveau coup asséné sur le crâne de son rival Jean-Pierre, pour que le massacre suspende son vol.

Jean-Pierre se lève en titubant et vient briser l'alarme incendie avec le martelet prévu à cet usage, non sans avoir au préalable hésité à en assommer le René qui déambule, impuissant, au milieu du champ de bataille. La sirène hurle.

Les belligérants s'interrompent. Rien de plus désagréable dans le feu de la mêlée que de ne plus entendre les mâchoires craquer, les insultes fuser, et les poings cogner.

— Qu'est-ce qui se passe ? interroge le Chean-Paul, mécontent.

— Cessez immédiatement ! hurle René.

Alors, on récupère, honteux, un brin de lucidité et on range ses phalanges en frottant ses bleus pour se donner une contenance.

— La violence ne nous mènera nulle part, moralise le Jean-Pierre, très Gandhi.

Ses paupière tuméfiées démentent ses paroles pacifiques.

On se tâte, on évalue les dégâts. On se demande si on va pouvoir poursuivre dans ces conditions. Mais la démocratie a la peau dure, il en faut plus pour démoraliser et démotiver les républicains locaux. D'ailleurs, le René est décidé à plier l'affaire le soir même. Il repique la parole au Jean-Pierre :

— Maintenant, vous allez tous reprendre vos places et le premier qui élève la voix ou le bras autrement que pour manifester son suffrage, je le sors moi-même par la fenêtre ! C'est bien compris ? tonne-t-il en brandissant un poing gros comme un semi-remorque. Il faut que je vous le fasse en langage des signes ? Bon. Et que personne ne parle de cette histoire à l'extérieur ! On passerait pour des sauvages ! Et ça dissuaderait les investisseurs !

— Comment on arrête cette p... de sirène ? hurle le Chean-Paul.

À cet instant, ils entendent tous la musique à deux tons de l'antédiluvien fourgon des sapeurs pompiers qui s'infiltre dans la salle du conseil par la brisure d'une vitre. René Faller s'en approche.

Les pompiers entreprennent de traverser la rue du Général Leclerc depuis le dépôt situé à cent cinquante mètres de la mairie.

— Jésus Maria, lâche-t-il, ce qui fait tourner la tête au Bleuet.

Le fourgon s'arrête devant l'immeuble. Une cavalcade, des cris dans l'escalier : Émile Muller, le chef des pompiers, et deux de ses lieutenants, font irruption dans la mairie, casque sur le crâne et petite lance en main, prêts à bouter les flammes hors de la maison commune.

— Qu'est-ce qui se passe, monsieur le maire ? interroge-t-il perplexe en découvrant le conseil municipal silencieux, les visages esquintés, et le formidable désordre régnant dans la salle dévastée. Il est où, l'incendie ?

Émile Muller n'en croit pas ses mirettes ; pourtant, dehors il n'y a aucune trace de tremblement de terre.

— Rien, rien... répond, sibyllin, René Faller. On discute... L'alarme s'est déclenchée.

Et comme ladite sirène continue de chanter et que le commandant Émile Muller, ne comprenant toujours pas les causes du désordre, reste interdit, il répète :

— C'est un déclenchement intempestif. On va la débrancher, et on appellera la société de maintenance. Vous pouvez y aller, Émile.

— Service, dit l'Emile, qui commence à comprendre.

Il se retourne goguenard et lâche d'un air entendu :

— Bonne continuation... Et faites-le bien...

Sur ce, le chef et ses lieutenants replient leur lance et quittent la salle du conseil en chantant *pin-pon*.

— Donc, reprend le René soulagé, après en avoir – âprement – débattu, le conseil municipal estime inutile de recourir à une procédure de référendum, puisqu'il lui revient de droit de statuer souverainement, de par le pouvoir que lui confère le suffrage universel.

Personne n'ose broncher, cette fois. On réalise avec un peu de honte et de complaisance l'énormité de la situation. On a aussi peur de se faire éjecter de la salle avant de connaître le fin mot de l'histoire.

— Bien ; chacun a pu exprimer son “poing” de vue, nous pouvons donc passer au vote. Qui est pour le village vacances ?

Toutes les mains, sauf celle du Jean-Pierre, se lèvent.

Un « Oooooh » de désolation se fait entendre. Il ne couvre pas les « Aaaaah » de satisfaction qui jaillissent dans l'autre camp. Le René a réussi à retourner le conseil.

— Qui est contre ?

Le Jean-Pierre lève, pour le principe, un bras dégoûté et s'incline.

— Voilà qui est fait ; je vous félicite de votre décision, dit le René.

Il vide un verre d'eau minérale et reprend :

— Maintenant, pour officialiser la situation nouvelle née au sein de notre conseil municipal, je propose de soumettre à la délibération de l'assemblée une motion de défiance vis-à-vis du maire actuel, Jean-Pierre Fecht, qui vient d'être mis en minorité, ainsi que le retrait de toutes ses délégations...

Forcément, l'attaque sort le Jean-Pierre du coma politique dans lequel la défaite l'a plongé. Il se dresse raide comme un piquet de tente Maréchal, cramoisi de fureur :

— Quoi ?

Il en bave, en postillonne de colère. De mémoire de Rieswihrien, on ne l'a jamais vu écumer de la sorte et on devine que les hostilités vont redémarrer dare-dare.

— C'est tout vu, Jean-Pierre ! Nous avons le suffrage universel avec nous ! Et en plus, on a la majorité ! rétorque, sans trop s'emballer, le René, pour bien marquer le rapport de forces.

Il a bien préparé sa prise de pouvoir.

— C'est un coup d'état municipal ! dénonce le Jean-Pierre, rubicond.

— C'est l'expression de la démocratie et tu n'as pas le droit d'aller contre !

— Jamais ! Jamais, tu m'entends !

Hors de lui, Jean-Pierre soulève la table du conseil pour évacuer son trop-plein de rage. Mais celle-ci (la table, pas la rage), en chêne massif et acquise à prix d'or auprès d'un vrai menuisier, est sacrément lourde ; si lourde qu'il ne parvient qu'à réveiller un lumbago contracté lors d'une séance de jardinage printanier dans le potager de Lucie. Écumant de rage, pâle comme une vesse de loup, il déchire alors l'espace devant lui d'une main qu'il ne contrôle plus et envoie son poing en avant-garde du Rhin dans le nez de l'usurpateur... Il est aussitôt maîtrisé par son ancienne majorité, tandis que le René, étourdi par la soudaineté de l'attaque, jure en se tenant le nez qu'il va déposer plainte devant le procureur de la République dès le lendemain et que ça va saigner dans les prétoires. Voyant leur héraut molesté, les opposants à Bois & Loisirs se jettent dans la mêlée...

8

Sous ses ecchymoses mauves et lustrées, l'Ortie étincelle et pétille. Quatre points de suture couturent son arcade sourcilière droite. À son côté, le Bleuet, badigeonnée d'arnica, décolleté en corniche par dessus la *Stammtisch* du Cheval d'Or, ressemble à une sorcière grimée pour la fête d'Halloween. Le Pissenlit, lui, tient sa tête de travers à cause d'une vertèbre déplacée, et le coquart qui tuméfie son œil gauche ne l'empêche pas d'admirer la poitrine du Bleuet.

Depuis ses fourneaux, Jean-Luc Spiesser, énervé, jaloux et luxé, observe le manège des trois en ruminant des pensées hostiles, suspicieuses et anti-écologistes. Sa femme et lui se battent froid depuis la veille, depuis la bagarre, « depuis que ces trois-là et le Jean-Pierre ont déclenché la guerre civile à Rieswihr, et transformé le village en annexe de Sarajevo », remâche le cuisinier furieux. Il a campé la veille sur le canapé de la résidence privée du couple, le Bleuet se barricadant dans une chambre double de l'hôtellerie. Le lit marital, jadis peuplé de grincements saccadés, est resté sinistre et silencieux.

Le village vacances, Jean-Luc est pour. Ce sera bon pour le restaurant.

Ce n'est cependant pas l'avenir de Rieswihr qui tourmente le plus le cuisinier. Tout en tournant une cuillère en bois dans la sauce au vin, il se sent torturé par les affres du doute. Toutes ces allusions aux fesses de sa femme le perturbent : serait-il un homme trompé ?

C'est pourquoi la présence au Cheval d'Or du Bleuet, du Pissenlit et de l'Ortie, ses deux stupides complices – « l'état-major », comme il les surnomme ironiquement – ulcère le cuisinier, qui en oublie de verser le riesling et vide sans s'en rendre compte une salière dans la cocotte.

— Nous devons organiser la résistance ! lance le Bleuet avec détermination. Après tout, nous sommes chez nous ici, et c'est pas parce que Schwarzkopf a décidé d'implanter un complexe touristique qu'on doit se mettre à genoux !

« À genoux… » pense Jean-Luc.

— On s'est déjà fait envahir deux fois par les Allemands, en 70 et en 40, c'est pas pour recommencer avec les Hollandais ! dit le Pissenlit.

— Mes amis, chuchote l'Ortie d'une voix empreinte d'émotion, cette nuit, j'ai fait un rêve : Harold de Burckheim m'est apparu !

Comme on est dans le feu de l'action, le rêve de l'Ortie ne suscite aucune moquerie.

— J'errais dans les ruines du Schweissberg, je me trouvais dans la cour haute et, sans que je comprenne pourquoi, le château a soudain rayonné de son lustre d'antan. Harold de Burckheim se tenait devant moi. Il m'a touché l'épaule du plat de son épée. « Morand, m'a-t-il dit, veux-tu sauver mon Schweissberg ?» Évidemment, vous pensez bien que j'ai répondu oui, souffle-t-il en rougissant.

— J'ai une idée ! coupe le Bleuet.

— Hein ? interrogent les deux autres.

— Les municipales sont dans cinq mois… Nous allons lancer une pétition contre le village vacances, sortir un blog, créer une banderole que nous afficherons à l'entrée du village, et constituer une liste pour les élections, avec Jean-Pierre ; ça obligera le René à reculer.

Le Bleuet se penche encore davantage et fait signe à ses complices médusés par ses seins aux trois quarts nus d'approcher. Elle jette un œil méfiant vers la cuisine où Jean-Luc n'en finit plus d'engueuler ses apprentis :

— Le major Leclerc a beau dire, je suis sûre que la mort de Pascal n'est pas une mort ordinaire…

— À vrai dire, avoue le Pissenlit, je trouve tout de même bizarre qu'il soit mort juste au moment où Bois & Loisirs arrive, et sur le lieu même où les résidences doivent être construites…

— Moi aussi, la coïncidence m'a paru étrange, renchérit l'Ortie. Et pourquoi se serait-il jeté du haut du Schweissberg ?

— Et s'il n'était pas tombé tout seul ? Si quelqu'un l'avait poussé ? suggère le Bleuet. Et si le major Leclerc cherchait à étouffer l'affaire pour protéger le projet de village vacances ?

Et comme l'Ortie et le Pissenlit restent silencieux…

— Et puis, que faisait Suzanne Seyller au Schweissberg à une heure où elle était tenue d'être à l'Agora, en sa qualité d'adjointe à l'urbanisme ? Et pourquoi a-t-elle dit qu'on avait tué Pascal ?

— C'est étrange, admet le Pissenlit.

— Peut-être qu'il y avait quelque chose entre eux…

— Oh ? fait Morand choqué, mais Seyller Suzanne est mariée…

— Vous savez, Morand, de nos jours, cela ne veut plus rien dire, souffle le Bleuet.

— Ne devrait-on pas en aviser les gendarmes ? réfléchit l'Ortie.

— Les gendarmes ? Si ça se trouve, le major Leclerc trempe jusqu'au képi dans la combine, s'exclame le Bleuet. Non ! J'irai voir Suzanne pour tirer les choses au clair de femme à femme.

— Pendant ce temps, moi j'irai visiter les locaux où Pascal rangeait ses affaires. J'y trouverai peut-être un indice...

— Et moi, décide l'Ortie qui ne veut pas être en reste, je vais retourner inspecter le Schweissberg !

Il avance sa main sèche striée de veines bleues et onduleuses vers celles de ses amis.

— Tous pour un, un pour tous, et vive le Schweissberg libre !

— Vive le Schweissberg libre !

9

— Je suis un homme fini, même ma femme est contre moi…

Désespéré, Jean-Pierre se tient la tête entre les mains.

— On va plutôt aller faire une bonne balade en Forêt-Noire, comme au bon vieux temps, et se prendre une bonne pinte de vraie bière, propose son ami Philippe Dirringer.

Aussitôt dit aussitôt fait. Rien ne vaut un bol d'air montagnard pour se remettre les idées en place.

Entre les deux hommes, l'amitié remonte à loin. Ils sont de la même classe, celle de 1955. Ils se sont connus sur les bancs de l'école, ont dragué les mêmes filles sous l'abribus de Rieswihr, ont écouté les mêmes musiques bruyantes et grandiloquentes et bâti main dans la main le *Fackel* de la Saint-Jean. Comme ils n'ont plus arpenté les pentes abruptes des sommets depuis belle lurette, et qu'ils craignent pour leurs artères encrassées par les Cynar-bières, Philippe décide prudemment d'emprunter le téléphérique du Schauinsland. Mais l'inconvénient avec le téléphérique c'est que, si on n'a pas pris ses précautions avant de monter, la situation devient vite intenable…

Tenaillé par une insupportable envie de faire pipi – consécutive à l'absorption massive de chopines,– Jean-Pierre essaye de donner le change en dansant d'un pied sur l'autre dans la petite télécabine, qui commence à se balancer anormalement sur son câble, au point qu'un observateur extérieur pourrait y voir un pendule cubiste. Au moins ne pense-t-il plus à sa déconfiture municipale et à la trahison de Lucie, sa femme, qui a pris fait et cause pour Faller et Schwarzkopf !

Ils sont trois dans la cabine, Philippe, lui-même, ainsi qu'un inconnu en chaussures de randonnée et sac à dos.

— C'est miction impossible... rigole Philippe pour détendre l'atmosphère.

Jean-Pierre, grimaçant et terrifié, voit venir le moment où il ne pourra plus retenir sa vessie et s'humiliera définitivement, ruinant à jamais une carrière politique prometteuse en mouillant son pantalon à cinq mois des élections. Abandonnant toute retenue, il fait coulisser la vitre de la télécabine et se soulage dans le vide, sur la pointe des pieds ; il observe, le regard vague et reconnaissant, le jet d'urine dessiner une courbe de plus en plus incertaine dans l'air et se perdre dans la forêt de sapins.

— Cas de force majeure, grogne-t-il.

— *Il pleut, il pleut bergère,* sifflote l'inconnu, l'air de rien.

Jean-Pierre se rebraguette et se tourne vers lui :

— Ah, vous êtes français ; tant mieux, souffle-t-il, en pensant que si le passager était allemand, il aurait sans doute pris les choses autrement qu'en chanson.

Philou, qui a pudiquement tourné les yeux de l'autre côté et fait semblant de ne plus connaître son ami, se dit que les circonstances sont peut-être propices aux mauvaises nouvelles. Cela fait des semaines qu'il cherche l'occasion d'avertir Jean-Pierre.

— Y a pas à dire, on réfléchit mieux la vessie vide, JiPé, dit-il en guise d'introduction.

—Ah ça...

Pour se donner un peu de temps, bien peser des mots qu'il ne sait comment amener sans provoquer une crise de désespoir, le président de la société de pêche de Rieswihr se débraguette à son tour et urine par la fenêtre en un long jet qui étincelle comme une truite arc-en-ciel dans le soleil.

— Après tout, c'est bio et naturel, et ça fait pousser les arbres, commente-t-il pour se disculper.

— Bon, les rois de la prostate, puisque c'est comme ça, vous m'excuserez mais c'est aussi ma tournée, lance le randonneur.

Il ouvre lui aussi la vitre et se soulage avec un borborygme de plaisir qu'il ponctue par un trivial :

— Pour la grosse commission j'attendrai d'être en haut.

Du coup, tandis que la vespasienne poursuit son ascension suspendue à son fil, le Philou ne sait plus comment introduire sa déclaration. Embarrassé, il finit par se jeter à l'eau... sans y parvenir. Non... Trop délicat.

Il tergiverse et dit n'importe quoi :

— Tu vois JiPé, moi je pense que tu dois t'accrocher à la mairie. Après tout c'est toi qui as gagné les élections et les prochaines sont dans cinq mois. Tu peux retourner la situation. Le René, il n'a pas l'envergure, c'est Schwarzkopf qui est derrière lui.

Une buse variable plane et rase la cabine.

Jean-Pierre, brièvement tiré de ses déprimantes ruminations par l'irrépressible envie de faire pipi et le cri perçant du rapace, redevient morose à l'évocation de son infortune.

— Je ne m'en sens pas la force ; pour moi, la politique, c'est fini…

— Vous êtes sénateur ? s'enquiert le passager.

— Non, il est maire, dit Philippe.

— Ah… Ils n'ont pas l'air commode, vos administrés…

— Oh non… commente Philippe.

— J'étais maire… corrige le Jean-Pierre au bord des larmes, en essuyant ses yeux tuméfiés par la bagarre de la veille.

Philippe le réconforte :

— Les gens attendent quelque chose de toi au village, ton idée de référendum est bonne, il faut y aller. Je suis sûr que la majorité sera pour toi.

— Qu'est-ce que tu veux que je fasse d'une majorité, puisque je ne suis plus qu'une minorité ? Rien…

— « La majorité a toujours tort. Parce qu'elle est composée d'imbéciles. La minorité aussi est composée d'imbéciles. Mais ils sont moins nombreux », Léo Campion, cite l'étranger.

— Vous, ce n'est pas la peine d'en rajouter, s'il vous plaît, réplique Jean-Pierre, douloureux.

— Je disais ça pour plaisanter.

— C'est pas parce qu'on a fait pipi ensemble qu'on vous a invité dans la conversation, coupe sèchement le Philippe. Et vous n'êtes même pas membre du conseil municipal.

— Dites donc…

— Il a raison, je suis un imbécile, se mutile le Jean-Pierre.

— Ce n'est pas ce que j'ai dit !

— Mais moi je le pense, et je sais de quoi je parle !

— Tu dis ça parce que tu es découragé, c'est normal après tout ce que tu as fait pour Rieswihr, tu es bien mal payé en retour.

— Ce qui me dégoûte le plus, Philou, c'est que Lucie aussi est contre moi. Tu te rends compte, ma propre femme soutient Faller et Fischer !

Philippe saute sur l'occasion :

— Écoute JiPé, à ce sujet, je voulais te dire quelque chose d'important que je n'avais pas osé te dire jusqu'à présent, dit-il l'air grave et en s'approchant de son ami pour que l'inconnu, qui semble avoir l'oreille bien fine, n'entende pas un décibel de ses paroles.

— Qu'est-ce qu'il y a, encore ? se lamente Jean-Pierre.

— C'est difficile à dire, JiPé, mais je te jure que je ne te le dirais pas si ce n'était pas la vérité vraie...

— Au point où j'en suis, Philou... lâche Jean-Pierre, qui ne se doute de rien.

— Justement. Et tu sais, ça éclaire beaucoup de choses.

— Qu'est-ce que tu veux me dire au juste avec ton éclairage ? s'énerve Jean-Pierre.

Philippe, pâle comme une endive, s'élance :

— Lucie... elle a une liaison avec Schwarzkopf !

— Non...

Assommé par la révélation de son ami, Jean-Pierre, flageolant ouvre la fenêtre et respire une goulée d'air montagnard. Il est pris de vertige devant le spectacle de la forêt, qui tapisse le vide et glisse en contrebas.

— Vous devriez quand même aller vous faire dépister, fait le passager, qui se méprend : cette fois-ci, le JiPé n'a pas envie de faire pipi.

Déboussolé, abasourdi par sa mésaventure conjugale, Jean-Pierre enjambe la fenêtre de la télécabine et se jette dans le vide...

— JiPé ! hurle Philou tétanisé.

— Philou ! hurle le JiPé encore plus paniqué.

Il réalise soudain, l'ivresse brutalement enfuie et les doigts crispés sur la tôle du téléphérique, qu'il a vraiment sauté... que ses pieds sont suspendus dans l'azur de la Forêt-Noire, et qu'il risque à chaque seconde de lâcher prise et de s'écraser sur les rochers cinquante mètres plus bas...

— Philou ! Aide-moi !

— Tiens bon, JiPé, on va arriver à la gare !

— Je vais essayer d'attraper un pylône ! glapit Jean-Pierre.

Il regarde un pylône gris qui s'avance :

— J'y arriverai jamais !

— Non ! Non ! Tu vas tomber ! Ne lâche pas, on va te remonter ! s'étrangle Philippe à la fenêtre.

Déjà, l'ami de toujours et le randonneur, penchés vers l'extérieur, ont saisi le maire suicidaire par les bras et tentent de le hisser à la force des biceps.

— Tiens bon JiPé !

— Je vais mourir ! Je vais crever !

La télécabine s'agite dangereusement et chancelle, heurtant presque le pylône.

— *Gott verdammi*, tu vas tous nous faire crever, JiPé...

Un dernier effort... ils réussissent à le hisser... et se cassent tous les trois la figure dans la cabine.

— Bon Dieu ! Qu'est-ce qui t'a pris ! souffle le président de la société de pêche.

Il reste assis sur le plancher, adossé à la banquette, et essuie son front maculé de sueur. Il se sent vide.

— Bernique, alors ! lâche, avachi sur le plancher, Jean-Pierre en larmes. Merci, les gars...

L'émotion passée, la cause de sa tentative de suicide lui revient en mémoire.

— Et en plus, je suis cocu ! se désole-t-il, humilié.

— « Il vaut mieux être cocu que ministre, ça dure plus longtemps et l'on n'est pas obligé d'assister aux séances », Léo Campion à nouveau, déclame l'inconnu.

— Oh vous, ça va, hein, ce n'est pas parce que vous lui avez sauvé la vie que vous êtes autorisé à vous foutre de lui !

— Je ne me fous pas de lui ! J'essaye de le réconforter. C'est vous qui avez parlé politique en premier, et moi aussi j'ai été cocu et je n'en fais plus un drame national, je fais de la randonnée ! se rebiffe le promeneur.

— Et avec cette ordure de Schwarzkopf ! Un UMP, en plus ! Ah, la chienne ! se lamente Jean-Pierre.

À ce moment, la colère semble lui redonner des couleurs politiques et de l'énergie.

— Allons, allons, JiPé, tu ne peux pas dire ça de ta femme... dit Philippe.

— Laissez-le, ça soulage....

— Ah, le salaud ! C'est un coup politique contre l'écologie et le développement durable ! J'aurai sa peau, à ce nain ! Il manipule Lucie pour le compte de Bois & Loisirs !

— Il paraît que les nains... fait le randonneur.

— Vous allez arrêter, oui ? glapit Philippe exaspéré, mais soulagé d'avoir livré son secret.

Jean-Pierre essuie ses larmes, se mouche dans sa chemise et se redresse.

— Je vais me présenter aux législatives contre cet enfoiré de Schwarzkopf ! articule-t-il. Et c'est moi, le cocu, qui irai à la chambre !

10

Assoupi sur le banc de l'Assemblée Nationale, le député Fischer, auquel son groupe parlementaire a confié une passionnante mission de veille anti-amendement ce mercredi soir, est occupé à supprimer dix mille emplois dans la fonction publique et rêve à sa gloire de futur ministre.

Il est Super Écolo. Traversant, grâce à ses super-pouvoirs, le ciel bleu du canton dans son costume vert, le voici frôlant les pales étincelantes de l'éolienne géante du Schweissberg. Dans les jardins des cottages HQE, sur les pelouses aussi parfaites que celles du golf d'Ammerschwihr, il devine les touristes ébahis lever les bras vers le soleil : « Regardez là-haut ! disent-ils, c'est Super Écolo !» Bon prince, Roland Fischer leur envoie un salut sympathique et stylé, virevolte dans l'azur tel un tiercelet et se pose sur le donjon. La pointe de son brushing vert métal brille dans la lumière et une poussière d'or scintille dans son sillage. Tout le monde croit qu'il fabrique laborieusement la France à l'assemblée… mais en vérité, il a secrètement revêtu sa combinaison de Super Écolo par-dessus son complet dans les vestiaires, et a profité d'une pause demandée par le Parti Socialiste pour s'éclipser sans éveiller l'attention de ses pairs et du président Accoyer.

Il surveille maintenant sa circonscription et vérifie que l'abominable Hulk/Fecht et sa bande de verdâtres dégénérés rieswihriens ne fomentent pas l'un de leurs coups gluants de fourbes congénitaux contre le village vacances. Son visage rose, rondouillard et poupin dissimulé sous un loup vert et viril, la chevelure augmentée de deux antennes de sauterelle et le buste musculeux moulé dans un plastron frappé du sceau glorieux de Super Écolo, le député Fischer laisse sa cape émeraude flotter dans la brise, les bras croisés sur ses plaquettes de chocolat Max Havelaar. Il en est à ce degré de son rêve où il va s'élancer du Schweissberg les bras tendus devant lui, raser à nouveau les pales de l'éolienne, susciter les murmures admiratifs de la foule et plonger vers les cottages aux toits pavés de panneaux photovoltaïques. « Super Écolo, c'est moi » lui souffle son inconscient. Mais voici qu'un détail l'intrigue… Ce puits canadien là-bas a l'air de mal fonctionner… En un éclair et sans un bruit, Super Écolo atterrit, sort son tournevis électronique, et remet l'équipement d'aplomb.

— Le bilan carbone, c'est important ! lance-t-il aux estivants ébahis, en souriant sous son masque céladon. Merci qui ?

— Merci Super Écolo ! clament-ils, enthousiastes.

Et il repart au-dessus du village vacances en une superbe courbe ascendante par-delà la forêt vers la mairie de Sainte-Anastasie… Personne à droite, personne à gauche… Il se propulse par la fenêtre de son bureau et atterrit en douceur sur le tapis d'Orient représentant des gazelles en liberté dans un champ de roses que sa femme Florence lui a offert. Il faut faire vite… Se changer pour ne pas éveiller l'attention des villageois, et sauter dans le TGV de Paris pour regagner l'Assemblée. Mais…

— Alors Roland, tu ne me salues plus ?

Le député Fischer, affairé à ôter sa combinaison de Super Écolo pour réintégrer son costume d'élu, sursaute. Stupeur. C'est le président Sarkozy qui s'adresse à lui :

— Ainsi donc c'est bien toi, Super Écolo… dit le président, admiratif, en hochant la tête comme une chouette.

— Oui président, fait Super Écolo, au garde-à-vous.

— Ne t'inquiète pas, je ne te trahirai pas ; moi aussi, j'ai des super pouvoirs. Et garde ton costume, Roland, il te va très bien.

— Merci, président.

— Tu vois, Roland, on m'a beaucoup parlé de toi et j'admire le travail que tu réalises à la CoCoCo.

— Ah ? Vous savez, président ?

— Ne sois pas modeste, Roland. La France a besoin d'hommes de ta trempe. Si tous les élus du peuple ne faisaient que le dixième de ce que tu réalises pour sauver la planète, la Terre, ce serait Neuilly. Tu as fait le plan climat territorial avant tous les autres, tu as construit un village vacances HQE exemplaire, et dans ta commune, à Sainte-Anastasie, tu as offert un récupérateur d'eau pluviale à tous tes concitoyens. Et je ne parle même pas de ton bilan carbone.

— Oui, mon bilan carbone, président… fond le député Fischer.

Le président ne va quand même pas… Si :

— Que dirais-tu du ministère de l'écologie, de l'aménagement du territoire, et du développement durable ?

— C'est trop d'honneur… président, dit Fischer, aux anges.

— *The right man at the right place*, tranche le président. Super Écolo, tu ne seras pas de trop pour sauver la planète ! Tu commences mercredi ! Tope là.

À ce moment, le portable du président Sarkozy se met à siffler Gilbert Montagné, et le député Fischer se réveille en sursaut sur les bancs de l'Assemblée.

Tiré de son rêve, il se cramponne au dossier de son siège pour ne pas tomber.

— Super Écolo à l'appareil, à qui ai-je l'honneur ?

— Monsieur le député ? interroge René Faller, perplexe.

— Je vous rappelle, mes chers collègues, que le règlement interne stipule de mettre vos portables sur vibreur, gronde le président Accoyer.

— Le député Fischer à l'appareil, se reprend Schwarzie à voix basse.

Le premier adjoint et futur maire de Rieswihr, auquel Roland Fischer, rattrapé par la loi sur le cumul des mandats, a laissé entrevoir la présidence future de la CoCoCo, vient au rapport. C'est cela, la force de Fischer : un réseau d'amis dévoués et délicatement entretenus. Le René, il l'a retourné comme une crêpe.

— Je ne vous dérange pas, monsieur le député ? interroge René Faller, qui a la plus haute opinion des représentants du peuple.

— Non, je suis à la Chambre.

— À cette heure ci ?

— À la Chambre des Députés, René, s'agace Fischer. Nous sommes en train de supprimer dix mille emplois dans la fonction publique.

— Ah, quand même. Je vais peut-être rappeler plus tard, alors...

— Non... Non... C'est une formalité. On a travaillé en commission. Qu'y a-t-il ?

— Je voulais juste vous informer que le Jean-Pierre fait cause commune avec le Bleuet, l'Ortie et le Pissenlit pour essayer de renverser le village.

— Ah... fait Fischer en réprouvant un bâillement.

La nouvelle ne lui crée aucun désappointement.

— Ils sont définitivement hors-jeu, on les a possédés, commente-t-il avec un « on » qui flatte René Faller.

— Je voulais quand même vous avertir que la Maria Spiesser et sa clique font de l'activisme avec Fecht, et qu'ils assurent qu'ils n'ont pas dit leur dernier mot.

— Fecht ne reviendra pas, il s'est ridiculisé, tranche Fischer, la main devant la bouche pour ne pas gêner les débats.

— Ils font circuler une pétition pour demander leur référendum. En plus, ils ont déployé une banderole à l'entrée du village. Je l'ai faite enlever, mais ils en ont remis une autre... Et puis ils laissent courir le bruit que la mort de Pascal est criminelle... Ils accusent Bois & Loisirs...

— Aaah... commente le député Fischer, ennuyé.

— Qu'est-ce que je fais, monsieur le député ?

— C'est que je suis à l'Assemblée Nationale là, temporise Fischer.

Il réfléchit.

— Bon, reprend-il. Vous allez créer vous aussi un blog sur le modèle du mien, dans lequel vous reprendrez mes arguments. Faites aussi une lettre d'information. De mon côté je vais faire accélérer la signature du protocole d'accord avec la Caisse des Dépôts et Bois & Loisirs. Nous en ferons avancer la date à samedi. Arrangez-vous pour engager la modification du POS d'ici là. Quant à moi, je vais déposer plainte contre X. Geishouse Pascal était un militant UMP et avait sa carte de membre à Sainte-Anastasie, je peux le prouver. Fecht n'aura pas supporté que son propre agent communal travaille pour moi.

— Jean-Pierre, un assassin ?...

Fischer marque un silence.

— Nous allons bétonner nos défenses, René. On peut décider sans eux, mais il serait embêtant que la contestation prenne de l'ampleur et que l'opinion publique s'en mêle. C'est d'accord ?

Fischer coupe la conversation, enclenche le vibreur en jetant un œil au sourcilleux président de l'assemblée, et active la fonction internet de son iPhone. À quoi ressemble donc ce blog... ?

— Ah les salauds ! lâche-t-il.

Il y apparaît dans le plus simple appareil, avec son sourire béat et sa coiffure argentée décuplée de volume. Le député tient un bilboquet dont la pointe a été remplacée par une verge raide, reliée par une ficelle à une boule fessue sur laquelle est inscrit "démocratie". Suit un appel à la mobilisation générale. Quoique flatté par la longueur de l'appendice, Fischer appelle dare-dare son avocat.

11

— Non, pas ce soir, chéri : je n'ai pas la tête à ça…

Jean-Pierre Fecht, déçu, retire ses mains des fesses de Lucie et bat en retraite, triste et frustré. Pas la tête à ça… Pas la tête à ça… « Et si j'avais la tête de Schwarzkopf, peut-être aurais-tu un peu plus la tête à ça ?» songe-t-il. Mais il n'ose rien dire. Il attend, il veut être certain, il veut qu'elle se trahisse, qu'elle avoue d'elle-même. Seulement voilà, Lucie, qui ignore que son mari sait, n'envisage pas une seule seconde de confesser une faute qui fait sa joie. Alors Jean-Pierre se résout à se décoller des fesses de sa femme et lui tourne le dos, déprimé.

— C'est à cause du village vacances, hein ? lâche-t-il, renfrogné.

— Oublie ça, Jean-Pierre, je suis fatiguée, je veux dormir, c'est tout.

— Tu ne me désires plus à cause du Schweissberg, Lucie…

— Laisse-moi dormir, s'impatiente-t-elle en tirant la couette sur elle et en s'y barricadant pour bien montrer qu'elle ne répondra plus. Ou va voir les filles à Colmar, je ne suis pas un réceptacle, le désir ça ne se commande pas.

Triste, sombre et frustré, le JiPé cherche un peu de réconfort dans des pensées lubriques. Bientôt, Lucie s'endort. Lui tourne en rond dans ses idées noires. Quand il pense qu'elle jouit sous les bourrades poupines de Schwarzkopf, que les mains grassouillettes de son ennemi caressent son corps, cela le rend fou de rage et, pour un peu, il étranglerait Lucie dans son sommeil. Mais non. « Elle reviendra vers moi, je la reconquerrai » se convainc-t-il, « et Fischer déguerpira la queue entre les jambes. »

Il finit par culpabiliser. Peut-être n'a-t-il pas été assez attentif à elle… Et reprend espoir, follement. Rien n'est irrémédiable, surtout pas en amour. Épuisé, il glisse de la rumination intérieure à la demi-conscience… Quand Lucie saura la vérité… Elle reviendra… Et voici qu'à son tour il rêve…

… Il est Super Écolo… Il a revêtu ses cuissardes vertes, sa combinaison magique brodée des lettres majuscules S et E, sa cape et son masque émeraude.

— Au secours, Super Écolo ! crie Lucie, entre les griffes de l'horrible Hulk/Schwarzkopf, dont la coiffure effrayante semble ricaner. Un rictus défigure la bouche sardonique de l'abominable Schwarzie, occupé à fouetter sa femme attachée à un sapin centenaire du Schweissberg. « C'est incroyable », constate Super Écolo, stupéfait. Les ennemis de la nature ont profité de son séjour en Forêt-Noire pour construire un village vacances ! Un cauchemar. À perte de vue, s'alignent les pavillons et des milliers de voitures sont garées sur des esplanades taillées dans la montagne… Une éolienne délirante hache le ciel de ses pales et avance dans la forêt vers Rieswihr. Déjà, les premières maisons sont découpées en rondelles et les fétus de la mairie voltigent sur la place… L'éolienne rase tout avec la facilité d'une tondeuse à gazon… Super Écolo reconnaît l'abominable Schwarzkopf au volant.

— Regardez là-haut ! C'est Super Écolo ! s'exclame une voix.

C'est une Rieswihrienne qui vient de crier. Et Super Écolo sent l'espoir renaître dans sa voix en même temps qu'elle prononce ces paroles. Il arbore une expression fechtienne et fonce droit devant lui à la rencontre de l'éolienne. Un corps-à-corps terrible s'engage. On croit Super Écolo tronçonné par l'éolienne mais il slalome entre les pales, la saisit à la gorge, et la renverse. Le paysage est déchiqueté... Alors, Super Écolo l'assomme à coups de poing... Les pales arrachées s'arrêtent de tourner. Schwarzkopf s'enfuit. Super Écolo se lève et reprend son essor dans le ciel. Le voici semant sa poudre magique super écologiste sur Rieswihr, et les maisons se reconstruisent toutes seules. On dirait des écohameaux vertueux, et les gens sont heureux ! Puis il fonce en piqué sur le village vacances et, ô surprise, bientôt la forêt se met à repousser et l'aqualude tropical disparaît et laisse place au Wasserloch.

— Au secours, Super Écolo !

Lucie !

L'horrible Schwarzkopf, qui n'admet pas sa défaite, l'a emmenée en haut du Schweissberg. Lucie est toute nue, excepté une lanière de cuir noir qui l'entrave et l'enlace.

— Tant pis pour toi, Super Écolo ! hurle l'abominable Schwarzkopf.

Et il pousse Lucie dans le vide.

Mais, d'une envolée sublime, Super Écolo parvient à l'attraper avant qu'elle ne s'écrase sur les rochers. L'abominable Schwarzkopf, surpris et décontenancé, glisse, chute et se fracasse au pied du donjon en poussant un ululement sinistre.

— Merci, Super Écolo, soupire Lucie éplorée.

Il sent sa peau nue contre sa combinaison verte.

— Je n'ai fait que mon devoir… répond-il.

— Regardez ! crient les Rieswihriennes et les Rieswihriens, c'est Super Écolo ! Il a sauvé le village et la forêt ! Vive Super Écolo !

La suite est plus confuse. Jean-Pierre Fecht se rêve donnant une conférence devant le WWF. On vient de l'élire prix Nobel de l'écologie, et c'est le grand Al Gore lui-même, dont le crâne s'orne d'une couronne de laurier-sauce, qui lui remet son prix dans un téléphérique.

— Bravo, Super Écolo ! dit-il en lui serrant la main.

— Je n'ai fait que mon devoir, répète Jean-Pierre avec la même expression de modestie.

Puis le voici député européen à Strasbourg, convainquant ses collègues d'étendre le périmètre du plan climat territorial de la CoCoCo au territoire des vingt-sept pays de l'Union.

— Grâce à vous, l'effet de serre ne sera plus qu'un mauvais souvenir et on se gèlera à nouveau en hiver… le remercie chaudement le président Barroso en lui tapant amicalement dans le dos… La banquise a recommencé à couvrir l'Arctique, les ours polaires renaissent, la forêt amazonienne s'agrandit et fait des petits, et les tornades tournent dans le sens inverse des aiguilles d'une montre. Merci, Super Écolo…

C'est à cet instant qu'il réalise que ce n'est pas le président Barroso qui lui tape sur les épaules mais sa femme Lucie :

— Est-ce que tu peux arrêter de bouger comme ça, Jean-Pierre ? Tu m'empêches de dormir !

12

— À cause de tes conneries, Maria, il y a toute une moitié du village qui ne vient plus manger chez nous !

À la “Corne d’or” aussi, l’ambiance n’est pas au beau fixe.

— Tu n’a qu’à pas renverser ta salière dans tes casseroles ! C’est pas l’écologie qui les fait vomir, c’est ta cuisine !

— Imagine toi que si tu étais un peu plus souvent là pour m’aider, la salière je ne l’aurais pas renversée ! Mais madame se prend pour Nicolas Hulot !

— Tue-toi au travail si tu veux ! Moi, je me bats pour un avenir meilleur !

— Mais si t’es pas contente ici, retourne donc chez toi !

— Chez les Garibaldi, mon petit Jean-Luc, on ne se défile pas en plein combat sous prétexte d’aller faire cuire les nouilles !

— De toutes façons, je sais que tu en vois un autre !

— C’est faux ! ment le Bleuet, en se souvenant, un pincement agréable dans les reins, de l’après-midi passé chez le Pissenlit.

— Fous le camp !

— Ce n’est pas toi qui me chasses, c’est moi qui m’en vais !

Suzanne Seyller est seule dans sa cuisine, occupée à peler des pommes de terre, quand le Bleuet arrive. Elle regarde, déprimée, les épluchures s'entasser en se disant qu'elles sont une représentation réaliste de sa propre existence.

— Je suis passée voir comment tu te portes. Toute cette histoire a dû te secouer, ma pauvre Suzanne, dit le Bleuet.

Suzanne n'a pas le courage de dire non.

— Je n'arrive pas à m'en remettre, lâche-t-elle.

— Je comprends… Tu sais, Suzanne, poursuit-elle, si tu as envie de parler, tu peux te confier à moi.

Et comme elle la sent hésiter…

— Plusieurs d'entre nous pensent que Pascal ne s'est pas suicidé mais que quelqu'un l'a poussé du haut du Schweissberg.

Suzanne éclate en sanglots et ramène le bas de son tablier fleuri sur son visage.

— Je crois qu'on peut dire que Pascal et toi vous étiez très proches…

— Je l'aimais… Je l'aimais…

— Je te comprends Suzanne…

— On devait partir ensemble à la fin de l'année et quitter Rieswihr pour recommencer notre vie ailleurs… gémit-elle.

— Quitter Rieswihr ?

— On avait rendez-vous au Schweissberg ce soir-là… On s'était dit qu'on pourrait profiter de l'agora pour se voir. Quand je suis arrivée, Pascal n'était pas là… Je me suis dit que j'avais un peu d'avance ou qu'il était en retard. Alors, j'ai guetté le sentier. Au bout de dix minutes, je me suis mise à le chercher, j'ai fait le tour du château, et c'est là que…

La fin de sa phrase se perd dans les larmes.

— Cela a dû être terrible, souffle le Bleuet en la serrant contre elle. Je sais que c'est très pénible, Suzanne, mais il faut que tu essayes de te souvenir. N'as-tu rien remarqué d'inhabituel au château ?

— Non ! crie Suzanne. Non ! Je n'ai vu personne...

Pendant ce temps, l'Ortie inspecte méticuleusement les ruines. Et ne remarque rien. Il fouille l'ancienne cheminée, où les jeunes de Rieswihr viennent parfois faire du feu en dépit de l'interdiction ; il remue des injures jeunophobes, des papiers, des bouteilles de vodka vides et ne découvre rien d'autre que ces traces d'une archéologie récente. Aussi gravit-il les marches donnant sur la haute cour, son lieu préféré. Quelques sculptures témoignent de la richesse des de Burckheim. Il imagine Harold et son épouse Gertrud dans le logis, remarque que Gertrud a les traits charmants du Bleuet, ce qui contredit un incunable du quatorzième siècle attestant la blondeur de blé de Gertrud et sa poitrine infertile. Le vieux garçon grogne de contentement à sa propre vision de Gertrud, et sent son cœur battre plus vite. Ah, ce Bleuet... Quelle femme généreuse ! s'exalte-t-il.

Il rejoint l'escalier en colimaçon qui conduit à la plate-forme du donjon. Sait-on jamais ? les gendarmes, cornaqués par ce vieux doryphore de major Leclerc, ont peut-être négligé des indices. Mais ses attentes sont déçues. À part des mégots et un étui de préservatif, qui témoigne peut-être d'un renouveau du romantisme rhénan, rien de notable ne jonche l'escalier.

Il parvient essoufflé au sommet. Comme chaque fois, l'historien est subjugué par le somptueux panorama. Par-delà les ondulations molles du vignoble s'étale la plaine émaillée de villages agrestes, de lanières de forêts et de la ligne argentée du Rhin. Les verrues modernes sont gommées.

À cet instant de plénitude, sa canne roule sur le sol. L'Ortie se baisse et reste stupéfait. Un graffiti qu'il n'a jamais vu auparavant et qu'il a pris, au premier abord, pour des lichens, souille la pierre. On dirait du sang séché. Morand a un sursaut de recul : le dessin représente une longue verge équipée de deux testicules grossièrement tracés, à côté desquels une main a écrit trois lettres rudimentaires : S, C et H. L'historien pense d'abord effacer le gribouillage qui ne peut que témoigner de l'animalité grossière de ses contemporains, occupés à poursuivre leur affaires de slip dans les endroits les plus incongrus plutôt qu'à faire avancer la connaissance sur la famille de Burckheim. Il se retient à temps, cherche l'appareil photo, et immortalise l'inscription.

13

Au Lion Rouge, devant le bar, les habitués mènent aussi l'enquête...

— Il paraît que l'appartement de Pascal a été cambriolé, et que tout était sens dessus dessous. Le major et sa majorette sont venus constater les dégâts...

Jacques lance une fléchette et rate la cible clouée près du bar. Ses révélations, éculées depuis le matin, ne suscitent pas l'intérêt escompté. Ses copains préfèrent refaire le monde sur un mode plus écologique plutôt que de jouer au détective.

— Moi je dis qu'on n'a pas le droit de léguer à nos enfants une planète aussi dégueulasse que la salle de bains de Raymond ! dit le Chean-Paul derrière sa tireuse.

— Mais tu n'as donc pas d'enfant, Chean-Paul !, rigole le Raymond en lampant sa quatrième *Guiness is good for you.*

— D'accord, mais il faut gérer la Terre en bon père de famille. Comme le dit Schwarzkopf, l'écologie est une affaire trop sérieuse pour la laisser aux mains des écologistes.

— Rien que dans « écolo », il y a « eau », c'est un signe négatif, si tu veux mon avis, considère Jacques.

— C'est comme socialo, c'est du pareil au même, approuve Raymond.

— Oui, l'écologie est une résurgence du socialisme !

— N'empêche que si tu y penses bien, continue le Chean-Paul en jetant un œil par la porte ouverte vers son Mitsubishi 4x4, dans le métier, on fait du développement durable depuis des lustres ! On n'a pas attendu les écologistes ! Toutes les bouteilles sont consignées et recyclées. Et puis on a beau critiquer, la consommation de bière, ça encourage la préservation des nappes phréatiques, vu qu'il faut une eau pure pour la fabriquer.

— Et puis, l'alcool est un produit naturel.

— Et sain, ajoute Raymond. Il paraît que c'est dangereux de boire uniquement si on arrête de fumer.

— Tu vois, Chean-Paul, tu pourrais transformer ton iris(c)h pub en premier bistrot HQE d'Alsace ! Pour te mettre à la page, tu pourrais l'appeler Boire & Loisirs ou Bière & Vacances… se marre Bob.

— Rigole, rigole… n'empêche que j'y ai pensé. On n'y servirait rien que du bio, mais attention hein, pas du bio de contrebande qui vient de l'autre côté de la planète. Et puis photovoltaïque en terrasse et solaire thermique pour le vin chaud…

— On préfère la chaleur humaine !

— Avec le Bleuet, tiens !

— Il paraît qu'avec le Jean-Luc, c'est plus comme avant, ricane Raymond.

— Le Cheval d'or, la Jument d'or, et l'Étalon d'or. Y a un cœur à prendre, les gars !

— C'est bon pour les cardiologues…

— Je pourrais même servir du café équitable, tiens… Y paraît que ça se fait à Colmar, remarque le Chean-Paul.

— Du café ? Tu perds la raison : plutôt de la bière équitable, oui !

— Je crois pas que ça existe.

— Y a qu'à l'inventer.

— Comme ça, on pourrait prendre des cuites équitables !

— Et avoir des gueules de bois équitables…

— C'est une idée… admet le bistrotier.

— Moi, j'ai jamais trop compris ce que ça voulait dire, *développement durable*, concède le Jacques en lampant son demi.

— C'est simple, dit Chean-Paul, c'est comme un bistrot. Tu sers de l'alcool à tes clients, suffisamment pour qu'ils puissent durer et revenir, mais pas trop, sinon ils meurent avant l'âge, et tu te retrouves sur la paille, vu que tu auras épuisé la ressource. Avec la planète, c'est pareil.

— Aaahh…

— C'est comme les 4x4.

— Les 4x4 ?

— Les écolos disent que c'est la faute aux 4x4 si le réchauffement climatique augmente, mais c'est pas vrai. Les scientifiques ont démontré qu'une vache pollue plus qu'un Range Rover ! Et pourtant, la vache, c'est biologique ! Moi, avec mon Mitsu, je crache moins de gaz à effet de serre qu'un troupeau de vaches au Ballon d'Alsace !

— En France, on n'a pas de pétrole, mais on a des bov'idées… s'amuse Raymond.

— Peut-être que si on leur faisait boire du gasoil, aux vaches, ça irait mieux ?

— Oui, mais alors, ça s'appellerait des tracteurs…

— Chérie, emmène Diesel à l'étable… Et n'oublie pas Gazoline !

— Et pour traire les tracteurs, c'est pas gagné.

— Hé ! ça court quand même moins vite qu'une vache.

— C'est comme les vélos…

— Les vélos ? Jusqu'à preuve du contraire ça pollue quand même moins qu'une montbéliarde…

— Que tu crois… S'ils étaient fabriqués à Rieswihr je ne dis pas. Mais comme y sont tous fabriqués en Chine et qu'ils viennent pas en Europe à bicyclette, ça fait trois fois plus de pollution que nos bagnoles, en fin de compte. Sans oublier que le vélo, ça fait brûler des calories et que les calories, en brûlant, ça dégage du CO_2 ; c'est scientifique.

— C'est pour ça que je dis que Schwarzie et le René ont raison. Le village vacances, ça permettra de mieux protéger la planète. Agir localement, penser globalement, comme dit Schwarzkopf, ça va loin, les gars…

— L'action locale, ça nous connaît…

— Et la pensée globale aussi ! proteste le Chean-Paul.

— Tu vois, moi j'ai du mal à croire qu'ils vont arriver à le construire, leur village…

— Alors là, Raymond, je peux te garantir que c'est en bonne voie, se réjouit le Chean-Paul sur le ton de la confidence. Si tu avais jeté un œil devant la mairie en venant, tu saurais que le René est au turbin. Ils doivent signer le protocole d'accord ce soir au Biorama, pour prendre de vitesse le Jean-Pierre et sa clique.

— Ils vont l'avoir dans l'os, les khmers verts, et leur référendum avec ! Ils ne s'en relèveront pas ! se réjouit le patron du Lion Rouge. À nous les Hollandaises !

14

Dans le camp des anti-village vacances, le moral est au plus bas.

— Je vais aller parler à René à la mairie, et je vais le convaincre de renoncer, se résigne le Bleuet.

— On vient avec toi ? s'enquiert son service de renseignement.

— Non, je vais y aller seule. Je vous tiendrai au courant. Rendez-vous tous ce soir à vingt heures au Cheval d'Or !

Et la Jument d'or lâche séance tenante le fournisseur qui tente de la convaincre de faire blanchir son linge chez lui. Il y a urgence. La signature du protocole d'accord portera un coup fatal au référendum. Elle saute sur sa bicyclette et dévale la rue principale en direction de la mairie. Elle va tenter une ultime médiation avant l'affrontement.

— Tiens, tiens… fait le Chean-Paul en voyant le Bleuet filer comme un zéphyr. À l'affût derrière son bar, camouflé par sa chope de bière, le patron du pub irlandais se transporte intrigué sur le pas de la porte du Lion Rouge, zappant une minute ses clients qui continuent de philosopher sur les bienfaits du commerce équitable en Alsace, sujet aussi inépuisable que leur soif.

— Hé hé… ricane-t-il grassement.

Le Bleuet vient de stationner son vélo au pied de la fontaine de grès. Le patron de l'iris(c)h bar pense aussitôt lui faire une bonne farce en déplaçant la bicyclette et en la cachant près de la caserne des pompiers. Mais il remise l'idée dans un coin de sa cervelle, à cause de la chaleur. Depuis le matin, une touffeur si lourde qu'elle en devient assommante pèse sur le village. Par dessus les toits surchauffés, coiffant le Schweissberg, monte un énorme cumulonimbus.

— Y a le Bleuet qui entre à la mairie, informe-t-il son aimable clientèle.

— Pt'être qu'elle va se marier… considère le Raymond, goguenard. Il paraît que la nuptialité est en forte hausse. La faute à la crise !

Il s'attire un regard noir du Chean-Paul, qui pense à Martine, sa femme, toujours pas revenue.

— Va y avoir de l'orage, lâche-t-il pour changer de sujet.

En dépit de l'atmosphère suffocante et du litre de sueur que lui coûtera le déplacement, il part camper sous un parasol Coca-Cola de la terrasse, dressée de l'autre côté de la rue du Général Leclerc à l'intention des touristes.

René Faller est installé dans le bureau du Jean-Pierre. C'est une pièce coquette, de dimensions modestes, située au premier étage de la mairie, en face de la salle du conseil. Sur les murs, il a décroché les cartes postales Hansi de son prédécesseur, et accroché des aquarelles du village qui ne valent pas le clou qui les supporte mais ont été peintes par une cousine de sa femme… et ne sont pas moins réussies que celles qu'on achète, au prix du baril de pétrole brut, à Riquewihr.

René Faller, donc, est absorbé par l'accomplissement de ses nouvelles fonctions… et par le plaisir d'être enfin devenu vizir à la place du vizir, sans passer par la case élections. Ce qui l'occupe présentement est la lecture du projet de protocole d'accord mailé par Schwarzkopf via Bois & Loisirs et le service juridique de la Caisse. Le René s'est armé de courage. Une bouteille d'eau gazeuse se dresse sur le bureau, auprès d'un dictionnaire Dalloz. Il veut être sûr de pouvoir tout bien expliquer à la commission urbanisme, aménagement du territoire et développement durable, qui se réunira dans une demi-heure. Schwarzkopf sera content. La Région, le Département et l'État aussi. Le René, guilleret quoique transpirant, se sert une rasade d'eau minérale pour fêter la victoire, il fait trop chaud pour penser déflorer une bouteille de crémant. Tandis que l'idée crée une certaine effervescence dans sa cervelle, la porte du bureau pivote doucement sur ses gonds et le Bleuet apparaît.

Elle est toute échevelée par sa course à bicyclette, ses mèches brunes et bouclées collent sur ses tempes et rebiquent. Une merveille.

— Maria… Qu'est-ce que tu viens faire ici ? déglutit le René, sur ses gardes.

Il dissimule la matrice du protocole d'accord dans les pages “sports” du journal local, qui annoncent l'échec du Racing Club de Strasbourg dans sa nouvelle et désespérée tentative de remonter en Ligue 2. Le René craint comme la foudre dans les vignes les réactions passionnelles et passionnées de l'hôtelière en croisade. Un tempérament, comme on dit… Il s'en tâte encore les côtes.

— René, il faut que tu m'écoutes… murmure le Bleuet.

Il s'est préparé à une engueulade carabinée, à une paire de claques, à être pulvérisé d'injures. Or, voici que le Bleuet s'assied, contrite et digne, en face de lui, l'air belle et défaite d'une faible femme s'apprêtant à solliciter la protection du roi. Le René en est décontenancé.

— Je t'écoute, dit-il.

« Bon Dieu qu'elle est belle », pense-t-il en même temps.

— Je suis venue rencontrer le nouveau maire…

— Je t'écoute Maria, répète le René en avalant sa salive.

— Tu sais pourquoi je viens…

Le Bleuet le mange des yeux, et René se met à transpirer à grosses gouttes.

— Pourquoi tu me regardes comme ça ? lance-t-il, mal à l'aise.

— Pour le village vacances, René : que vas-tu faire ?

— Nom de Dieu…

— Nom de Dieu… invoque également le patron du Lion Rouge.

Embusqué sous son parasol à la gloire du soda, le Chean-Paul observe énervé l'embrasure vide de la fenêtre du bureau de René Faller. Le Bleuet et le maire n'entrent pas dans son champ de vision. Il a beau se tordre, il ne voit rien et imagine beaucoup. Il avale d'un trait son Cynar-bière et se dit à lui-même « Chean-Paul, remets-m'en un autre.»

— Ah, elle est belle, la démocratie, siffle-t-il entre ses dents.

Pourtant, à l'intérieur, il ne se passe rien d'autre qu'un aimable dialogue de sourds.

— Non, Maria, je ne reviendrai pas en arrière. Ce projet est bon pour le village, répète René Faller, inflexible.

— Je t'en supplie, René, insiste le Bleuet : tu seras le maire qui a sauvé le Schweissberg des promoteurs. Je te le demande à genoux, René, implore-t-elle avec tant de conviction que les larmes lui viennent aux yeux.

La voyant ainsi éplorée, le René a pitié. Il s'étire pour attraper un paquet de mouchoirs sur la bibliothèque voisine et le lui tend.

— Alors c'est non ?

Le Bleuet, déçue, se redresse et s'essuie chastement le visage.

— Tant pis j'aurai tout tenté, admet-elle à voix haute. Mais sache que nous continuerons à nous battre !

À peine a-t-elle réenfourché sa bicyclette que le Chean-Paul, malintentionné, pianote sur son portable et compose le numéro du Cheval d'Or. Il jubile.

— Allô, Jean-Luc Spiesser, s'il vous plaît.

— Qu'est-ce que tu fais ? s'enquiert Raymond.

— On dit toujours que les cocus sont les derniers informés : pas avec moi !, triomphe le Chean-Paul, qui tient sa revanche.

— Jean-Luc ? Salut. Chean-Paul à l'appareil. (...) Écoute, ça m'ennuie de te l'annoncer, mais je me suis dit que je ne pouvais pas te le cacher. (...) Question de conscience. Ta femme, Maria... (...) Oui, elle sort à l'instant du bureau de René Faller à la mairie. Écoute, Jean-Luc, je n'ai pas fait exprès de le voir, mais faut dire qu'ils ont pas pris beaucoup leurs précautions, et tout le village les a vus avec moi. (...)

Ta femme et le René, ils couchent ensemble dans le bureau du maire. (...) Je suis désolé pour toi. Mais je crois que c'était mon devoir de t'appeler pour que tu le saches. (...) Service. Allez, Jean-Luc, salut, et désolé, hein ?

— C'est la tournée du patron ! proclame-t-il en reprenant le chemin du bar.

15

Jean-Luc, furax, raccroche le combiné. Il s'assied une minute pour réfléchir, se sert un verre de marc de gewurtz et se relève, déterminé. Il tire un pistolet du haut d'une armoire, vérifie que l'arme est bien approvisionnée, et file d'un pas résolu vers les cuisines.

— Bon, les gars, fermeture exceptionnelle aujourd'hui. Ma mère est morte, ment-il avec une gueule d'enterrement. Vous avez votre après-midi. À demain matin, neuf heures.

L'évocation du décès de sa mère lui fait penser au projet macabre qu'il nourrit pour sa femme, et qui a surgi en lui comme une évidence dès que le Chean-Paul lui a annoncé la terrible nouvelle de sa cocufaction publique. Et ensuite, René Faller, fulmine-t-il en lui-même. Maria le couvre de honte en plein village avec le nouveau maire !

— Salope ! hurle-t-il une fois seul.

Sur le parc à autos du Cheval d'Or, tandis qu'elle range sa bicyclette, le Bleuet, en nage après la montée en pleine chaleur, ne prête pas attention aux « sincères condoléances, Maria » que lui présentent les serveuses et les apprentis avec une expression compatissante. Elle pense à une plaisanterie stupide, la maturité n'étant pas la qualité principale du personnel. Elle a réfléchi et se sent prête à se rendre au restaurant pour tenter une amorce de rabibochage avec son mari.

— Jean-Luc ? appelle-t-elle.

Et comme il ne répond pas, elle avance vers les cuisines.

Jean-Luc se tient assis avec un air bizarre devant le plan de travail en inox, et le Bleuet note, intriguée, que les lieux ont été désertés. D'habitude, à cette heure-là, la préparation du dîner bat son plein.

— Quelqu'un est mort ? demande-t-elle en se souvenant des condoléances de la serveuse et des apprentis.

— Oui, toi, annonce Jean-Luc en la regardant fixement.

— Qu'est-ce que tu racontes, Jean-Luc, ça ne va pas mieux ?

— Mieux ? Mieux ? hurle-t-il.

Il bouillonne.

— Je voudrais qu'on fasse la paix tous les deux... dit le Bleuet d'une petite voix.

— La paix ? articule-t-il en se levant d'un trait.

Il pense qu'il va exploser à l'instant, et s'étonne de parvenir à conserver un certain calme.

— Qu'est-ce qui ne va pas ? interroge le Bleuet, sur ses gardes. Tu n'as pas l'air dans ton assiette...

« Comment peut-on avoir l'air dans son assiette, avec des cornes grandes comme celles d'un taureau qui vous poussent sur le front ?» remâche Jean-Luc. Il ricane, amer, et dit d'une drôle de voix, qui malaxe les mots et n'augure rien de bon :

— Ne te donne pas la peine de mentir, Maria. Je sais tout, et tu vas mourir !

Il exhibe le pistolet.

Le Bleuet pâlit.

— Qu'est-ce que c'est que ce machin-là, Jean-Luc ?

Avec un sourire malsain, Jean-Luc pointe le canon de l'arme un peu à gauche de sa femme et tire. La balle se fiche dans la vitre d'un four professionnel, qui s'étoile. La déflagration est terrible. Le Bleuet sent ses jambes se dérober sous elle.

— Jean-Luc ! crie-t-elle, affolée.

— Traînée ! Salope ! crie-t-il, si fort que ses cordes vocales dérapent dans les aigus. Cela ne te suffit pas de te taper tout le lotissement des Poètes, il faut en plus que tu te fasses baiser par le René Faller ! Et qui d'autre encore hein ? Qui d'autre ? Salope !

Il la saisit à la gorge et le Bleuet sent le canon lui transpercer la joue et cogner contre ses dents.

— Qui t'a dit ça ! Ce n'est pas vrai ! se défend-elle.

— Tais-toi, salope !

« Salope », c'est le mot qui s'impose à lui. Un souvenir fugace lui revient : il l'a jadis employé, au temps de leur amour, durant leurs ébats, pour exciter sa femme. Finalement, il ne s'était pas trompé, c'en est une, une vraie, la plus grande que Rieswihr ait jamais porté !

— Qui t'a dit ça ? reprend le Bleuet.

Elle bégaye et essaye de respirer.

— Tu reviens de chez le René, on t'a vu à la mairie ! hurle Jean-Luc. Tout le village t'a vu lui sucer le dard !

— J'y étais pour le village vacances !

— C'est pas une raison pour coucher avec lui !

— Mais je n'ai pas couché avec lui, s'offense-t-elle.

— Menteuse ! Tout le monde t'a vu au village ! Si ça se trouve, ils ont même fait des photos !

Son accès de fureur est si fort que le chef du Cheval d'Or appuie sur la queue de détente de l'arme sans s'en rendre compte. La détonation fait trembler les murs et la vaisselle. Quant à la balle…

— Merde, fait-il en contemplant le désastre.

La balle a atteint le Bleuet à la tête, et elle s'effondre sur le carrelage de la cuisine dans une flaque de sang.

— Merde, répète-t-il.

Il reste prostré devant le cadavre. Il se demande s'il n'est pas devenu fou. Puis il range l'arme dans son pantalon, saisit le corps de sa femme par les aisselles et le traîne vers la chambre froide.

— Et maintenant au suivant, dit-il calmement, en rechargeant le pistolet.

Il sort sur le parking du Cheval d'Or.

Les coups de feu n'ont alerté personne. Il marche, émet un sourire lisse et poli envers un villageois qui promène son labrador noir.

— Bonjour monsieur Spiesser, dit le retraité.

— Bonjour.

Il aperçoit la bicyclette de sa femme, et décide de l'utiliser pour descendre au village.

Les trois membres de la commission urbanisme, aménagement du territoire et développement durable, ainsi que le fidèle Yves, sont concentrés sur leur travail. L'adjointe à l'urbanisme, la Suzanne Seyller, s'est fait excuser. Le scandale de sa liaison avec l'agent municipal l'a clouée au lit.

— Il y a une chose que je ne comprends pas bien : qui va payer pour l'aménagement des réseaux ?

C'est le Francis Herrlacher qui s'interroge.

— Normalement, dans le cas d'un lotissement, c'est la Commune qui viabilise les abords, mais pour ce projet, il est possible que Rieswihr touche des aides, explique le fidèle Yves.

— Y aurait intérêt, parce que ça va coûter bonbon.

— Il faut voir ça comme un investissement, rappelle René Faller. Même si ça nous coûte un peu, on rentabilise ensuite avec les impôts.

— Oui, ce n'est pas de l'argent dépensé à fonds perdus, puisqu'on en récupérera davantage après. Et puis, il y aussi des retombées pour les commerces locaux, acquiesce la conseillère Flora Baldung.

— D'ailleurs, le protocole d'accord est simple, poursuit le René. Rieswihr s'engage à vendre le terrain au Symbior selon l'estimation effectuée par les Domaines, et le Symbior le cède pour l'euro symbolique à Bois & Loisirs.

— Oui, mais alors, qui va construire l'aquapôle tropical ?, s'inquiète Francis Herrlacher.

— La CoCoCo, avec des aides du Département et de la Région, répond patiemment René. C'est le montage retenu depuis le début.

Flora Baldung soupire : dans tous les conseils municipaux, il y a un élu un peu dur de la comprenette qu'on aimerait refiler à l'opposition… Et cette chaleur, cet orage qui ne veut pas craquer…

— L'essentiel se cache souvent dans les détails, se justifie le Francis, auquel le soupir excédé de la Flora n'a pas échappé.

— En fait, on aménage, et on encaisse, résume René Faller.

— Ah, d'accord.

— Voi-là…, dit René en appuyant, conciliant mais agacé, sur les deux syllabes, afin de saluer l'effort de compréhension fourni par Francis.

Ils en sont là de leur labeur quand Jean-Luc Spiesser fait irruption dans la salle des commissions, comme avait surgi une heure auparavant le Bleuet dans le bureau du maire. René Faller lève les yeux, perplexe.

« Allons bon, après la femme, le mari », pense-t-il.

— On est en pleine réunion de travail, Jean-Luc, repasse plus tard, si tu veux bien !

— Ta gueule, ordure ! C'est une prise d'otages, articule le cuistot en exhibant son pistolet.

Le chef du Cheval d'Or est calme et déterminé, comme disent les journalistes pour dépeindre les malfaiteurs quand ils sont parvenus à braquer les milliards de la banque. Il tient son arme pointée sur la commission développement durable.

Le nouveau maire de Rieswihr se redresse, sceptique. Il n'arrive pas à y croire :

— Si c'est une plaisanterie, Jean-Luc...

En guise de réponse, le chef du Cheval d'Or tire en direction du buste de Marianne, dont le décolleté généreux lui rappelle les seins de sa défunte femme. Chambre froide. L'effigie de plâtre explose, la balle s'en va couiner dans la pierre, et des débris volent sur le plancher. Flora Baldung, paniquée, hurle, et le fidèle Yves, également terrorisé mais mû par un désir soudain de chevalerie qu'il ne s'explique pas, se porte au secours de la conseillère. Francis Herrlacher, qui ne perd pas son bon sens terrien, part d'un « Il est complètement barge, ce mec-là » fort peu diplomatique.

— Restez tous assis et... restez polis, intime le forcené, ou je vous refroidis par ordre alphabétique.

René Faller, pétrifié, fait signe aux conseillers d'obéir tout en réfléchissant qu'il est le second sur la liste alphabétique.

Ce dingue commencera par la Flora, ce qui lui laisse un répit pour accoucher d'une solution. Il lève les mains en l'air et se rassoit doucement, les jambes tremblantes, histoire de montrer, comme il l'a vu faire dans une série américaine par un agent du FBI séquestré, que ses intentions sont pacifiques.

— Mais qu'est-ce que tu veux donc, Jean-Luc ?, s'enquiert-il une fois assis, d'une voix qui trahit l'angoisse.

Il garde les mains en l'air, attitude que les autres membres de la commission développement durable et urbanisme ont aussi adopté, par peur de mourir, et par mimétisme. Personne ne comprend où Jean-Luc veut en venir. Le René se demande si le Bleuet n'aurait pas réussi à convaincre son mari de changer d'avis et de se lancer dans la lutte armée contre Bois & Loisirs et le conseil municipal… La force de persuasion des femmes…

— C'est la Maria ? interroge-t-il fort imprudemment.

Jean-Luc ricane. Ainsi, le René ne cherche même pas à nier les faits.

— Depuis combien de temps ça dure, René ?

Le René se gratte les cheveux, ennuyé :

— Qu'est-ce qui dure ?

— Ne te fous pas de moi !

— Je t'assure que je ne comprends pas, Jean-Luc.

René Faller dégouline de sueur.

— On vous a vus ensemble !

— Mais qui ça, "nous", à la fin ! s'énerve le maire.

— Ma femme et toi ! gueule Jean-Luc.

À cet instant, le René comprend ce que Jean-Luc s'est fourré dans la tête. Il en est estomaqué. S'il avait su…

— Tu ne crois quand même pas que je…

— Je crois ce que je vois et ce que j'entends ! rétorque l'aubergiste.

— Il y a méprise, Jean-Luc, je t'assure, tente René.

— Méprise, mon cul… Elle remonte de chez toi, le Chean-Paul vous a vus derrière la fenêtre de la mairie !

— Mais tu te trompes, Jean-Luc ! Elle est venue me supplier d'abandonner le projet !

— Et tu en as profité pour te la taper ! Salaud !

Florence Baldung, horrifiée, est à un millimètre de l'évanouissement.

— Non… glapit-elle. Ne me tue pas…

Le chef du Cheval d'Or braque son arme vers elle :

— Toi, la choucroute garnie, mêle-toi de tes affaires !

Il réoriente le pistolet en direction de René.

— Je te jure, Jean-Luc : elle est seulement venue à la mairie me demander d'abandonner le projet, proteste René Faller, dont le teint a viré au plâtre.

Francis Herrlacher, que rien ne désarçonne jamais, en profite pour mettre son grain de sel, suspicieux :

— Si ce que dit Jean-Luc est vrai et que tu as accepté de coucher avec le Bleuet pour profiter de la situation, c'est grave ; c'est de la corruption…

René le foudroie du regard :

— Mais puisque je vous dis que c'est n'importe quoi ! s'empourpre-t-il.

— Alors pourquoi tu ne nous as pas dit que Maria est venue te voir, s'enquiert Flora Baldung.

Jean-Luc croit capter un soupçon de jalousie dans le ton de la conseillère municipale. Il demande :

— Tu ne vas pas me dire qu'elle aussi, tu…

— Les bras m'en tombent, s'afflige le René en baissant les mains. Bien sûr que non, c'est de la folie ! Je suis marié !

— René ! s'offusque Flora Baldung, désappointée.

— Alors la Flora aussi ? grince Jean-Luc.

— D'accord, d'accord, admet René Faller, mais la Flora c'est pas pareil...

— René... s'offense la conseillère.

Que la Flora Baldung n'ait rien à voir avec le Bleuet, cela, même le fidèle Hervé peut en convenir. En filant la métaphore, on pourrait dire qu'elle est au Bleuet ce que le Clémenceau est au Charles de Gaulle, les problèmes de propulsion en moins.

— C'est pas pareil..., répète le René en se dandinant, ennuyé.

— Si, c'est pareil ! se fâche Jean-Luc, puisque tu te tapes aussi ma femme !

Il s'approche et appuie le canon sur le front du maire.

— Tu avais dit que tu commencerais par ordre alphabétique, bégaye René Faller.

— René ! déplore Flora, qui se sent doublement trahie.

— Tu vas payer pour ta concupiscence René, articule Jean-Luc en même temps qu'il augmente la pression du canon sur le front de son ennemi.

— Qu'est-ce que tu veux, à la fin ? bégaye René, vacillant sur sa chaise. Combien ?

Jean-Luc a un rictus triomphal :

— Garde ton fric, gros vicieux, je n'en veux pas. Je veux que tu te mettes à la fenêtre et que tu confesses tes péchés à toute la population de Rieswihr, articule-t-il avec délectation en contemplant l'oriel de la mairie comme s'il voyait d'avance la scène se réaliser.

C'est l'instant que choisit le fidèle Yves pour s'enfuir à toutes jambes et filer chercher les gendarmes. « Au secours ! Au secours !» l'entend-on crier dans les escaliers, en même temps qu'un coup de feu retentit.

16

Un quart d'heure à peine s'est écoulé que les otages et leur matuche entendent éructer le deux tons enroué de la fourgonnette du major Leclerc, éparpillant aux quatre vents ses couinements d'otarie affamée. Parvenu place de la Mairie, le gendarme s'ouvre un passage dans les rangs des badauds, stoppe près de la fontaine et coupe le moteur. Il s'extirpe de la cabine et saute sur le pavé rose, flanqué de la majorette.

— Revoir Rieswihr et mourir, lâche-t-il, fataliste et de mauvaise humeur, en refermant sa portière qui claque avec tant de fracas que la majorette pense que l'orage a commencé.

— Vous voyez, Bouafia, ces sauvages ne nous laisseront pas tranquilles tant qu'ils n'auront pas obtenu l'autorisation de se massacrer en toute légalité ; ce sont des anthropophages ! Mais qu'ils se prennent donc tous en otages et qu'on en finisse !

— Ils sont là-bas, major !

Le gendarme regarde la grosse silhouette rouge, ventrue et transpirante, qui court vers lui.

C'est le Chean-Paul Striffler, par qui le scandale est arrivé, et qui ne s'en vante plus trop. Il désigne le premier étage de la mairie. Sur le pignon Renaissance, un drapeau bleu-blanc-rouge pend, flasque et inerte, dans la moiteur de l'après-midi. Le major Leclerc, excédé, tamponne son front de la manche bleu ciel de sa chemise. Deux auréoles foncées s'arrondissent comme des lunes humides sous ses aisselles : la chaleur...

— C'est le Jean-Luc Spiesser ! Il soupçonne sa femme de le tromper avec le maire, alors il a pris la commission développement durable en otage, halète le Chean-Paul. C'est ennuyeux, car le maire doit signer le protocole d'accord avec Bois & Loisirs et le Symbior ce soir...

— Ah... fait le gendarme, sur ses gardes.

Ainsi donc, l'appel n'est pas un canular. Il scrute la façade et aperçoit la silhouette du forcené se découper par l'ouverture béante de l'oriel. Jean-Luc tient un pistolet braqué sur la nuque d'un prisonnier.

De retour à Sainte-Anastasie après un crochet au donjon du Schweissberg, Leclerc a juste eu le temps d'expédier au laboratoire l'échantillon de sang séché, qu'il est finalement allé prélever à la demande de Jean-Pierre Fecht avant de sauter dans son fourgon. Cela ne leur suffit pas de se battre comme des chiffonniers et de s'accuser mutuellement du meurtre de Pascal Geishouse ! Il faut maintenant qu'ils se prennent en otages ! Un village de dingues ! Et des dingues, il y en a plein la place de la Mairie : Tout Rieswihr est accouru.

— Faites-moi évacuer tous ces crétins ! ordonne le major à la majorette.

L'ordre n'est pas du goût du tueur, embusqué à la fenêtre :

— Qu'ils restent tous ici ! S'ils ne restent pas, je tue un otage, menace-t-il.

Dans la foule, les suppôts de Jean-Pierre Fecht et les anti-Bois & Loisirs se disent que c'est peut-être le moment propice de quitter la place, afin de faire payer à René Faller sa trahison.

Le major Leclerc réfléchit. Le forcené a l'air déterminé. Pas question de ramener un nouveau cadavre à la maison.

— D'accord, d'accord, se rend-il. Que personne ne bouge ! lance-t-il à la foule. Gardez votre calme, tout va bien se passer. Qu'est-ce que vous voulez au juste ? lance-t-il au forcené.

— Pour moi ce sera un citron pressé et une limonade, lance un plaisantin.

— Qui c'est qu'a dit ça ? se retourne le major, furibond.

Silence.

Le Jean-Luc ne pipe mot. À croire qu'il fait la sourde oreille, ou qu'il ne sait même plus pourquoi il braque le conseil municipal.

Le secrétaire de mairie, dont l'évasion a réussi, se faufile parmi le flot des Rieswihriens et se rapproche du major Leclerc.

— Il veut que le maire confesse publiquement avoir couché avec sa femme et avec Florence Baldung, rapporte-t-il.

Le major secoue son képi atterré. Une histoire de fesses ! C'est pour une histoire de coucherie qu'on fait tout ce ramdam…

— Si le « Christ a pardonné à la femme adultère, c'est parce qu'elle n'était pas la sienne… », commente-t-il, las, à l'attention de la majorette en citant un aphoriste anonyme.

Il pivote vers la fenêtre.

— Monsieur Fecht ! se méprend-il, peu au fait des révolutions de palais rieswihriennes, tout va bien ?

— Mais ce n'est plus Jean-Pierre Fecht, le maire ! s'exaspère le secrétaire de mairie, c'est René Faller ! C'est lui qui est pris en otage avec Francis Herrlacher et Flora Baldung !

— Ah, oui, c'est vrai, j'avais oublié votre propension à changer de maire comme de chemise, concède le major, stupide. Et il est où, le Jean-Pierre, alors ? demande-t-il.

Le gendarme, qui apprécie la continuité dans les relations élus-militaires, est un peu perturbé par le changement. Mais personne ne sait où est l'ancien maire.

La vue du fidèle Yves, coupable d'avoir faussé compagnie aux otages, excite soudain la fureur de Jean-Luc.

— Salaud ! Graine de poltron ! hurle-t-il.

Et il tire. Un frisson de peur et des cris traversent la foule en même temps que la déflagration. La balle fait un trou sonore dans le Jumper des gendarmes. Le major, la majorette et le secrétaire de mairie plongent derrière la fontaine. Chez les villageois, c'est la débandade... Dans le silence de mort qui suit, on entend la radio chuintante quémander bruyamment des informations à l'équipage, en vue de leur transmission à l'état-major. Une seconde balle miaule dans le grès et se perd dans le cumulonimbus.

— Cessez le feu ! ordonne le major Leclerc, collé contre la fontaine.

— Il a tué un otage, entend-on dans la foule en déroute.

— Nom de Dieu ! fait le major.

Il faut calmer le forcené, sinon il va faire un carton, et ce n'est pas un deuxième cadavre qu'il va ramener à la brigade, mais un semi-remorque plein.

Il s'incline vers la majorette.

— Vous avez quelque chose de blanc sur vous, Bouafia ?

Comme tous les militaires de la gendarmerie, la gendarmette arbore un uniforme du plus beau bleu.

— Non, chef, ment-elle

Le major réfléchit.

— Cas de force majeure, Bouafia : vous portez peut-être des sous-vêtements blancs ? Nous devons parlementer avec le forcené. Ce bougre d'âne est armé. Je ne voudrais pas qu'il tue l'un d'entre nous ou l'un de ces imbéciles de Rieswihr. On me le reprocherait jusqu'à la fin de ma carrière et ça ralentirait encore mon avancement. Et le vôtre avec, Bouafia…

— Mais, major…

— C'est un ordre, Bouafia. Vous, tournez-vous ! commande-t-il au secrétaire de mairie, qui se réjouit. Et vous aussi ! lance-t-il à la foule qui commence à repointer le bout de son nez.

La majorette, mécontente, se dévêt à contrecœur et dévoile une poitrine jeune et ferme, qui fait l'effet d'un bain de jouvence parmi la part masculine de la population. Des sifflements admiratifs fusent.

— Voilà, chef, dit la majorette en se dépêchant de reboutonner son corsage.

— Dans la gendarmerie, pour monter en grade, il faut faire preuve de pragmatisme, Bouafia, la félicite son supérieur.

Le major Leclerc saisit un branchage tombé d'un tilleul. Il y attache la bretelle du Wonderbra blanc de la majorette, et se met à l'agiter.

— Ici le major Leclerc ! Ne tirez pas ! Nous écoutons vos conditions ! tonitrue-t-il.

Cette fois-ci, le Jean-Luc répond :

— Je veux que vous fassiez revenir toute la population devant la mairie ! Et que le maire René Faller leur fasse une déclaration, déclame-t-il, son pistolet toujours pointé sur le crâne de l'ex-premier adjoint de Jean-Pierre Fecht. Je veux cent mille euros en petites coupures et un hélicoptère. Et si jamais vous tentez quoi que ce soit, j'exécute un otage !

Le major réfléchit. Il hésite. Les revendications sont disparates. Si ça ne tenait qu'à lui, il autoriserait volontiers le patron du Cheval d'Or à prendre en otage tous les habitants du village, à les enfermer dans l'église Saint-Wenderlin et à les exécuter un à un avant d'y mettre le feu... Mais forcément, il y a la loi, et il n'est pas seul à décider. Il ferait mieux d'en référer.

— C'est d'accord, Spiesser ! crie-t-il pour gagner du temps. Mais donnez-moi votre parole que vous n'ouvrirez pas le feu sur la population !

— C'est promis, major !

Le major Leclerc lève les yeux par dessus le muret de grès rose et examine la situation. René Faller n'en mène pas large, ni le Francis, ni la Flora, que le Jean-Luc a positionnés devant lui avec le premier adjoint pour éviter toute nouvelle évasion et se fabriquer un bouclier humain.

— Compliqué... compliqué... murmure-t-il.

Il va falloir solliciter des renforts.

— Allez à la radio, Bouafia, ordonne-t-il en se tournant vers la majorette.

Et, en même temps qu'il toise sa collaboratrice, il regarde l'horizon dans le dos de celle-ci. Au-dessus des toits, le ciel est devenu noir. Un grondement sinistre roule dans les nuages du Schweissberg. Les couleurs paraissent soudain s'attiser et atteindre un paroxysme, tandis qu'un souffle glacial et chaud, plein de poussières, balaye la place de la Mairie. La majorette éprouve la caresse impétueuse du vent et se dit que ce sera peut-être là sa dernière caresse, si le restaurateur appuie sur la gâchette.

— Dépêchez-vous ou je tue un otage ! répète Jean-Luc.

Il vient à son tour d'apercevoir le ciel de charbon. Si l'orage éclate, c'en sera fini de la foule et de la confession publique du René.

La majorette s'exécute. Mains en l'air, elle rejoint au trot la radio de la fourgonnette.

Jean-Luc pousse le René devant lui.

— Et maintenant, mes chers compatriotes, hurle-t-il, une allocution spéciale du nouveau maire de Rieswihr !

— Mes chers concitoyens, mes chères concitoyennes, commence René Faller, défait et dépité...

Mais il s'arrête...

— Dis leur avec qui tu as couché ! s'énerve le Jean-Luc en lui enfonçant hargneusement le canon entre les omoplates. Dis-leur !

— J'ai couché avec le Bleuet... glapit le René.

— Dis leur où tu as fait tes saletés !

— J'ai couché avec le Bleuet à la mairie...

— Et avec la Flora Baldung ! trépigne le restaurateur...

— Avec la Flora Baldung aussi, admet René Faller humilié.

Un homme vocifère, furieux, dans la foule, le mari de Flora. Elle se tient, tête basse et en pleurs, mortifiée, au balcon, à côté de René.

— Salope ! crie son mari. J'vais te buter !

— Et avec la Solange Specklin aussi ! ordonne Jean-Luc.

— Mais... proteste le René. C'est pas vrai...

— Dis-leur ou je te tue...

— Avec la Solange Specklin aussi ! Et bien d'autres encore ! prend-il l'initiative d'ajouter.

— Dis-leur que tu as couché avec toutes les femmes de Rieswihr ! intime le restaurateur, qui jubile.

Il pense aux prochaines élections. Avec de tels aveux, René Faller n'aura plus aucune chance d'être élu maire...

— Avec toutes les femmes de Rieswihr ! clame René Faller.

— Et dis-leur qu'elles sont bonnes !

— Et en plus elles sont bonnes !

— Menteur ! s'époumone l'une d'elles, sans qu'on sache ce qu'elle entend par là.

Le major Leclerc sort de ses gonds.

— Spiesser ! braille-t-il, ça suffit ! Libérez un otage, maintenant !

Mais ses paroles se perdent dans un craquement monstrueux. Un éclair vient de lacérer le ciel au-dessus de leurs têtes. La foudre frappe le clocher de Saint-Wenderlin, un déluge de grêle s'abat. Les villageois s'égaillent aussitôt dans tous les sens. Jean-Luc, lui-même désorienté par la puissance de l'averse et la violence des vents, fait rentrer les otages dans la salle des commissions. Il pleut si fort qu'on ne voit même plus les maisons de l'autre côté de la place. Des rafales balayent l'esplanade et tordent les tilleuls. La fenêtre claque, les vitres se fracassent, les rideaux s'entortillent et disparaissent, happés. Un coup de feu retentit. Jean-Luc, hagard, sent la situation lui échapper. Il a tiré au plafond en guise d'avertissement. Les trois otages se recroquevillent sous le portrait inquiétant du Président. La foudre frappe une nouvelle fois les toits, et il fait bientôt si sombre que la nuit envahit la pièce en plein après-midi. Jean-Luc allume le lustre. La lumière jaune se balance dans le vent et s'éteint : l'orage vient de décocher un troisième javelot qui a fait disjoncter tout Rieswihr.

C'est l'occasion que saisit Jean-Pierre Fecht pour courir vers sa mairie. À couvert du cyclone tropical qui noie Rieswihr, le maire déchu s'élance et s'agrippe au tuyau de la gouttière, qui dégorge pire qu'une cascade. Il escalade l'angle du mur, se hisse sous l'averse de pluie et de grêle, s'éjecte détrempé sur le balcon et entre, ruisselant, dans la salle du conseil. Jean-Luc, médusé, lui tire dessus…

17

Réfugié dans la camionnette avec la majorette dont la chemisette, saturée d'eau, ne cache plus les seins splendides, le major Leclerc analyse une situation qui lui paraît de plus en plus soluble dans la pluie. C'est l'apocalypse.

Il a entendu un coup de feu. Le forcené a sans doute abattu un des otages. Mieux vaut agir vite pour épargner la vie des deux autres. Il prend ses yeux de baroudeur, respire le parfum musqué de la gendarmette à pleins poumons, jouit des effluves capiteux de l'action et des fragrances poivrées de l'héroïsme qui lui chatouillent les narines.

— Attendez-moi ici et couvrez-moi, Bouafia ! Et prévenez le GIGN ! Je vais tenter une entrée pour libérer les otages, dégoise-t-il en giclant, homérique et pistolet en main, hors du Jumper.

S'il n'a plus la vélocité d'un perdreau de l'année, le gendarme a de beaux restes. Protégé par les seaux d'eau que le ciel vide sur Rieswihr, il franchit les cinquante mètres de l'esplanade qui le séparent de la mairie, en une course un peu guindée par les rhumatismes, et se précipite vers la porte.

— Nom de Dieu… jure-t-il.

La porte est fermée à clé. Il tire une balle dans la serrure. Le verrou saute. Il pousse le battant, se jette dans le hall, fonce tête baissée dans les escaliers, et est cueilli dans le virage par un coup de feu qui fait sauter son képi.

— Salopiot... sacre-t-il en canardant au jugé tandis qu'il bat en retraite et dégringole les marches pour foncer derechef, mais dans l'autre sens, vers la porte démantibulée de la mairie, traverser la place au grand galop et bondir dans la fourgonnette la tête la première.

— Sortie réussie... hoquette-t-il à l'intention de Bouafia. Ce fou furieux a voulu me descendre. Passez-moi le GIGN...

En fait de GIGN, le major Leclerc reconnaît la voix du capitaine Schlumpf, le commandant de la compagnie de Ribeauvillé...

— Mes respects, mon capitaine, fait-il, déçu. Il joint le geste à la parole d'un salut militaire qui lui remet en mémoire la perte héroïque et stupide de son couvre-chef. Tant qu'à faire, il aurait préféré perdre son chef tout court.

— Pouvez-vous me dire ce qui se passe à Rieswihr ? interroge, suspicieux, le capitaine Schlumpf.

Le major Leclerc sent l'engueulade se profiler. Aussi bredouille-t-il quelques explications peu convaincantes, pour dire qu'il a les choses bien en main.

— Si je comprends bien, articule le capitaine Schlumpf, vous êtes intervenu seul sur une prise d'otages sans même prévenir votre hiérarchie...

— Affirmatif mon capitaine, je... mais...

— Je vous conseille de faire preuve de concision Leclerc si vous voulez que je fasse montre de mansuétude, menace l'officier.

Le major évite de parler de l'otage exécuté et préfère effectuer un petit retour dans le temps :

— Un restaurateur, un dénommé Jean-Luc Spiesser, un fou furieux, a pris en otage le nouveau maire, René Faller, et deux conseillers municipaux.

— C'est en relation avec le village vacances ? s'enquiert l'officier en pensant qu'il faudra aussitôt alerter le préfet.

— Oui et non...

Le major danse d'un pied sur l'autre.

— Oui ou non ? s'énerve le capitaine.

— Sa femme le trompe avec le René et...

— Parfois, admet le capitaine, qui a lu Clausewitz, la grande politique fait son nid dans les alcôves...

— C'est que son épouse est le Bleuet, la présidente de Rieswihr Invitation Nature, qui prétend que l'agent communal a été tué parce qu'il gênait les intérêts du député Schwarzkopf, résume le major. Et comme ils doivent signer leur protocole ce soir au Biorama pour le village vacances...

— Schwarzkopf ?

— Fischer, si vous préférez...

— Vous pensez que le preneur d'otages agit pour empêcher la signature ?

— Je n'ai pas dit ça, capitaine, mais...

— Ne bougez pas et ne faites plus rien sans mes ordres, Leclerc, l'interrompt Schlumpf, prompt à déceler l'affaire d'État dans le fait divers conjugal. Nous allons nous transporter sur place, moi et l'état-major du groupement. Je vais solliciter le GIPN de Strasbourg pour traiter cette affaire et permettre à la convention d'être signée en bonne et due forme.

— Le GIPN ? note le major Leclerc, dépité de se voir dépossédé du dossier par la Police.

— Oui, le GIPN.

— Bien, mon capitaine…

Le major raccroche. Il se sent déprimé.

— Changement de stratégie, Bouafia, grogne-t-il à la majorette. Cela manque de panache, mais nous allons mettre en place un périmètre de sécurité et laisser les policiers du GIPN donner l'assaut à notre place.

Le gendarme observe sa montre, plus très motivé. Avec les intempéries, l'état-major et les renforts ne seront pas à Rieswihr avant une grosse heure. Quant aux ninjas du Groupe d'Intervention de la Police Nationale, pour peu que les rivières aient débordé ici et là… il aura le temps de faire sécher son uniforme et de dégotter un nouveau képi.

Le hurlement noyé d'un deux-tons en perdition dans les alentours lui glace le dos :

— Nom de Dieu, jure-t-il en essuyant la buée sur la vitre pour voir l'arrivée des ninjas. Ils ont fait vite, les saligauds…

Non… Le major pousse un soupir de soulagement… la sirène n'est pas celle des cow-boys du GIPN, mais celle du camion des pompiers qui quitte sa caserne, probablement requis par les inondations ou la foudre.

— L'orage, fait le major Leclerc à la majorette en songeant à la chanson de Georges Brassens, qu'il se met à siffloter en matant sa jeune collaboratrice.

C'est alors qu'une gigantesque coulée de boue arrive du vignoble ; sans préavis, elle déferle sur la place de la Mairie dans un grondement de torrent… Et emporte les pompiers et la gendarmerie dans son flot.

18

Jean-Pierre Fecht, pâle comme neige, garde les yeux rivés sur le pistolet de Jean-Luc. Le restaurateur l'a raté d'un cheveu. C'est un miracle si la balle s'est perdue dans le ciel d'orage par la fenêtre ouverte, tandis que le déluge s'abat sur Rieswihr. Dans la salle des commissions, les otages n'en mènent pas large.

— Arrête tes bêtises, Jean-Luc, tente Jean-Pierre, immobile et sur ses gardes.

Il est trempé, une soupe, son corps et ses vêtements dégouttent sur le plancher ciré. L'ancien maire inventorie machinalement les dégâts. Jean-Luc a pulvérisé la Marianne. Il aurait préféré qu'il se défoule sur le portrait de l'agité du jogging qu'il a été contraint de crucifier sur le mur, à la demande insistante du préfet Legradec. Le restaurateur a une expression étrange, un sourire triste, une crispation. Ses pupilles s'agitent. Ses paupières battent campagne. Jean-Pierre observe sa glotte aller et venir de bas en haut et de haut en bas, rouler compulsivement dans sa gorge. René Faller, humilié par la confession publique de ses adultères, fixe ses croquenots d'un air coupable et déprimé.

Francis Herrlacher ne vaut guère mieux. Une odeur nauséabonde atteste que le conseiller municipal d'opposition, admis à la commission urbanisme et développement durable suite au coup d'état, en a produit une grosse, ce qui vu le nom de la salle, revêt une certaine cohérence. Quant à la Flora Baldung, dont les turpitudes ont été révélées, elle semble ailleurs.

— Qu'est-ce que tu viens faire ici, Jean-Pierre ? C'est une affaire privée, marmonne Jean-Luc d'une voix molle.

Jean-Pierre, auquel ses deux mandats précédents ont appris que, pour être réélu, il faut s'intéresser aux gens, y va en douceur.

— Je suis de tout cœur avec toi, Jean-Luc, dit-il pour mesurer l'intensité de sa fureur.

Et comme ses paroles ne déclenchent pas de nouvelle fusillade...

— Je viens parce que je t'apprécie, et parce que je suis le maire du village...

La prétention du Jean-Pierre tire le René de son silence honteux.

— Non, c'est moi le maire, proteste-t-il.

— Je crois que dans cette affaire, René, tu ferais mieux de faire profil bas, siffle Jean-Pierre. À ta place, après ce que tu as fait subir à toutes les femmes du village, je ne la ramènerai pas, ajoute-t-il pour recentrer la colère de Jean-Luc et le canon du pistolet sur le premier adjoint.

Le René bougonne et s'écrase, résigné.

— Ce cochon a profité de sa fonction pour coucher avec ma femme, se lamente le chef du Cheval d'Or. C'est de la corruption.

— Tu as raison d'être en colère, Jean-Luc. Mais tu es en train de faire une grosse bêtise.

— C'est le major Leclerc qui t'envoie, hein ? réplique le preneur d'otages avec méfiance.

— Je t'assure que non. Tu penses bien que s'il m'avait envoyé, je ne serais pas entré par la fenêtre.

— Je m'en fous...

— Ils vont envoyer les forces spéciales et ces types-là ne font pas dans la dentelle de Calais. Ils tirent d'abord et posent les questions après. Et si tu es blessé, ils t'achèvent sous prétexte de sauver les otages.

— Je m'en fous, je vais tous les buter ! hurle Jean-Luc en plantant le canon dans le ventre du René.

— Ne fais pas ça, je t'en supplie...

Le JiPé en profite pour savourer sa vengeance :

— Mais au fond, tu as raison : René, il ne vaut pas grand'chose. Un homme capable de trahir ses amis et son village pour quelques millions d'euros... Mais Francis et Flora, ils n'y sont pour rien... C'est pas de leur faute si l'autre gland a une verge et une tirelire à la place du cerveau.

— Je m'en fous... bafouille encore le restaurateur, à bout de nerfs.

— Tu sais, Jean-Luc, si tu libères un otage, ils ne t'enverront pas tout de suite leurs tueurs. Et puis, rien ne t'empêche de garder le René et moi, ça revient au même, du moment qu'il y a des prisonniers.

Le restaurateur ravale son désespoir et se met à réfléchir lentement.

Les cent mille euros et l'hélicoptère qu'il a souhaités lui semblent aussi chimériques qu'inutiles.

— J'ai faim, déclare-t-il soudain.

— Il y a du foie gras de canard dans le frigidaire, annonce le Francis Herrlacher, pour se rendre utile et regagner l'estime du forcené.

— Va le chercher, ordonne Jean-Luc à Jean-Pierre.

Le Jean-Pierre s'exécute doucement, et bute sur la porte close de la salle du conseil.

— Il faut que tu m'ouvres, c'est fermé à clef, Jean-Luc.

Le chef du Cheval d'Or rejoint la porte à reculons, sans perdre de vue ses otages. Il déverrouille.

Quand Jean-Pierre Fecht revient, il a les bras encombrés d'une conserve de foie gras entier, d'un paquet de tartines, d'une pile d'assiettes, de couverts, de verres, et de deux bouteilles de gewurztraminer vendanges tardives Grand Cru Schweissberg.

— On se met à table ? propose-t-il.

— Pas le René ! coupe Jean-Luc. Toi et moi ! Les deux autres, tu peux les laisser sortir.

Flora Baldung et Francis Herrlacher ne se le font pas dire deux fois. Le Francis en oublie même les règles les plus élémentaires de la galanterie, et file devant Flora. Jean-Luc ferme la porte derrière eux, sans lâcher du regard René Faller.

— Bon, on l'attaque, ce foie gras ? fait le Jean-Pierre en sortant un Laguiole.

Il dépiaute le couvercle et découpe des tranches épaisses à même la boîte.

— Avec la chaleur, il va vite être à bonne température...

Le mari du Bleuet sent une migraine lui compresser le cerveau, en même temps que des gargouillis remuent dans ses entrailles.

— On réfléchit mieux le ventre plein, lâche Jean-Pierre en poussant une assiette vers lui.

Il verse le nectar du Schweissberg, admire la robe dorée aux reflets verts… on dirait la chemise de nuit du Bleuet.

— À la tienne Jean-Luc.

« À nos femmes et à ceux qui les montent », manque-t-il d'ajouter en pensant haineusement au député Fischer, mais il se retient à temps : Jean-Luc n'apprécierait pas.

Le restaurateur lève son verre et déguste. Il fait pivoter la bouteille avec le canon du pistolet, lit l'étiquette.

— Je me disais aussi…

Jean-Pierre Fecht sent l'amour et la compassion le submerger. Il a envie d'avouer que lui aussi est cocu, que lui aussi connaît les affres de l'infidélité… Lucie… Et avec le député Fischer, encore ! Mais il y renonce, à cause de la présence de René Faller.

« Je pourrais enlever Schwarzkopf et lui faire rendre gorge moi aussi, puis me fédérer avec Jean-Luc pour former une coordination des maris trompés… » songe-t-il ironiquement.

Jean-Luc mâche avec délectation la tartine de foie gras. Il savoure la chair brune et rosée, dévore, se tapisse la bouche, les dents, la langue et le palais du moindre morceau, se rince le gosier au gewurztraminer et sent une transformation profonde s'opérer en lui. La psychose dans laquelle il s'enferrait se desserre, l'étau mental se relâche et laisse revenir le monde normal. Il montre le René du menton et lorgne son entrejambes avec un sourire gourmand :

— N'empêche que, pour le principe, je pourrais quand même bien lui couper le service trois-pièces…

19

Qui n'a jamais vu de coulée de boue ne peut comprendre. Imaginez une vague de deux mètres de haut, addition furieuse des mascarets qui dévalent les collines où l'orage craque. Les vagues s'enflent les unes les autres du déluge en cours. Elles raclent sur leur passage la terre meuble des vignes, décapent les chemins et convergent dans le thalweg de la rue du Général Leclerc, où elles déferlent en un mur d'eau plus violent qu'une division blindée. Les voitures stationnées le long des trottoirs n'y résistent pas : le flot les emporte, les déménage, les agglutine au bas de la pente, en une partouze de taule et de boue.

Transformé malgré lui en véhicule amphibie, le Jumper du major Leclerc n'en finit plus de dégringoler le torrent sous le bombardement de la grêle. C'est un raft flottant sur pneus, une nef divaguant, qui défonce au passage l'arrêt de l'autocar de Colmar et tous les équipements en stationnement licite et illicite rencontrés sur l'accotement. Le major, qui n'a pas pour autant lâché le volant auquel il s'accroche comme un marin au timon d'un thonier de l'île d'Yeu, actionne désespérément la radio pour prévenir la compagnie. Ce qui donne à peu près (agrémenté des hurlements suraigus de la majorette) :

— Major Leclerc à compagnie ! Major Leclerc à compagnie ! Tsunami en cours à Rieswihr, demandons renforts ! Urgent ! Grêlons gros comme des balles de tennis !

Évidemment, le capitaine Schlumpf s'étrangle de rage à l'autre bout de la ligne :

— Ce crétin se croit à Roland Garros ! éclate-t-il. Et depuis quand Rieswihr est au bord de la mer ?!

Son expérience des hommes et la fiabilité du système de télécommunications Rubis démontrent que le major déraisonne et perd pied...

— Major... Major... gronde Schlumpf, ulcéré.

— ...

— Il ne répond plus, ce crétin !

La radio est noyée, submergée.

— Merde... lâche Leclerc.

Major et majorette, coupés du monde terrestre, continuent de descendre la furia des flots déchaînés, en direction du lotissement des Poètes.

— Attention à tribord ! hurle le major Leclerc à l'intention de la majorette.

Le vocabulaire marin lui vient naturellement : il se souvient de sa jeunesse sur les côtes de la Manche. L'avant du Jumper happe un panneau signalant un passage piéton, puis un stop rouge. Où vont-ils s'échouer ?

— Bon sang...

Le major scrute le fleuve en crue devant lui. Les essuie-glaces battent l'air à plein régime, sur le pare-brise qui résiste encore ; Bouafia roule des yeux effarés et se tasse contre son chef. Leur arche baigne dans l'eau boueuse, jusqu'aux sièges. Il se résout à déclencher préventivement les airbags, afin d'optimiser leur flottabilité et leurs chances de survie. Il entend le glapissement anxieux du deux-tons : le gyrophare juché sur le toit manifeste sa crainte de la noyade.

— Cela va encore être pour bibi !, grogne-t-il.

Un choc... Le Jumper s'encastre en bonne et due forme, et sans trop de dommages corporels pour ses occupants, dans les véhicules qui l'ont doublé ou précédé sur les rapides ; ceux-ci forment déjà une embâcle invraisemblable, aux airs de cimetière à bateaux, à l'entrée de la cuvette du lotissement. En dépit du danger, le major tente une sortie.

— On va sortir ! crie-t-il à la majorette.

Il se hisse sur le toit de la fourgonnette, en se disant qu'à cette seconde, il échangerait bien son projet de camping-car contre un projet de fusée de détresse signalant leur position à l'abeille Flandres. Le voici sautant de véhicule en véhicule jusqu'à atteindre un point de l'inondation qui lui semble moins profond. Il s'élance... et boit la tasse.

— "Ô combien de marins, combien de capitaines..." déclame-t-il, énervé.

Il se tourne vers l'épave et crache :

— Allez, venez, Bouafia, elle est bonne ! On va remonter à la nage vers les Amériques !

Son arme de service en main, il lui fait signe de plonger. Et devant l'expression terrienne et affolée de la majorette...

— OK, on va faire le tour par le vignoble !

Si René Faller avait eu connaissance des ennuis du major, il serait peut-être content de se trouver au sec.

— Passe devant, René ! intime Jean-Luc.

Le nouveau maire de Rieswihr descend, déconfit, les marches du perron, les mains croisées devant lui pour dissimuler son intimité. Jean-Luc Spiesser ne lui a pas coupé le service trois-pièces, il a juste voulu l'humilier.

— On dirait qu'il a plu, dehors, remarque le cuisinier derrière l'amant de sa femme.

Dans son coup de folie, il n'a pas entendu l'orage éclater.

La place est jonchée de boue et de débris divers.

— Jésus Maria..., lâche maladroitement René Faller, qui en oublie sa condition de prisonnier et rappelle au forcené l'existence de sa femme.

Ce n'est pas tant la nudité qui l'inquiète – il a sur ce point quelques secrètes habitudes – que la crainte de retrouver ses parcelles de vignes dévastées.

Ils écoutent l'orage se débiner vers l'est, rouler ses catastrophes dans le ciel noir avec des raclements pleins de gloriole. Des clartés naissent et, bientôt, le soleil qu'on avait cru englouti à jamais par la crue, balaye à son tour la Grand'Rue, faisant naître des reflets aveuglants sur le pavé mouillé.

Jean-Luc, sa crise terminée, remet son pistolet à Jean-Pierre Fecht, et l'irruption du major Leclerc arme au poing, la majorette à ses basques, paraît presque incongrue. Surtout qu'emporté par le feu de l'action, le gendarme ne distingue pas les changements intervenus dans la situation générale.

— Au nom de la loi, posez votre arme ! lance-t-il en coupant la retraite aux trois hommes.

— Major, c'est moi, Jean-Pierre Fecht, le maire de Rieswihr, le renseigne Jean-Pierre. Tout est fini, les otages sont libérés !

Ainsi donc, Jean-Pierre Fecht est redevenu maire, constate le major. C'est à ne rien comprendre à la politique locale.

— Et les morts ?, s'enquiert-il.

— Quels morts ?

— Je préfère ça..., souffle le gendarme, rassuré.

Il ôte sa veste boueuse, la jette au René.

— Enfilez ça, vous !

Le René s'exécute.

Un bourdonnement fait alors vibrer le ciel au-dessus du village. L'hélicoptère du GIPN...

— Voilà la cavalerie, commente le major.

Tandis que les robocops se déploient devant la mairie, glissant de l'aéronef au bout d'une corde, une escouade de gendarmes traverse l'esplanade, le capitaine Schlumpf à leur tête.

— Leclerc ! hurle-t-il en apercevant le major.

Il a l'air fâché.

Le Jean-Pierre, futé, vole au secours du vieux gendarme :

— Capitaine, le major Leclerc a eu une conduite exemplaire, et a permis la libération de l'ensemble des otages, ment-il.

Décontenancé, le capitaine Schlumpf renonce. Il avise Jean-Luc Spiesser, qu'il prend pour un otage parce qu'il est habillé, et lui tape dans le dos :

— N'ayez plus peur, tout est fini, monsieur.

Puis il pivote en direction de René Faller :

— Quant à vous, espèce de pervers, suivez-moi !

— Mais... proteste le René.

— Sauf mon respect, vous faites erreur, mon capitaine, intervient le major. Monsieur Faller est la victime.

— Je suis le maire, enfin ! proteste René, offusqué.

— Décidément, ça change toutes les cinq minutes chez vous, s'agace le major en regardant le Jean-Pierre. Ce serait plus simple si vous gardiez votre écharpe bleu-blanc-rouge, pour qu'on sache, ou alors organisez des élections anticipées !

Le preneur d'otages sourit tranquillement :

— J'ai oublié le Bleuet dans la chambre froide..., dit-il alors, comme s'il parlait d'une entrecôte.

Il vient seulement de se souvenir de la dispute avec sa femme.

L'horrible révélation est cependant éclipsée par une nouvelle encore plus effrayante :

— Monsieur le maire ! Monsieur le maire ! appelle une voix affolée de l'autre côté de la place, sans qu'on sache auquel elle s'adresse. Venez vite ! C'est terrible !

— Qu'est-ce qu'il y a ? répondent à la fois Jean-Pierre et le René.

— On a retrouvé la Suzanne Seyller noyée dans sa cave à vin !

20

C'est une formule compassée et consacrée qu'on lit dans les journaux, mais ce lundi, l'église romane Saint-Wenderlin est véritablement trop petite pour accueillir la foule des Rieswihriens venus rendre un dernier hommage à Suzanne. La malheureuse adjointe en charge de l'urbanisme n'a pas eu de chance, elle est morte noyée dans la cave de sa maison. Au village, les spéculations vont bon train.

La partie droite de la nef – où trône René Faller, remis de ses émotions, et l'abominable Schwarzkopf – est occupée par les supporters de Bois & Loisirs. Ils sont sereins : le protocole d'accord a finalement été signé, malgré la prise d'otages et l'inondation. René a été libéré à temps, par Jean-Pierre lui-même… Un comble ! Et c'est un peu le référendum qu'ils enterrent avec Suzanne.

Le curé de la paroisse dégoise ses bonDieuseries.

— … Car il a plu à Dieu de rappeler auprès de lui notre chère Suzanne.

— Ça pour pleuvoir, il a plu… vanne le Chean-Paul, assis avec Jacques et Raymond.

« Il y a des êtres qui, par leur mort, nous en apprennent plus sur la vie que nos propres existences », songe Jean-Pierre Fecht, peiné, de l'autre côté de l'église.

Et il y des survivantes qui, par leur irruption, font plus sensation que la mort.

Le Bleuet, coulée dans une longue robe de lin blanc, vient d'entrer dans Saint-Wenderlin. Les chuchotements s'attisent. Une revenante ne ferait pas plus d'effet.

— Tiens, voilà la chambre froide, grince le Chean-Paul, acide.

La miraculée est bien la seule à être heureuse d'assister à l'enterrement de Suzanne. Le large sourire qui illumine ses traits en témoigne. Elle se dit avec un pincement au cœur qu'à un centimètre près, la balle de Jean-Luc l'aurait tuée au lieu de l'égratigner, et qu'elle se trouverait elle aussi, aujourd'hui, dans un cercueil à écouter les âneries d'un curé qui n'a jamais connu de femme. Elle nage dans le bonheur des survivants, pas veuve mais presque. Depuis l'internement de Jean-Luc à Rouffach, le Pissenlit s'est installé au Cheval d'Or. On la croyait morte, elle se sent plus vivante que jamais. Après les aveux de son mari, le major et Jean-Pierre ont pourtant craint le pire lorsqu'ils ont pénétré dans la cuisine du restaurant. La flaque de sang et les traînées écarlates sur le carrelage menant à la chambre froide n'ont fait que confirmer leurs craintes. Mais par miracle, la balle n'avait fait qu'effleurer la tempe du Bleuet. Elle souffrait d'une simple perte de connaissance. Le Bleuet a eu doublement de la chance : la foudre, en s'abattant sur le Cheval d'Or, a fait disjoncter le réseau électrique, si bien que le système de congélation s'est arrêté de fonctionner. Au lieu des moins quinze degrés qu'affiche d'ordinaire le frigo, il régnait un bon deux degrés, pas propice aux bains de soleil mais presque. La majorette l'a localisée entre un carton de cuisses de grenouilles et un de sorbet à la framboise. Le Bleuet gisait, inanimée, mais elle était vivante, et quelques minutes dans la salle du restaurant à température ambiante ont suffi à la décongeler.

Alors, se dit-elle, mieux vaudra maintenant profiter à fond de la vie, la savourer et en dévorer chaque seconde pour ne pas nourrir de regrets éternels comme la Suzanne. Elle se fait le serment d'être la femme la plus libre du monde, et d'aimer à tout va. Assise sur le banc, un œil bleu consterné et miséricorDieux posé sur le catafalque de Suzanne, elle observe de l'autre prunelle les denrées comestibles à portée de ses nouvelles résolutions.

À sa gauche, l'Ortie, caparaçonné dans son costume noir, a descendu une pinte de blanc pour se donner du courage. Il lui en faut, car à son âge la fréquentation des églises, contrairement à celle des ruines, favorise la propagation des maladies. Il pense à l'excavation inconnue dégagée par l'orage dans les ruines du Schweissberg, découverte qu'il se promet d'explorer dès que possible. Il regarde aussi le cercueil de chêne qui croule sous les couronnes de fleurs. “À notre chère amie, le conseil municipal”, lit-il.

— Bande d'hypocrites, grommelle-t-il. Les promoteurs sont capables de vous pousser du haut du Schweissberg et de venir ensuite pleurer à vos funérailles !

— Ce que je ne comprends pas, chuchote le Bleuet plus pimpante que jamais, c'est qu'elle soit allée dans sa cave en plein orage… Et puis, Suzanne était la maîtresse de Pascal, sa mort est quand même bizarre, vous ne trouvez pas ?

— Amen… grince l'Ortie, désabusé.

On en est à ce moment de l'office où cette vieille grenouille de bénitier de Dora Betsch joue les grandes orgues sur son harmonium Yamaha, en s'accompagnant d'une voix aigre, apte à convaincre les morts qu'il serait fou de vouloir ressusciter.

— Chut, fait quelqu'un dans leur dos, on n'entend plus la musique…

— Ils ne respectent vraiment rien, constate pieusement Schwarzkopf depuis le flanc droit de l'église.

Chacun profite de la cérémonie pour faire son *mea culpa* et se recueillir en lui-même.

Le Jean-Pierre songe aux bassins d'orage qui auraient dû, eux aussi, être aménagés à Rieswihr, mais dont la construction a été repoussée par la CoCoCo. On constate le résultat… Il voit Rieswihr comme une femme battue. Il compare le village au Paris de l'été 44, "Rieswihr inondée, martyrisée"… mais pas encore libérée de la férule de René Faller et de Schwarzkopf… Pauvre Suzanne… Elle flottait sur le ventre comme une grume, au milieu d'un chapelet de bouteilles et de bidons. On l'a tirée de là, on a tenté du bouche-à-bouche, on a fait venir le SMUR de Colmar, mais c'était fini. Que fichait-elle ici, en plein déluge ? Surprise par le torrent ? Quelqu'un a-t-il profité de l'inondation pour la tuer et mettre sa mort sur le dos du réchauffement climatique ?

Saintement assis, le maire René Faller n'a pas la tête aux enquêtes policières. Il a bien d'autres problèmes à régler. Laurence Faller, sa femme, d'abord, qui n'a pas apprécié la révélation de ses infidélités et lui mène la vie dure depuis trois jours. Cette chierie d'orage ensuite, qui a sinistré le vignoble, à commencer par ses parcelles. Il se demande même ce qu'il va bien pouvoir vendanger en septembre, hormis un edel mal fagoté ou un grand cru aux arômes de boue. Les vignes ont été hachées menu. Les pluies diluviennes qui ont succédé au bombardement de grêle ont décavé des arpents entiers de terres, éboulé des murets, et transformé les chemins viticoles en ravines. Et s'il n'y avait que ça… Un autre sinistre l'attend, du type *aquatic show*, celui-là, en bas du village. L'eau dévalée des collines s'est agglutinée dans le lotissement des Poètes, bâti comme il se doit sur une ancienne zone inondable. Cette zone était devenue constructible par le truchement d'une opportune révision du Plan d'Occupation des Sols, orchestrée en son temps par le Jean-Pierre… René est submergé de critiques, de quoi regretter d'être devenu maire ! Les Poètes, c'est Venise ! Les Rieswihriens qui ont pu, avant l'orage, envier la belle piscine que leurs voisins ont construite en harakirisant leur livret A, peuvent désormais eux aussi se vautrer dans l'eau au fond de leur jardin. Dans ces conditions, les élections se présentent mal, et le Jean-Pierre, pourtant responsable de l'inondation, en tirera les bénéfices. Un comble !

— C'était quand même une brave femme, souffle le Bleuet au Jean-Pierre.

Tiré de sa rêverie, Jean-Pierre Fecht, qui se demandait ce que Super Écolo ferait à sa place pour sauver Rieswihr des griffes du capital, retourne à la réalité.

« Je me suis tiré avec les honneurs de la prise d'otages », songe-t-il.

Bien que la thèse officielle telle qu'innocemment propagée par la presse locale, présente le major Leclerc comme l'artisan de la libération, tous les Rieswihriens savent à quoi s'en tenir. À moins de cinq mois des élections, ce genre d'exploit campe son candidat. Jean-Pierre sent comme une auréole lui pousser au dessus des cheveux, tandis que le curé poursuit ses saints sacrements en chevrotant.

Le major aussi est là, et sa présence accrédite dans les travées l'idée que la mort de Suzanne Seyller est suspecte... Lui qui craignait d'être fusillé sur place par le capitaine Schlumpf, a sauvé sa tête. On lui ordonne de reprendre l'enquête sur la mort de Geishouse Pascal, et d'éclaircir les accusations portées par le député-maire Fischer contre x et Jean-Pierre Fecht. Installé en zone neutre, en haut de la chaire qu'il a réquisitionnée, il observe les paroissiens.

— Étudiez bien les visages, Bouafia, glisse-t-il à la majorette.

« C'était l'orage du siècle, et nous sommes tranquilles pour les cent ans à venir », spécule le député Schwarzkopf en observant, affligé, le major sur son perchoir.

Le plus dur est fait, la signature acquise. Le député-maire de Sainte-Anastasie a personnellement rassuré le PDG de Bois & Loisirs. C'est que deux morts et une catastrophe naturelle, ça commence à faire beaucoup pour un projet touristique. « Disons qu'on peut finalement se réjouir de la publicité gratuite, qui nous permet d'imprimer gratuitement le nom de Rieswihr dans le cortex des futurs locataires du village vacances.» Il a refait le point avec le préfet Legradec, la Caisse, le Symbior, et leur a rappelé que la Fête du Grand Cru Schweissberg aurait lieu le prochain week-end.

— C'est l'occasion de recommuniquer sur notre projet, s'est enthousiasmé Bois & Loisirs. L'Alsace ! Ses fêtes de village, ses vins blancs et ses traditions ! C'est exactement ce qu'il nous faut !

— Au nom du Père, du Fils et du Saint Esprit ! claironne le curé.

— Amen ! chantent les villageois.

— Le seigneur est avec vous !

— Et avec votre esprit.

Le prêtre fait signe aux paroissiens et au député de s'asseoir. On entend le raclement des chaises qui résonne sous la nef.

— Nous sommes réunis en ce jour dans la maison du Seigneur pour dire adieu à notre amie Suzanne, déclame la bête à bon Dieu d'une voix ourlée d'affliction. Suzanne Seyller était une femme bien…

« Et biodégradable », pense le Jean-Pierre.

— … et nous ne comprenons pas pourquoi, aujourd'hui, il a plu à Dieu de la rappeler à ses côtés. Sa mort tragique est inacceptable et pourtant elle est là. Suzanne est morte et aucun d'entre nous n'a été là pour lui tendre la main.

21

— Nous avons deux morts, Bouafia, deux ! Sur une population de 800 tordus… Une multinationale du tourisme, un député ambitieux – mais ce n'est pas un crime passible de la cour d'assises –, un maire démis de ses fonctions qui a juré la mort politique de ses rivaux, et quelques bonnes têtes de *Speck* rieswihriennes qui se haïssent cordialement depuis dix générations… Et on veut me faire croire qu'il s'agit d'un suicide et d'un accident ? À d'autres !

Envolée, la première hypothèse du suicide de Pascal Geishouse provoqué par une peur viscérale de la retraite. Le major Leclerc, sous la pression du capitaine Schlumpf, désavoue désormais les conclusions initiales de l'enquête qu'il a lui-même menée. Plus il examine la situation, plus les détails qu'il soulève à l'arraché comme des haltères lui semblent dissimuler des choses pas nettes.

— Nous sommes manipulés ! On est dans la coïncidence de la coïncidence, explique-t-il à la majorette, qui craint de ne pas saisir toute la subtilité du raisonnement versatile du vieux gendarme. Geishouse Pascal entretient une liaison avec Seyller Suzanne. Comme par hasard, celle-ci confie au Bleuet qu'elle était convenue de quitter Rieswihr avec le défunt à la fin de l'année pour refaire sa vie à Love City. Il y a ensuite cet énigmatique S C H inscrit sur le donjon du Schweissberg, d'où l'amant est tombé, graffiti dont l'expertise génétique nous démontre qu'il a été peinturluré avec l'hémoglobine de Geishouse ; ce qui, soit dit en passant, disculpe les supporters du Sporting Club d'Herrlisheim, si tant est qu'on les ait soupçonnés... Puis, la “noyade” de sa maîtresse... Cela fait beaucoup, Bouafia.

— C'est peut-être le mari de Suzanne... suggère la majorette.

— Hypothèse un, drame de la jalousie, inscrit le major. Mais ce serait trop simple.

— Un crime passionnel, chef...

— Hypothèse deux : crime crapuleux, coupe-t-il. Voyez-vous, Bouafia, poursuit-il sur un ton professoral, nos deux tourtereaux auront forcément pris des dispositions. Et ils ont très bien pu tomber sur un escroc qui leur a volé leur cagnotte.

— Mais pourquoi n'ont-ils pas été assassinés en même temps, alors ? objecte la majorette.

— Manque de synchronisation et de professionnalisme de l'assassin, Bouafia, concède le major, penaud. Hypothèse trois : c'est un coup des opposants au village vacances pour faire reculer les investisseurs. Et hypothèse quatre, c'est un coup des pro-villages vacances, pour discréditer les opposants en les convainquant de meurtres.

— J'ai une cinquième hypothèse, major, risque la majorette.

— Allez-y, Bouafia.

— Peut-être n'y a-t-il pas de relation entre les deux meurtres, et que nous sommes, comme vous dites, face à une vraie-fausse coïncidence dans la coïncidence.

— Hypothèse cinq : un assassin peut en cacher un autre, note le major.

Ils quittent la brigade, reprennent la route de Rieswihr (au volant d'une modique 206 qui supplée au calamiteux naufrage du Jumper) et filent directement chez Georges Seyller.

Les banderoles hostiles à Bois & Loisirs sont toujours solidement arrimées aux arbres à l'entrée du village, quoique mises à mal par l'orage. Elles cohabitent dans la paix et les fautes d'orthographes avec celle annonçant la Fête du Grand Cru Schweissberg.

Rue Albert Schweitzer, chez Georges Seyller, les volets sont clos, la faute au soleil ou au chagrin. Le veuf leur ouvre la porte. Il traîne son malheur comme une *Schlitte*. Le major et la majorette le suivent, gênés de troubler sa solitude et de venir raviver le souvenir de Suzanne. Dans la cuisine, un chat gris furtif leur file entre les pattes.

— Je vous sers un verre ? s'enquiert le veuf en attrapant un carafon de vin blanc sur lequel sourit une cigogne *made in China*.

— C'est pas de refus, acquiesce le major.

Il pose son képi sur la toile cirée, étudie le degré de saleté des lieux, et se dit que le malheureux ne s'en tire pas trop mal, pour un veuf ayant vécu vingt-cinq ans sous perfusion conjugale. Le vin est frais mais acide. Le major fait la grimace.

— Monsieur Seyller, mes condoléances, compatit-il brièvement.

— Merci, répond le veuf.

Il caresse la peau lisse d'un djembé posé contre un placard, et fait résonner quelques notes.

— Suzanne s'était mise au djembé… À son âge, allez savoir pourquoi.

« Du doigté, de la délicatesse », se stimule le major.

Mais il demande abruptement :

— Votre femme fréquentait-elle Pascal Geishouse ?

— Vous savez donc aussi bien que moi ce qu'on dit au village, maugrée Georges Seyller.

Contrarié, il avale lentement une gorgée et remue ses souvenirs.

— Je sais ce qu'on raconte… Mais je vous assure que je ne me suis aperçu de rien et que, pour moi, Suzanne n'avait pas de liaison. Nous étions mariés depuis vingt-cinq ans, il n'y avait pas de problèmes entre nous.

— Où étiez-vous au moment de sa mort ?

— J'étais place de la Mairie, comme tout le monde. Quand l'orage a éclaté je me suis réfugié au Lion Rouge.

— Très bien, note le gendarme en griffonnant sur son carnet, c'est tout ce que je voulais savoir.

La majorette lui lance un coup de coude.

— Ah oui, j'ai une dernière question, se rattrape-t-il. Votre défunte épouse était adjointe à l'urbanisme. Elle vous avait parlé du projet de village de vacances au Schweissberg ?

— Bien sûr.

— Qu'en pensait-elle ?

— Je crois qu'elle était un peu effrayée par la dimension du projet.

— Et comment se positionnait-elle ?

— Elle était très ennuyée, et a même songé à démissionner de ses fonctions, au début.

— Pourquoi ?

— Suzanne appréciait beaucoup Jean-Pierre et René. Le fait de les voir s'opposer la mettait mal à l'aise, surtout à cause de sa délégation à l'urbanisme. Et puis, elle a hérité voici deux ans d'un hectare de bois au Schweissberg, et elle s'est rendu compte que son terrain fait partie de l'emprise du projet. Alors, en tant qu'adjointe, elle ne savait pas quoi faire.

— Elle était prête à vendre son terrain ?

— C'est compliqué ; elle n'arrivait pas à se décider, mais après la mort de Pascal Geishouse, elle s'était finalement laissée convaincre de rallier le camp de René Faller et du député Fischer.

— Et pour le terrain, ils l'avaient contactée ?

— Oui.

Ils sortent. Dans l'esprit du major, l'hypothèse d'un double crime lié de près ou de loin au village vacances prend de l'épaisseur. Il y a un lien entre Suzanne Seyller et le projet : son terrain, un deux-centième de la surface convoitée par Bois & Loisirs. Mais Suzanne était d'accord...

— Quelqu'un a peut-être voulu retarder la vente... dit-il.

Malheureusement, Jean-Pierre Fecht a un alibi en béton. Le soir de la mort de Pascal, il animait les débats à l'Agora, et l'après-midi de la noyade, il libérait les otages à la mairie.

— On va vérifier du côté de la CoCoCo et du Symbior où en étaient les tractations, raisonne-t-il.

Il stationne la 206 devant la mairie où, quatre jours auparavant, les coulées de boue ont emporté sa fourgonnette. Aucun forcené ne retient aujourd'hui la commission urbanisme et développement durable en otage. Sur la place même, plus rien n'atteste de la violence de l'orage. Les bénévoles de l'office municipal des sports et des loisirs sont occupés à suspendre des calicots multicolores aux tilleuls, tandis que des ouvriers s'affairent à dresser une scène.

— La Fête du Grand Cru Schweissberg, explique le major. Vous verrez, Bouafia, c'est quelque chose ! Il y a même un concours de beauté avec de belles filles venues de toute l'Alsace ! Vous pourriez vous inscrire ! rigole-t-il.

Scotché à la terrasse du Lion Rouge sous son parasol *Guiness is good for you* favori, dont il apprécie l'ombre noire, le Chean-Paul s'avise en vigie consciencieuse de l'arrivée des gendarmes. Le major et sa ravissante perdrix gravissent les marches et disparaissent dans le vestibule de la mairie. Il téléphone aussitôt à René Faller.

Le major reparti, René Faller appelle le député Fischer, absorbé à amender une loi trop progressiste sur la terrasse sans vis-à-vis de son appartement parisien. Il baguenaude en compagnie de Lucie Fecht venue (officiellement) dans la capitale visiter une exposition de nus au musée Picasso. La loi, c'est elle.

— Le major Leclerc sort de chez moi, monsieur le député.

— Que voulait-il ? s'enquiert Fischer, en faisant signe à Lucie de cesser des agaceries qui nuisent à sa concentration.

— Il s'intéresse à la parcelle détenue par Suzanne Seyller.

— Ah oui..., commente laconiquement le député. La CoCoCo a pris contact avec elle pour se porter acquéreur. Elle a donné son accord de principe.

— Et son mari ?

— À partir du moment où sa femme a dit oui et qu'on lui en donne un bon prix, il n'y voit pas d'objection. Que veut exactement cet imbécile de major ?

— Je ne suis pas sûr qu'il le sache précisément lui-même. Il cherche.

— Tu sais René, sermonne Schwarzkopf en repensant à la mésaventure de son allié, tu devrais afficher plus de discrétion dans ta vie privée. L'Alsace est une terre conservatrice. On y est attaché aux institutions, et le mariage en est une, très sérieuse.

— Si vous voulez mon avis, monsieur le député, s'agace René, le major agit avec la bénédiction de Fecht.

— Ne te fais pas trop de souci, René, le tutoie encore Fischer. Jean-Pierre n'est pas le petit saint écologiste qu'il prétend être, il a des choses à cacher, assène Schwarzkopf, nullement gêné par la présence de Lucie Fecht. C'est pathologique. Et comme je le dis souvent, l'écologie est une affaire bien trop sérieuse pour qu'on la laisse aux mains des écologistes ! Tu sais, la politique ça peut rendre fou. Laisse faire le major.

Il flatte la femme de Fecht, allongée à son côté.

— Faudrait pas que ça effraye les investisseurs.

— J'en ai parlé au capitaine Schlumpf, René, ne nous inquiétons pas. À part ta petite mésaventure, tout va bien ! conclut-il en riant. Mais tu verras, dans dix ans, cela te fera un souvenir amusant à raconter au banquet de l'Association des Maires de France. Les prises d'otages, c'est comme les prises électriques : quand on met les doigts dedans, ça donne un bon coup de jus.

— Vous viendrez à la fête ? s'enquiert le René pour changer de sujet.

— Mais oui ! Pour rien au monde, je ne raterais une élection de Miss Grand Cru Schweissberg ! s'exclame Schwarzkopf en flattant les fesses de Lucie.

22

Rarement Fête du Grand Cru Schweissberg n'aura été aussi fréquentée par les CRS. Leur convoi, étincelant sous le soleil naissant, s'avance dans la brume légère du matin, sur la route sinueuse qui traverse le vignoble. Depuis leurs fenêtres, les Rieswihriens suivent leur progression avec inquiétude : ce genre de défilé spartiate, ça rappelle des souvenirs douloureux. Les cars s'avancent aux portes de Rieswihr et font halte près des banderoles. Une armée de gaillards hilares, chaussés de bottes de combat, en jaillissent casque en bandoulière, les jolies colonies de vacances merci papa, merci maman.

— Des gars de la CRS 38 d'Illzach, indique le Jacques au Chean-Paul, je l'ai lu sur leurs autobus.

— Quand même, grogne le Raymond, on se croirait à un sommet du G7 ; ça casse l'ambiance, ce genre de clients.

— Et puis les CRS, c'est pas bon pour les affaires. Ils te prennent un café au lait avec dix pailles et squattent ta terrasse pendant une heure en faisant fuir les vrais consommateurs, se désole Jacques.

— Vas donc te plaindre au procureur ! se moque Robert.

Mais vu son état d'ébriété et l'annulation de son permis de conduire, Jacques ne s'est pas attardé et a rejoint aussi vite que le permet sa voiturette son port d'attache.

— Les CRS, devise Raymond, il suffit de les voir pour se sentir en insécurité.

— Bon, les mecs, vous me le donnez ce coup de main, ou pas ? Il faut allumer le barbecue ! s'énerve le Chean-Paul.

Le patron du Lion Rouge s'affaire. Il compte sur la Fête du Grand Cru Schweissberg pour améliorer sa trésorerie. Quelques milliers de saucisses paysannes, autant de pains, des litres de moutarde et de ketchup ainsi que des fûts de bière pression vivent là leurs dernières heures. Déjà, des clients débarqués ventre vide à Rieswihr s'accoudent aux bars en planches de la concurrence sous des calicots Kronenbourg, croquant des *Wurst* et séchant des pintes de blonde. Il n'est que neuf heures ; le marché aux puces a pris possession de Rieswihr et envahit désormais le moindre recoin de trottoir.

— C'est fatigant à regarder, tous ces gens, soupire le Jacques devant sa pression.

Les chineurs dérivent dans l'oasis du vide-grenier, brise humaine paresseuse, gourmande ou fauchée, s'agglutinant, tâtant, repartant les mains vides, les mains pleines. Vers dix heures suivront les touristes arrivés sans but de tout le département pour tuer la journée et profiter des animations gratuites. En fin de journée, le public familial évaporé, une autre faune s'emparera des rues. « Ô les vagues bruissantes de jeunes gens ivres, ô les fillettes qui boivent à s'en rendre malades, ô les rois du monde aux migraines carabinées », philosophe le Jacques, que l'amer-bière rend rousseauiste. Mais il faut en passer par là, perdre à coup de cuites sa chrysalide d'adolescent, pour devenir comme lui un père de famille moraliste, capable de convaincre ses filles et ses fils des dangers du vin d'Alsace bu sans modération.

— Regardez, dit Raymond.

Le JiPé, le Bleuet, le Pissenlit et l'Ortie, épaulés par quelques nouvelles recrues, distribuent des tracts dans la foule, marqués de près par René Faller et ses amis.

À l'instar des banderoles de la croix du Bux, les militants cohabitent pacifiquement pour l'instant. On est dans la bataille de l'opinion, on travaille les cervelles, ce n'est pas encore l'heure de la boucherie. Le major Leclerc, qui patrouille à proximité avec la majorette, envoie même un message rassurant au capitaine Schlumpf.

Lorsque débute l'élection de Miss Grand Cru Schweissberg, la nuit merveilleuse et étoilée comme elle sait l'être sur le vignoble enveloppe Rieswihr. Bernard Blongios, le président du comité Miss France du Haut-Rhin, sous le haut patronage duquel le concours de beauté rieswihrien est placé, tient la scène et chauffe le public.

— Chers esthètes, amis de la grâce et de la féminité, bonsoir !

C'est un petit homme rondouillard engoncé dans un costume lie-de-vin trop large, accentuant son allure de nain de jardin endimanché. L'œil est vif, signe des honneurs rendus au grand cru Schweissberg et d'une solide libido. Bernard Blongios, « BB », pour les intimes, est accompagné de la lauréate 2009 du *contest*, une bimbo blonde qu'on a oubliée dès le dimanche suivant, une fois les effets magiques du riesling dissipés.

— Je salue la présence parmi nous du député-maire et président de la CoCoCo, Roland Fischer, ainsi que celle de monsieur le maire de Rieswihr, René Faller !

Aux anges, Schwarzkopf s'empare délicatement du micro que lui tend l'animateur et parle avec aisance, ravi d'être douché par les projecteurs, les applaudissements et les sifflets impatients des (a)mateurs.

— Schwarzkopf au dodo, on veut les filles ! crie un spectateur.

— Schwarzkopf montre nous tes guiboles ! moque un autre.

— Qui est ce Schwarzkopf dont tout le monde parle ? s'enquiert le député.

Puis il se tourne vers le public qui recouvre toute la place de la Mairie.

— Hoooouuuu ! chambre le public.

— Rassurez-vous, je ne vais pas rester longtemps sous les feux de la rampe car, comme vous l'avez peut-être remarqué, ma chute de reins ne rivalise en aucun cas avec celle des superbes jeunes femmes qui vont défiler devant vous. La tâche qui nous incombe à nous jurés n'est ni ingrate ni ennuyeuse mais elle sera certainement très difficile, car comment choisir une reine parmi tant de beautés ? lance Schwarzkopf avec un sourire berlusconien.

Schwarzkopf et Faller repartent s'asseoir guillerets devant une coupe de crémant. Le président du Comité Miss France reprend la parole :

— Chers esthètes, avant que de découvrir les perles du vignoble rieswihrien, je vous rappelle la règle du concours. Vous décidez en coproduction avec le jury, de l'élection des miss, grâce à l'applaudimètre que voici. Le principe en est simple : plus les applaudissements sont forts, plus la note est excellente. Nous allons faire un essai. À mon signal, applaudissez !

Une vibrante bronca s'envole dans le ciel nocturne. L'aiguille grimpe à soixante-dix sur l'écran géant lumineux. Pas encore de quoi faire exploser le logiciel du Comité, mais sans doute de quoi plonger dans la perplexité les systèmes d'écoute de la CIA...

— Bravo ! les encourage Bernard Blongios. Je vous rappelle que la gagnante sera qualifiée pour la finale haut-rhinoise du concours Miss France 2010, dont la lauréate représentera le département à la grande finale nationale Miss France, organisée cette année à Nice ! Alors, mesdames et messieurs, encouragez toutes ces demoiselles de vos acclamations frénétiques !

À nouveau, les hourvaris se perdent dans la nuit.

C'est qu'il faut en vouloir pour exposer ses jambes et le reste de sa plastique imparfaite au regard d'un public aussi impitoyable, et subir une critique d'autant plus dure qu'elle est gratuite ; les esthètes en question affichent un taux d'alcoolémie élevé, qui les autorise aux commentaires les plus grossiers. Schwarzkopf, ému, loue l'esprit d'entreprise de ces belles jeunes filles qui, comme lui en politique, rêvent d'or et d'ambition.

— Les élections de miss, c'est comme le suffrage universel pour nous autres, se risque-t-il à confier au René, qui ne capte pas la profondeur de cette pensée.

S'imaginer lui-même en bikini, ou le président Sarkozy en maillot à paillettes Miss Grand Cru Schweissberg, Geneviève de Fontenay, son chapeau démesuré et ses dents limées de vieille jument à ses côtés au bras de la limande Carla Bruni, dépasse très largement les bornes cantonales de l'imagination du maire. C'est sans doute à cette limite-là qu'on distingue un élu local d'un élu d'envergure nationale, s'autodénigre-t-il, perplexe.

— Bonjour, je m'appelle Solange mais mes amis m'appellent Kindy et j'adore monter à cheval, s'exclame la première candidate.

Suivent :

— Estelle Meyer, 19 ans, d'Oberhergheim, secrétaire chez Behr France…

… une belle bringue tiède, pleine d'une mollesse plaisante, qui n'a pas l'air d'avoir inventé l'eau chaude et n'aime pas l'eau trop froide. Sa mère a rêvé d'être Miss France après avoir gagné en 1987 le concours de Miss Poitrine de Veau Farcie à Truchtersheim. Son père est alors tombé amoureux de ladite poitrine de veau. Ils inscrivent leur fille depuis dix ans à tous les concours de beauté. On est là dans le cadre d'une petite entreprise familiale.

— Louana Spinetti, 21 ans, de Colmar, étudiante en architecture…

… ses copains l'ont poussée à s'inscrire un soir de beuverie où la conversation dérivait entre les tours de Dubaï, les pavillons de Shanghaï, le dernier album de Placebo et les risques de l'addiction à la beuh. Elle est venue pour se marrer et, s'étant piquée au jeu de la parodie, en rajoute des tonnes. Le maillot de bain lui va bien et met en valeur des lignes contemporaines et des seins en béton brut, qui ne déplairaient pas à Jean Nouvel.

Vient ensuite la benjamine du concours :

— Victoria Frey, 16 ans, de Rieswihr, régionale de l'étape…

… pavane la beauté fraîche et insolente de ses seize ans sous l'œil humide de Schwarzkopf prêt, pour le coup, à abaisser l'âge de la majorité de deux ans.

Il y a encore d'autres filles, rendues transparentes par

l'excès de cosmétiques, de régimes et l'espoir insensé d'être sacrée plus belle fille de France ; et, parmi elles :

— Jeannie Uhlmann, 22 ans, fille de vigneron à Sainte-Anastasie...

... inscrite au lycée viticole de Rouffach et appelée à prendre la succession de Papa, elle vient défendre sa double “légitimité” au titre, en ses qualités de belle fille et de viticultrice en graine.

— Je suis née dans les vins d'Alsace et dans le grand *cri* Schweissberg ! dit-elle, en un lapsus qui fait rire le public.

Au jeu de l'applaudimètre, l'étudiante en architecture et la poupée barbante d'Oberhergheim sont à égalité, avec un score de 72,5.

La préférence de Schwarzkopf va à la poupée ; Faller, lui, se sent politiquement obligé de soutenir la jeune concurrente rieswihrienne.

— Mais il nous reste maintenant deux dernières candidates, des candidates-surprise, venues s'inscrire juste avant l'élection, annonce Bernard Blongios. J'appelle Amel Bouafia, 95-78-89 ! Ce n'est pas son numéro de téléphone portable, mais les chiffres parfaits de ses mensurations idylliques !

Le major Leclerc, venu officiellement veiller au respect de l'ordre public, en avale de travers le contenu du gobelet de pinot blanc bien frais qu'il s'est octroyé pour récompenser sa vigilance.

— Nom de d..., s'étrangle-t-il, horrifié, en toussant, tandis qu'un frisson glacé descend le long de son épine dorsale. Bouafia !

Tétanisé par la surprise, il hésite à sortir son sifflet et à interrompre l'élection.

— Aïe aïe aïe... souffle-t-il.

Voilà donc pourquoi la majorette a disparu au cours de la soirée. Il en avait conclu qu'elle s'était perdue dans la foule des fêtards, qui rendent les rues compactes et l'espace si dense qu'il faut se bousculer pour avancer.

— Bouafia… répète-t-il, désespéré.

La majorette, qui a gardé par coquetterie son képi de gendarme, avance sur la scène dans la brumisation nacrée des jeux de lumière. Une ballerine plus menue que ses concurrentes, mais tout aussi gracieuse, sinon plus, dans son maillot de bain bleu nuit brodé de la flamme de la gendarmerie… Les applaudissements, les hourras fusent soudain, et on voit d'emblée l'applaudimètre atteindre les 80. La majorette se plante alors devant le micro, un sourire jusqu'aux oreilles, découvre des dents d'une blancheur éblouissante qui tranchent avec le jaune fané de la chemise de Bernard Blongios.

— Bonjour Amel, fait le président, sous le charme.

— Bonjour Bernard ! Bonjour Rieswihr ! Je m'appelle Amel Bouafia, j'ai 19 ans, j'habite à Sainte-Anastasie où je suis gendarme ! lance-t-elle.

— Bouafia… Non… se désole, liquéfié, le major Leclerc en cachant son visage dans ses mains. Mais qu'est-ce qui t'a pris, ma fille ?

— Amel, pouvez-vous nous indiquer les motivations qui vous ont conduite à concourir ce soir ? demande le président du comité.

Le député Fischer tend l'oreille, étonné mais toujours intéressé par les histoires d'ambition.

— Et bien voilà, c'est mon supérieur hiérarchique, le major Leclerc, commandant de la brigade de Sainte-Anastasie, qui m'y a incitée.

— Mais c'est faux ! trépigne le major, horrifié.

— Et puis, cela fait plusieurs années que je vois dans le journal des photos de miss, et comme on n'y trouve jamais de reines de beauté issues de l'immigration, je me suis dit que c'était l'occasion d'y remédier.

— Bouafia... s'étrangle le major, aussi livide qu'une endive de Raedersheim.

L'envie le prend de dégainer son arme de service et de se tirer immédiatement une balle dans la tête. Cette java-là, c'est le conseil de discipline assuré. Pour ne rien arranger, le capitaine Schlumpf, qui dirige le service d'ordre, doit être là, quelque part dans la foule, en train de fulminer et de mobiliser tous les CRS pour mettre la main sur lui et le ramener mort ou vif. Il est *wanted*.

— *Tu quoque mi fili*, suffoque le major, anéanti.

La majorette fait quelques pas charmants et décline des mines de nymphette, avec un naturel confondant qui fait naître une vague de désir et de sympathie dans la foule.

— Et peut-on vous demander pour quelles raisons vous avez choisi cette belle institution qu'est la gendarmerie ? s'enquiert Bernard Blongios, très satisfait de la candidate.

— Parce que je veux secourir ceux qui souffrent et passer les menottes aux poignets des criminels, répond du tac-au-tac la majorette, avec une voix grave et résolue qui fait frémir le Pissenlit et provoque un vent de panique dans le public.

L'applaudimètre grimpe cette fois à... 85.

— Rarement on aura autant aimé voir les gendarmes à Rieswihr ! s'amuse Bernard Blongios

— Cette petite a de l'avenir dans la gendarmerie, elle finira au ministère, estime Schwarzkopf goguenard.

— Merci et à bientôt ! lance gaiement la majorette en disparaissant vers les coulisses, laissant le major Leclerc prostré dans la foule.

Face à l'ampleur de la catastrophe, il préfère couper de suite sa radio en se disant qu'il lui sera salutaire d'aller boire un plein tonneau de riesling avant d'affronter l'ire du capitaine Schlumpf, qui de plus est l'un de ces freluquets de bonne famille, traditionaliste, militariste et cléricale, expédié à Coëtquidan dès son sevrage.

— Aïe aïe aïe... répète-t-il en titubant encore de stupeur.

La voix joyeuse du président de comité le cloue au pavé...

— Je vous parlais tout à l'heure d'une double surprise... Et celle-ci en est une énorme, si j'ose dire ! trompette Bernard Blongios. Car rarement nous aurons eu à Miss Grand Cru Schweissberg une candidate aussi... allons, n'ayons pas peur des mots, aussi âgée... Mais... Attention ! Si la valeur n'attend pas le nombre des années, le nombre des années renforce parfois la valeur ! Elle a 45 ans, elle travaille dans l'hôtellerie et est originaire de Rieswihr !

— Non... murmure le major effaré en se retournant.

— Hein... fait Schwarzkopf en sursautant sur son siège.

— Mais... dit René Faller qui écarquille les yeux.

— J'ai nommé Maria Spiesser, dit le Bleuet !, annonce *mister* BB.

S'avançant sur scène telle une déferlante, le Bleuet décoche à Schwarzkopf un sourire vainqueur pour marquer son entrée en lice. Le président de la CoCoCo, sidéré, en avale de travers sa coupe de crémant et balance un coup de coude furieux au René Faller.

— Mais qu'est-ce qu'elle fait là ? glapit-il.

— Mais je ne sais donc pas, ce n'était pas prévu du tout, lâche le René, désemparé.

— Elle n'a donc aucune pudeur ! s'exclame rageusement le député en détaillant la Jument d'or délicieusement moulée sous l'étoffe fine du maillot. Ce n'est donc pas l'élection de Super Mamie !

— Le Bleuet ! Le Bleuet ! crie le président de la Société d'Histoire Locale de Rieswihr et Environs, subjugué. Je t'aime !

L'Ortie a plus d'un verre dans les naseaux.

— Quelle femme admirable ! lâche Jean-Pierre, hypnotisé.

— Voir le Bleuet et mourir, se pâme le Pissenlit.

L'apparition de la belle hôtelière achève de chavirer la foule. On en convient, on se touche pour être bien sûr qu'on ne rêve pas... La "vieille" se défend et en remontre à plus d'une des jeunettes fessues à la poitrine divergente qui se sont succédé sur l'estrade, avec des airs stupides d'oies prétentieuses. On sent la femme mûre et accomplie, la fleur de l'âge, la sensualité et le magnétisme qui font défaut à la plupart des autres candidates.

— Quelle mascarade ! s'énerve Schwarzkopf, qui flaire un coup des anti-village vacances. Il faut arrêter ça ! Faites sortir cette hétaïre ! Elle est aussi vieille que le Schweissberg et si elle ouvre le bec, son dentier va se détacher !

— Elle est hors concours ! s'égosille René Faller estomaqué, à ses côtés.

Sur le parvis de la mairie, dans le public survolté, l'Ortie, Jean-Pierre, Philippe Dirringer et le Pissenlit ne partagent ni la mauvaise foi du député Schwarzkopf, ni le dépit du maire. Ils comptent parmi les spectateurs les plus enthousiastes. Le président de la Société d'Histoire Locale de Rieswihr et

Environs est aux anges. Il trouve au Bleuet un air de Gertrud de Burckheim au sortir de l'étuve, telle que la représente une enluminure du XIVe siècle. Il se rêve en chevalier Harold s'en rentrant de la chasse à l'urus dans la forêt de Cornimont. Le Pissenlit s'extasie et sent sa verge faire l'expérience de la fameuse raideur prussienne, sensation qu'éprouvent également, mais avec un peu plus de flexibilité, Jean-Pierre et Philippe.

— Le Bleuet ! Le Bleuet ! Le Bleuet ! entonnent-ils ; clameur vite reprise par la foule.

C'est un délire, un déluge d'applaudissements. Bernard Blongios, ravi, a du mal à ramener le calme et à reprendre la parole :

— Je vois que notre candidate compte de multiples supporters à Rieswihr ! commente-t-il en accostant le Bleuet.

— Alors Maria, racontez-nous un peu pourquoi vous avez choisi de concourir ce soir ?

— Merci Bernard ! J'ai effectivement un message à faire passer auprès de vous tous ce soir ! annonce le Bleuet.

— Faites la taire ! trépigne Schwarzkopf, hors de lui.

Des « hou hou » d'allégresse flambent.

— Je vous aime ! crie le Bleuet, déclenchant presque une émeute. C'est que Rieswihr est un joli village, poursuit-elle ; mais aujourd'hui cette beauté, cette grâce – comme toutes celles que vous avez vues défiler ce soir, ajoute-t-elle avec un clin d'oeil –, sont menacées !

La voix garde ses rondeurs mais se durcit.

— Le maire René Faller et le député Fischer, que voici…

Des huées retentissent tandis qu'elle désigne les deux membres du jury. Ceux-ci bondissent de leurs chaises, mécontents, et se précipitent vers le président du comité.

— C'est insensé ! hurle Fischer. Faites arrêter ça !

— Tu vas donc arrêter tes conneries, le Bleuet ! tance le René, furibond.

Mais le président du comité est complètement dépassé par la tournure prise par le concours de beauté ; les deux élus, aussi outrés qu'impuissants, disparaissent rapidement vers les coulisses.

— Je ne crois pas qu'ils voteront pour moi ce soir, ces deux bouffons-là, s'amuse le Bleuet rayonnante. Mais bon, nous, ici, on les emmerde ! On est à Rieswihr ! Et maintenant qu'on est entre nous, on va pouvoir faire la fête… Alors voilà, je voulais que vous sachiez que ces deux là veulent construire un village de vacances de quatre cents chalets et un aquapôle tropical, – oui, tropical, vous avez bien entendu, ici en Alsace – dans la forêt au pied du beau château du Schweissberg. C'est une forêt classée. Elle est derrière nous, dans la nuit. Mais à Rieswihr, nous ne voulons pas de ce projet qui sacrifie une fois de plus la nature ! Nous en avons assez de ces soi-disant aménageurs qui éliminent les grands hamsters pour construire des routes et rayent les forêts de la carte pour faire plaisir à l'industrie du tourisme ! C'est pourquoi, mes amis, je vous invite toutes et tous ce soir à rejoindre notre lutte et à faire du combat contre Bois & Loisirs une grande cause ! achève le Bleuet en levant le poing. Venez signer notre pétition sur notre site : *www.rieswihr-nonauvillage.pamplemousse.fr* et mobilisez-vous avec nous ! Vive le riesling ! Vive l'Alsace ! Vive Rieswihr ! Et vive le Schweissberg libre !

L'aiguille de l'applaudimètre, saisie d'épilepsie, grimpe à une vitesse vertigineuse et s'emplafonne dans le 100…

— C'est incroyable ! s'exclame Bernard Blongios, c'est du jamais vu !

Il ne sait plus si le triomphe de la candidate s'explique par sa plastique indiscutablement troublante, par la cause qu'elle prétend défendre, ou par les deux.

Exultante, le Bleuet remercie son public en gonflant sa poitrine.

— C'est pas Schwarzkopf qui en fera autant pour vous !

Puis elle s'éclipse derrière le rideau en roulant fabuleusement des fesses, après un dernier :

— Vive le Schweissberg libre !

... repris par le public sur l'air des lampions.

Le concours est suspendu. Au terme d'un âpre délibéré, Bernard Blongios, qui subit en coulisses les menaces du député Fischer et les reproches amers de René Faller, revient sur scène rouge comme une pivoine. Sa cravate de traviole témoigne des débats passionnés qui ont animé les jurés.

— J'appelle sur scène Maria Spiesser, élue reine du Grand Cru Schweissberg ! proclame-t-il. Ainsi que sa première dauphine Amel Bouafia et sa seconde dauphine Louana Spinetti !

Les trois femmes, radieuses, apparaissent main dans la main et entourent le président Blongios, qui s'estime à cet instant le plus chanceux des hommes. Les applaudissements redoublent, quadruplent, font trembler la nuit.

— Le Bleuet ! Le Bleuet !

— Bouafia ! Pourquoi m'as-tu fait ça ! se désole le major anéanti.

— J'appelle aussi monsieur le maire et le député Roland Fischer, qui vont remettre leurs couronnes aux lauréates, clame le président, qui tient à suivre le protocole.

Mais le rideau ne bouge pas. On entend Schwarzkopf hurler qu'il va saisir le Conseil d'État et faire annuler l'élection.

— Bon, dit-il, y a-t-il dans l'assistance un membre du conseil municipal ?

On voit alors Jean-Pierre fendre la foule comme une torpille et foncer vers le podium.

23

Le major Leclerc noie son désespoir dans le caveau d'un viticulteur, où une fête bruyante et souterraine se déroule. Il a confié cette mission à un lointain cousin alsacien du chanoine Kir : le chanoine kirsch. Abattu, consterné, il se repaît de la catastrophe en cours :

— Bouafia… Pourquoi tu m'as fait ça ? se lamente-t-il.

— Elle vous a quittée, lui lance un voisin soûl, en compatissant d'une voix pâteuse. Un autre verre pour mon ami gendarme !

Le major avale de bonne grâce le schnaps que lui dédie l'inconnu, résigné à être dévoré vivant par les lions du cirque que lâchera le capitaine Schlumpf.

Il serre les dents, remercie l'ivrogne, et s'éloigne en zigzaguant vers l'escalier. Il marque une pause, anéanti par l'alcool, et rallume, fataliste, sa radio qui se met aussitôt à grésiller :

— Leclerc ! Qu'est-ce que vous foutez !? On n'arrive plus à vous joindre ! piaille une voix que l'excitation rend méconnaissable.

— Je vais tout vous expliquer, mon capitaine, bégaye le major.

— Non, non… Ne m'expliquez rien ! Major ! Je voulais vous féliciter pour votre initiative ! claironne l'officier, enthousiaste. Cela va relever l'image de la gendarmerie dans la jeunesse ; une brillante idée, major ! Que je vais soumettre à l'état-major, pour qu'elle fasse des petits dans toutes nos brigades ! Tout de même, vous auriez pu me prévenir…

— Mon capitaine…

Le major Leclerc se raidit dans un salut réflexe. Le poste lui échappe et se fracasse sur les marches.

— Nom de d…, marmonne-t-il.

Il se demande s'il n'a pas rêvé cette conversation.

— En route mauvaise troupe, s'ordonne-t-il, et serrez les rangs, derrière !

Il peine d'ailleurs à se faire obéir et s'extirpe de l'escalier au prix de contorsions dignes d'un alpiniste.

Sur la chaussée constellée d'ivrognes, le Chean-Paul et ses amis, démoralisés par les résultats du concours de beauté, débitent leurs chapelets de saucisses tout en vouant aux gémonies le Comité miss France.

— Si Geneviève de Fontenay avait été là, jamais elle n'aurait laissé faire ça ! grommelle le patron de l'iris(c)h bar. Pauvre France ! Et dire que les CRS n'ont même pas bougé ! C'est à se demander à quoi servent nos impôts !

Le major trace un cap à travers la foule infinie des fêtards. D'innombrables grappes soûles partent à l'assaut des cours de ferme pour téter de la bouteille jusqu'au bout de la nuit. Le vieux gendarme regarde attendri les djeun's sacrifier au rite. Il salue ses collègues de la CRS d'un geste maladroit qui trahit son état d'ébriété. Il se sent un peu en insécurité. Grâce à son uniforme, il franchit le cordon de police et pénètre dans les loges du Comité Miss France. Jean-Pierre Fecht et son gang de malfaiteurs, rendus euphoriques par leur victoire, sablent le champagne. Le major retrouve la majorette. Elle rit dans les bras du Bleuet, qui lui chuchote des mignardises à l'oreille. D'autres filles papotent et grignotent autour de Bernard Blongios.

— Major ! s'exclame Jean-Pierre en apercevant le gendarme. Venez prendre un verre avec nous ! À Miss Grand Cru Schweissberg et à ses dauphines !

— Et au Schweissberg libre !, lance le Bleuet.

— Au Schweissberg libre, répète le gendarme, désarçonné.

— Chef... salue la majorette confuse.

— Vous avez bien mérité de la patrie, Bouafia, c'est le 'pitaine qui le dit...

À cet instant, un bellâtre enthousiaste s'engouffre dans la tente VIP en éparpillant des vivats tout autour de lui. Il est tout de vert vêtu, et coiffé d'un large chapeau fiché d'une plume rose qui rappelle la coiffure de la pythonisse des Miss France.

— Bravo ! Bravo ! *Bravissimo* !

— Regardez, murmurent les invitées, c'est Francisco Lolona, le chanteur !

— Francisco Lolona ?

— Mais oui, l'interprète de *Quand je m'aime*, d'*Adore-moi*, de *Narcissia dans mes bras* et d'*Être en toi*, souffle Jean-Pierre, subjugué.

— Où est-elle ? Où est-elle ? répète insatiablement Francisco Lolona, en cherchant des yeux la reine de la soirée.

On dirait un énergumène, un mousquetaire échappé du palais de la reine-mère ; d'Artagnan, Portos, Athos et Aramis en un seul homme, et quel homme ! Un BHL d'Olympia, grand, mince, élancé, forcément élancé, un athlète sensuel.

Il est chaussé de hautes bottes de cuir vert qui épousent ses jambes jusqu'aux cuisses, et feraient passer le Chat Botté pour un amateur d'espadrilles, cuissardes surmontées d'un fuseau de cuir vert moulant son bassin, et se poursuivant par une chemise-jabot de la même couleur éclatante dont le col bée jusqu'au nombril sur une abondante toison poivre et sel.

— Super Écolo… murmure Jean-Pierre, médusé. Super Écolo, c'est lui…

— Enfin ! clame le personnage avec emphase.

Francisco Lolona roule des yeux de biche énamourée, s'avance vers le Bleuet et se jette à ses pieds :

— Ma muse ! Ma beauté !

Il s'agenouille, théâtralement, à croire qu'il est au spectacle et ôte son énorme chapeau d'un geste ample. Il découvre une longue chevelure auburn à queue de cheval qu'il secoue comme un pur-sang, et se met à hennir de la voix aiguë qui a fait sa gloire et sa fortune vingt ans auparavant :

— Madame, *Madona*… Faites de moi ce qu'il vous plaira, je suis à vous, ouh, ouh…

Il y a un silence étonné, seulement rompu par le Jean-Pierre qui fait crépiter ses mains avec enthousiasme, bientôt imité par toutes les Miss et les VIP.

— Merci, merci… fait modestement Francisco Lolona en se relevant.

Il saisit la main gauche du Bleuet et la baise, en faisant ostensiblement jouer ses narines délicates pour montrer qu'il hume son parfum.

— J'aime votre arôme, Maria. Je vous aime toute entière. Je veux vous sentir et soutenir votre cause !

— Il est comme ça, commente le Jean-Pierre, admiratif, à l'intention de l'Ortie que la jalousie taraude, c'est l'éternel amoureux de la femme éternelle…

— Et une conscience, un artiste engagé, ajoute Philippe Dirringer, le président de l'association de pêche du Wasserloch, qui partage la passion aveugle, sourde mais pas muette, de son ami pour l'immortel auteur de *Bien dans ton corps, bien dans ma peau.*

En fait d'artiste engagé, Francisco Lolona est plutôt un artiste dégagé, récemment revenu sur le devant de la scène. Les airs et les paroles qui faisaient autrefois se pâmer les filles et incitaient ses fans masculins à arborer des mines rebelles (indiquant aux passants qu'eux ne se laisseraient pas bouffer par le système), ont vieilli. Quant aux refrains revendicatifs et hédonistes, ils ont fini par faire bâiller, et les nouvelles pousses de la chanson française, espèces invasives s'il en est, ont pris sa place. Mais comme nombre de ses pairs disparus après avoir traversé les années quatre-vingts en super-héros puis avoir survécu sous perfusion *Nostalgie* dans les années quatre-vingt-dix, Francisco Lolona est ressuscité récemment à la faveur du vent de mode *vintage* qui remet au goût du jour les grands ancêtres de la variété, les chemisettes à fleurs et les vedettes restées en rade de Brest, saint Caradec priez pour nous. Aussi le voit-on à nouveau sur les plateaux de télévision en vogue évoquer la libération sexuelle et sa nouvelle lubie : le sauvetage de la planète. Le chanteur – lui aussi – s'est découvert une conscience écologiste. Et, fort d'une ardeur de nouveau converti, il est entré en croisade permanente pour sauver la Terre des griffes des prédateurs. D'où le titre-choc de son dernier CD, *Biodégradable*, titre dont l'ambiguïté n'a pas échappé à la critique.

Ce samedi, le hasard a voulu que Francisco Lolona, entre deux dates de promotion à Porrentruy et Maubeuge, soit de passage en Alsace et plus particulièrement à Rieswihr, où un bogue du GPS de sa Prius hybride l'a conduit. Échoué dans la foule, la vedette a interprété la panne de son GPS comme un signe divin, et décidé d'assister à la Fête du Grand Cru Schweissberg qui, à ses yeux de citadin admirateur de la chèvre et du berger, prend une forte coloration d'authenticité et de spontanéité. C'est donc dans l'anonymat de la foule qu'il a découvert l'incroyable élection des miss, l'existence de la sublime Maria et celle de cette forêt menacée au nom imprononçable.

— Je suis l'un de vos grands admirateurs et j'ai tous vos disques à la maison, larmoie Jean-Pierre, ému.

— Moi aussi, moi aussi, Francisco, appuie Philippe, et j'apprécie énormément votre engagement pour l'écologie !

— Je veux vous aider à sauver le Cheeseburger ! proclame le chanteur, hypnotisé par la patronne du Cheval d'Or.

— Le Cheeseburger, *was isch los* ? On n'est donc pas chez Mac Donald, c'est le Comité Miss France ici, fait Bernard Blongios.

Il s'attire une sombre moue de la star.

— Mais si ! Le village vacances ! Le Cheeseburg, enfin !

— Ah, le Schweissberg ! rectifie le Bleuet. C'est pas ce qu'on pourrait penser… ça veut dire la montagne des Suisses, ou la montagne qui sue.

L'Ortie ne dément pas. Le bellâtre l'énerve. Il sent la jalousie gonfler en lui, au fur et à mesure qu'il réalise qu'il n'aura aucune chance de conquérir le cœur du Bleuet face à cet énergumène excentrique qui ne tiendrait pas une minute face à Harold de Burckheim…

— C'est fantastique ! s'exclame le JiPé, qui se présente. Je suis Jean-Pierre Fecht, le maire de Rieswihr, et nous nous battons pour sauver la forêt du Schweissberg. Francisco… nous sommes pour le développement durable et…

Le mot fait « tilt » dans la cervelle de Francisco Lolona :

— Le développement durable ! Je suis à tes côtés, Jean-Pierre. Vous êtes comme les indiens Satere Mawe d'Amazonie qui luttent pour sauver la forêt tropicale et…

— D'ailleurs ils veulent aussi faire un aquapôle tropical chez nous à la place de la forêt ! coupe le Bleuet.

— C'est la mondialisation ! constate Francisco Lolona. Il faut nous aimer-er yeah ! se met-il à chanter en saisissant les mains de ses voisins.

— Vous êtes notre invité ! Ce soir c'est la fête ! se réjouit le JiPé.

Il empoigne une bouteille de crémant plastronnée dans sa guêpière de métal, en décortique les jarretelles et fait sauter le bouchon qui s'envole avec un « pop » sonore.

— Pop, pop, pop, pop music ! fredonne le chanteur en claquant des doigts.

Chacun se retrouve avec une flûte en main, y compris le major. Il songe à Pascal Geishouse, à Suzanne Seyller, et à toute cette fête bachique autour d'eux.

— Au travail, Bouafia, souffle-t-il soudain à l'oreille de la majorette.

— Je veux mettre ma célébrité au service de votre cause ! lance modestement Francisco Lolona. Je veux voir ce Chassebergue qu'on veut sacrifier ! Je veux tous vous aimer ! J'aime ce village ! Il me parle ! C'est l'avant-garde d'un monde nouveau ! s'exalte-t-il en passant affectueusement ses nombreux bras autour des épaules environnantes.

Ils décident d'aller dîner ensemble dans une cave. Le Pissenlit et l'Ortie, qui s'ennuient un peu depuis que le troubadour monopolise l'attention, prennent congé pour retourner tracter.

Tandis qu'ils déambulent dans les ruelles peuplées de joyeux ivrognes, une idée folle germe dans l'imagination de Jean-Pierre : un grand concert de protestation au pied du Schweissberg, pour mobiliser l'opinion publique sur la disparition de la forêt... Ils remontent la rue principale, passent devant le Lion Rouge.

— C'est le fief de nos ennemis, explique le Jean-Pierre, enjoué.

— Eh toi ! L'empereur de la saucisse ! Le roi de la bière ! interpelle Francisco Lolona.

Ses doigts imitent des signes cabalistiques :

— Ksss ! Kssssss ! siffle-t-il entre ses dents.

— Qu'est-ce qu'il me veut, ce rase-ta-couenne ? grommelle le Chean-Paul.

— C'est Francisco Lolona, le chanteur, reconnaît Jacques. Ils ont reçu des renforts du show-biz.

Ils les voient entrer dans une cour de ferme.

— Génial ! s'esbaudit la vedette en découvrant les tréteaux d'acier, les bancs spartiates et les nappes en plastique offertes par le Crédit Mutuel. On ne verrait jamais ça à Paris ! On se croirait dans un tableau de Brueghel !

Dans la cour, tout le monde bâfre, ripaille, boit et bavasse. On entend presque la nourriture remplir les panses et le pinot blanc ruisseler dans les gosiers. Un grand-père hilare, en costume alsacien, joue de l'accordéon. Francisco Lolona joint sa voix suraiguë aux chœurs, et entraîne Miss Grand Cru Schweissberg dans une valse yé-yé qui attire aussitôt l'attention sur eux.

Ils se régalent d'une salade vigneronne, en arrosant vigoureusement le tout de quelques-unes de ces belles bouteilles vertes et élancées comme des mannequins de chez Dior.

— Je vais lui demander de se présenter avec moi aux municipales, chuchote le JiPé au Philou.

— Ma petite fleur sauvage des blés, je t'aime déjà, souffle Francisco au Bleuet.

— Francisco… risque le Jean-Pierre, intimidé.

Le chanteur se tourne vers Jean-Pierre qui poursuit :

— Serais-tu d'accord pour organiser un grand concert de soutien au Schweissberg, un Woodstock dont tu serais la vedette, ou plutôt un *Waldstock* ? Pour sauver la forêt et le château ?

Le chanteur se lève :

— Yeah ! Francisco Lolona chante pour sauver la forêt du Chassebergue ! Ouah ! Fantastique ! s'enthousiasme-t-il.

Il se voit déjà dans l'or vingt-quatre carats des projecteurs, point de mire de milliers de spectateurs assis dans une prairie.

Les deux hommes s'étreignent.

— Il est génial, souffle le Philou.

— Il me fait penser à Super Écolo… chuchote le JiPé.

— Hein… ? fait le Philou.

— Francisco, reprend Jean-Pierre, ce serait aussi un honneur pour nous tous que tu sois candidat avec moi aux prochaines municipales.

Du coup, le Bleuet raconte au chanteur les mésaventures de Jean-Pierre, et comment ils en sont arrivés là.

— Ils m'ont viré parce que je les gênais... J'étais trop écolo...

Le chanteur étreint une nouvelle fois fraternellement le JiPé aux anges.

— Nous sommes de la même race, toi et moi !

— Vive le Schweissberg libre ! proclame JiPé.

— Vive le Chasseberge libéré ! emboîte le chanteur.

— Et en tant que maire, qu'est-ce que tu penses du Grenelle de l'environnement ? s'enquiert Francisco.

— Le Grenelle ! Ha ha ha, le Grenelle ! s'exclame le Jean-Pierre avec un ricanement sardonique. C'est vouloir éteindre un feu de forêt avec un seau d'eau, et ceux qui prétendent sauver le monde sont les mêmes qui pillent la planète !

— L'écologie est une fille aux yeux verts... entonne Francisco.

— Oui mais toi tu es un poète !

— *Viva la revolución* ! crie Francisco.

— *Viva la revolución* ! Font, en chœur, Jean-Pierre, le Bleuet et Philippe.

— Tout ça, camarades, continue le JiPé en se découvrant soudain une conscience communiste, c'est la faute à la pensée unique ! L'écologie est devenue la nouvelle vache à lait du marché !

Vers trois heures du matin, les cadavres de bouteilles s'alignent devant eux comme les pierres tombales du capitalisme, et la serveuse vient siffler la fin de la révolution.

— Jusqu'au bout de la nuit ! s'égosille Francisco Lolona de sa voix suraiguë. Yé !

— Yé ! hurlent les trois autres survoltés.

La vedette embrasse goulûment le viticulteur, lui dédicace son tablier, serre l'accordéon dans ses bras, et étreint toute la famille jusqu'au chien Adolf.

— C'était qui, cet énergumène ? s'enquiert la viticultrice.

— Je crois que c'était Francis Cabrel, dit la serveuse.

Que la nuit est belle ! Ils sont maintenant à cette heure de la fête où les lendemains difficiles n'existent pas ; où le vin est un cheval fou, qui vous emmène au galop jusqu'à l'aube. Les CRS ont depuis longtemps déserté le village. Des filles et des garçons dansent et vacillent sous les réverbères. Dans la fontaine, un homme fume en pataugeant. Devant le Lion Rouge, le Chean-Paul range ses chaises.

— Esclave ! lui crie Francisco Lolona.

— Connard ! rétorque le Chean-Paul. Mon rottweiler adore tes disques !

— On va aller se baigner au Wasserloch ? propose Philippe.

24

Pendant ce temps, le major et la majorette sont partis à la recherche d'indices. Ils réinspectent avec une rigueur scientifique nouvelle le local où Pascal Geishouse entreposait ses outils. Le major s'est adjugé la mallette de la brigade destinée aux relevés de police technique. Il saupoudre d'une main généreuse les clenches, poignées, et tous objets susceptibles d'avoir été touchés par l'assassin. La poudre de perlimpempreinte voltige.

— At-choum ! éternue le major.

Des empreintes décadactylaires, il y en a partout : celles de Geishouse Pascal, suppose-t-il. Mais il espère découvrir d'autres paluches, les ramener à Sainte-Anastasie et les passer dès cette nuit au crible du fichier.

— La négligence est le début de la décadence, Bouafia, bégaye-t-il dans un nuage d'alcool et de police scientifique. Venez voir, Bouafia, chuchote-t-il avec un sourire.

Au milieu de cette nuit étrange et l'alcool aidant, Bouafia lui apparaît sous un jour différent : une fille perspicace et plaisante. Il lui pardonne l'initiative du concours de beauté. La majorette se penche et le major détache à regret ses yeux du décolleté peu réglementaire de sa jeune collègue. Ah s'il avait trente ans de moins… Et si madame Leclerc n'existait pas…

— Regardez là, Bouafia...

Une empreinte différente des autres se détache de la paroi verte d'une boîte à thé.

— On saisit !

La majorette attrape délicatement de sa main gantée la pièce à conviction et la glisse dans un sac plastique.

De retour à la brigade de Sainte-Anastasie, le major Leclerc confie à la majorette la manipulation de l'ordinateur, qu'il maîtrise mal, nonobstant les séances de formation dispensées par l'état-major. La gendarmette scanne l'empreinte, se connecte au fichier décadactylaire, tandis que le major attend en sifflotant que l'informatique triomphe. L'unité centrale pédale...

— L'empreinte appartient au dénommé Claude Paille, annonce la majorette d'une voix victorieuse. Il a 41 ans et demeure à Rieswihr !

— Vous êtes sûre, Bouafia ?

La majorette clique sur le lien Canonge, et la trombine de face, de profil et de trois-quarts du Pissenlit apparaît à l'écran, avec son nez crochu et ses cheveux noirs.

— Mais je le connais, ce citoyen... constate le major. C'est un habitant du lotissement des Poètes, un de ceusses qui se sont mis en tête d'empêcher la construction du village vacances...

— Il a un casier, constate la majorette. Trois condamnations : une pour vol avec effraction en 2008, recel en 2006 et vol aggravé en 2003. Il est sorti de la maison d'arrêt de Mulhouse il y a neuf mois, major.

— C'est sans doute lui notre coupable.

Il vérifie son arme de service, la paire de menottes à son ceinturon, et rajuste le col de sa chemise bleu ciel.

— Allons nous coucher Bouafia ! Demain à l'aube, nous irons cueillir ce Pissenlit !

Mais le lendemain matin, chez Claude Paille, le pavillon est vide. Le major pense un instant que le Pissenlit, en vieux cheval de la cambriole, a senti le vent tourner et pris la poudre d'escampette.

— Nom d'une pipe !

Ils sont bons pour diffuser un avis de recherche et attendre que l'oiseau tombe sur un contrôle d'identité, à Mulhouse ou Marseille.

Mais une voisine bien intentionnée les renseigne.

— Si c'est le Pissenlit que vous cherchez, vous le trouverez au Schweissberg ! Les travaux du village vacances ont commencé ce matin et il est monté là-haut !

— Vous voyez, Bouafia, on a tort de se faire du mouron, le gène de la délation ne s'est pas perdu, commente le major.

Dans le vieux Rieswihr, les traces de la fête ont déjà été effacées, et rien ne témoigne des folles bacchanales de la nuit. Le major salue le patron du Lion Rouge qui se frotte les yeux devant son bar. Des bouffées d'air frais entrent dans la voiture, ainsi que le bruit de tronçonneuses. Au petit col, entre vignes et forêt, où la route asphaltée se termine, la 206 bute sur un barrage.

— Allons donc, grogne le major Leclerc.

Un semi-remorque de débardage interdit l'accès au chemin du château. Trois bûcherons s'y enguirlandent avec une douzaine de Rieswihriens :

— Fossoyeurs !

— Assassins !

— Fouteurs de merde !

— On va appeler les gendarmes !

Le major reconnaît le Bleuet, Jean-Pierre Fecht, Philippe Dirringer, et surtout le Pissenlit. Ils ont tous des têtes de déterrés : la Fête du Grand Cru Schweissberg. Des hauteurs de la forêt, dégringole le cri vorace des tronçonneuses. Un sapin des Vosges s'abat quelque part avec un craquement, suivi d'un remue-ménage de branches écrasées puis d'un choc sourd qui fait vibrer le sol sous leurs pieds. Le défrichement a commencé.

— Ah ! s'exclame l'un des débardeurs à la vue des gendarmes. Vous voilà enfin, vous autres ! Dégagez-nous ces emmerdeurs, qu'on puisse travailler !

— Hop hop hop ! calme le major Leclerc.

Le Pissenlit ne se doute apparemment de rien.

— Ils ont commencé à défricher sans aucune autorisation ! proteste-t-il.

— Nous l'avons, l'autorisation ! réplique le chef de chantier. Qu'ils nous laissent faire notre travail !

— Major, objecte le Jean-Pierre en se disant que son ancienne qualité de maire convaincra Leclerc, cette autorisation est illégale ! Il faut une révision du POS !

— S'ils entrent dans la forêt, ils risquent de prendre un arbre sur la tête. Faites-les dégager !

— Hop hop hop, radote le major, aux anges.

— Nous nous coucherons sur la route pour vous empêcher de passer ! menace le Bleuet.

Le gendarme décide de les laisser se dépatouiller : le Schweissberg n'est pas sa priorité du jour. Il avance vers le Pissenlit, et pose sa main gauche sur l'épaule droite du repris de justice.

— Claude Paille ?

— Oui ?

— Vous êtes en état d'arrestation. Veuillez nous suivre à la brigade, dit-il.

— Bravo ! applaudit de son côté le chef des bûcherons.

— Lâchez-moi, vous n'avez pas le droit ! se débat le Pissenlit.

— Vous n'avez pas le droit ! Il est innocent ! C'est une atteinte à la liberté d'expression ! Il a droit de manifester ! s'insurge le JiPé, hors de lui.

— Vous persécutez les écologistes ! Major, vous roulez pour Schwarzkopf ! s'empourpre le Bleuet.

— Te-te-te… coupe le major. Vous n'y êtes pas du tout, madame Spiesser.

Et malgré le secret qui lui incombe, il ne résiste pas à l'occasion de se vanter :

— Le sieur Paille est soupçonné de meurtre. Et j'embarquerai pour entrave à la mission des forces de l'ordre toutes celles et ceux qui m'empêcheront de faire mon travail. Venez, Bouafia !

25

— C’est foutu, on a perdu… souffle Jean-Pierre Fecht.

Il s’adresse autant à lui-même qu’au Bleuet et à Philippe. Désemparés par ce coup du sort, ils se sont repliés au Cheval d’Or. La vue y est imprenable sur le Schweissberg, dont ils regardent un à un les sapins tomber.

— Le major Leclerc a bien parlé de meurtre ? reprend Philippe, incrédule.

Pour parfaire le désastre, Francisco Lolona vient de sauter dans un taxi qui le conduira à Maubeuge où il doit chanter ce soir. Le chanteur frivole ne se sentait pas en état de conduire, et ses grandes envolées écologistes de la nuit s’étaient évaporées au réveil. Il n’est même pas venu au Schweissberg lorsque la nouvelle de l’entrée en action des tronçonneuses les a tous tirés du lit…

— C’est un coup de Schwarzkopf, constate le Bleuet, écœurée. Il s’est vengé de cette nuit en faisant démarrer le chantier ; il cherche à nous intimider et à nous discréditer en faisant arrêter le Pissenlit.

Et puis, rien ne les étonne plus vraiment de la part du major. Le gendarme, réputé pour ses foucades, n’est plus à une erreur judiciaire près, d’autant que la brigade n’est qu’à deux cents mètres de la mairie de Sainte-Anastasie.

Le JiPé, assommé par les événements et par la gueule de bois, contemple les ruines du château du Schweissberg sur leur chicot de grès.

— Je me demande bien où l'Ortie a pu passer, remarque-t-il.

En effet, le président de la Société d'Histoire Locale de Rieswihr et Environs, parti au milieu de la nuit avec le Pissenlit, a inexplicablement disparu.

— C'est bizarre qu'on soit sans nouvelle de lui, et qu'il ne soit pas venu ce matin.

— J'ai téléphoné plusieurs fois, mais ça ne répond pas, dit le Bleuet.

— Il faudrait peut-être qu'on passe chez lui, suggère Philippe. Il pourrait avoir fait un malaise.

Aussitôt dit, aussitôt fait. Les voici débarquant au pied de l'antique demeure de l'Ortie, sonnant, tambourinant, appelant :

— L'Ortie ! L'Ortie !

La porte est fermée à clé, il n'y a personne.

— Il est peut-être mort ; je vais casser une fenêtre et entrer voir, décide Jean-Pierre.

— Alors ? s'enquiert le Bleuet quand JiPé revient.

— Alors rien ; il n'est pas là.

— Il faut prévenir les gendarmes, tranche Philippe, pris d'un sentiment prémonitoire. Et comme ça, on en profitera pour prendre des nouvelles du Pissenlit.

À la gendarmerie de Sainte-Anastasie, le Pissenlit subit un puissant interrogatoire. Dressé telle une forteresse franque au dessus de lui, le major Leclerc le cuisine avec délectation :

— Alors le Pissenlit, tu nies toujours avoir poussé Pascal du haut du donjon ?

— Mais puisque je vous dis que je n'ai rien à voir avec cette histoire !

— Et les empreintes digitales qu'on a retrouvées dans son bureau, elles n'ont rien à voir, non plus ?

— J'y ai été justement pour rechercher des indices, après la mort de Pascal ! Demandez aux autres !

— Eh ben voyons ! Comme ça, tu enquêtes dans notre dos ? Qu'est-ce que tu lui as volé, au Pascal, pour vouloir l'assassiner ? Ses économies ? Son lecteur de CD ?

— Vous aviez classé l'affaire ! s'exclame le Pissenlit, décidé à vendre chèrement sa peau. Avec les autres, on a décidé de creuser !

— Quels autres ?

— Mais je vous l'ai déjà dit : le Bleuet, Jean-Pierre Fecht, et le vieux Morand Huttinger ! Demandez-leur !

— Moi, je vais te dire ce qu'il y a : les voleurs dans ton genre ne changent jamais !

— Parce ce que j'ai fait des conneries dans le passé, on ne me croit pas !

— Dans le passé, dans le passé… c'était en 2008 !

— J'ai payé et j'ai tourné la page !

— Tes gènes t'ont titillé, salopiot ! Tu as cambriolé le local et tu as été assez stupide pour y laisser tes empreintes !

— Je ne suis pas aussi stupide ! proteste le Pissenlit, vexé.

— T'es un mauvais !

— …

— Tu vois, le Pissenlit : quand tu ressortiras de prison, tu les boufferas par les racines, justement. Alors fais un effort, si tu veux adoucir ton sort.

Le major se tourne vers la majorette :

— On va aller perquisitionner chez lui.

Le major note, satisfait, que le Pissenlit a l'air soudain moins convaincu de son innocence.

— Lève toi, mauvaise herbe, graine d'assassin ; tu connais le chemin… dit-il.

Quand le major Leclerc revient à la brigade, Jean-Pierre, le Bleuet et Philippe Dirringer l'y attendent. Le moral des trois mousquetaires du Schweissberg est des plus moroses. Le planton a fini par leur indiquer que le Pissenlit était soupçonné du meurtre de Pascal Geishouse. Et le sourire triomphal qu'ils lisent sur le visage du major n'annonce rien de bon. La mine défaite du Pissenlit non plus. Il ne prend même pas la peine de lever les yeux vers ses compagnons, et regagne résigné et honteux la cellule de garde à vue.

— Ah, elle est belle, l'innocence bafouée… pas vrai Bouafia ? lance le major à la majorette, pour asticoter le comité de soutien.

Il extirpe de sa mallette un sac plastique qu'il fait miroiter dans la lumière d'un soleil avare.

— Les pièces à conviction, se pavane-t-il.

— Expliquez-nous, major, râle Jean-Pierre.

— Ah, vous êtes encore là, vous ?

Il leur enjoint de les suivre dans son bureau.

— La visite domiciliaire a été fructueuse, annonce-t-il une fois installé. Nous avons retrouvé les différents objets que voici au domicile du dénommé Claude Paille alias le Pissenlit.

Il exhibe un coupe-papier en bronze, serti d'un pièce de monnaie ancienne plaquée or représentant un galion.

— Propriété de Pascal Geishouse, parade-t-il. Et encore plus intéressant, ceci : des bijoux appartenant à la dénommée Suzanne Seyller, retrouvée morte dans sa cave, pour mémoire. Georges Seyller les a formellement reconnus. Monsieur Fecht, madame Spiesser, monsieur Dirringer, votre ami va être déféré au Parquet pour un double crime crapuleux sur vos concitoyens, et pour les vols commis à leurs domiciles.

— Il a avoué ? articule Jean-Pierre, la voix blanche.

— Peuh... éructe le major pour montrer le peu de poids qu'il accorde aux aveux. On a assez de preuves pour se passer de ses aveux devant le juge. Il a menti depuis le début. Et dans la gendarmerie moderne, ce qui compte ce sont les pièces à conviction...

Le Bleuet, découragée, reste muette. Philippe Dirringer rompt le silence :

— En fait, nous étions venus pour vous signaler la disparition du vieux Morand...

— Nous y venons, nous y venons, sourit le major avec un ton railleur qui n'augure à nouveau rien de mirobolant. Morand Huttinger... dit l'Ortie.

Il saisit un deuxième scellé dans sa mallette, dont il dévoile le contenu avec la même volupté qu'un joueur de poker abattant un carré d'as.

— Cette chose râpeuse et élimée que vous voyez est le portefeuille de votre vieil ami, dit-il. J'ai le regret de vous dire que nous l'avons saisi dans un tiroir de la cuisine du Pissenlit... Je crains qu'à l'heure qu'il est, il n'ait rejoint Geishouse Pascal et Suzanne Seyller au royaume des morts...

26

— On les a niqués !

Ça fait trois jours que les gendarmes ont arrêté le Pissenlit. Le Chean-Paul est si joyeux qu'il paye un amer-bière aux conscrits, entrés faire la manche au Lion Rouge.

— Moi aussi, j'ai été conscrit, dit-il, et à mon époque ça rigolait pas comme aujourd'hui. On se retrouvait avec des sacs de cinquante kilos à traverser les Vosges dans la neige, des fois que les Boches reviennent.

— Il est des nôtres, il a bu son verre comme les autres ! entonnent les sept jeunes de la classe 1992.

Ils ont l'ivresse insouciante, et cela plaît au bistrotier qui les couve d'un regard tendre : l'avenir…

— Tu viendras au *Fackel,* Chean-Paul ?

— À l'aise que je viendrai ! se rengorge-t-il. Moi je suis de la classe 1961, et je dis que c'est bien de perpétuer la tradition ; bravo les gars…

— Et les filles, lance Jacques depuis le bar, en clignant de l'œil en direction des deux donzelles du groupe. Et je peux vous l'avouer, on les construisait pas aussi hauts que vous, les *Fackels*…

Il porte un toast.

— Aux conscrits !

— À la tienne, Jacques !

— Et au *Fackel* !

— Et à Chean-Paul ! disent les conscrits.

— On reprend des forces, lâche une fille.

Ils lampent leurs verres et se lèchent les babines :

— Allez, il faut qu'on y retourne, c'est samedi prochain, le bûcher…

Sur la terrasse, ils croisent le Raymond qui s'en revient du tabac et de la mairie.

— Ils l'ont dans l'baba, ils l'ont dans l'baba, ils l'ont, ils l'ont, ils l'ont dans l' ba-baaaaaaaa !!! chante-t-il en pénétrant au Lion Rouge.

— Alors ? s'enquiert le Jacques.

— Alors, je sors de chez le René.

— Et qu'est-ce qu'il dit, le René ?

— Je peux vous dire qu'on pourra bientôt siroter un daiquiri dans la piscine de l'aqualude tropical. Le Pissenlit est parti au trou pour un paquet d'années, et le chantier va bon train !

— Tournée générale ! s'esclaffe le Chean-Paul, non sans avoir prudemment vérifié qu'en ce milieu de matinée, sa clientèle n'excède pas ses deux amis.

— Alors comme ça, c'était bien un tueur en série… soliloque le Jacques.

— Heureusement qu'il était pas vraiment de chez nous, transpire le Raymond, l'honneur du village est sauf.

— C'est exactement ce que j'ai dit au journaliste de FR3 hier, quand ils sont venus m'interviouwer ! acquiesce le Chean-Paul. J'y ai dit : « Vous savez, nous, cette histoire là, elle ne nous concerne pas, on est les victimes ; le meurtrier c'est de la racaille, il est pas de Rieswihr ».

— De Mulhouse... remâche Jacques, ahuri. Et un récidiviste mulhousien, encore !

— Moi, c'est pas compliqué j'y fous plus les pieds, à Mulhouse ! poursuit le Chean-Paul. D'ailleurs, pour dire vrai, j'y ai jamais été, et on n'est pas près de m'y revoir !

Ils se marrent.

— Vous vous rendez compte, les gars, il a assassiné le Pascal, la Suzanne et ce vieil imbécile de Morand en l'espace de dix jours ! Cela fait une moyenne d'un crime tous les 3,33 jours ! À ce rythme-là, Rieswihr aurait été rayé de la carte pour les prochaines municipales !

— P't-être qu'il travaillait pour le recensement et qu'il avait plus envie de bosser... suggère Raymond.

— Moi je dis que ces gars-là ils méritent pas de vivre... Tiens, on devrait le jeter du haut du Schweissberg, et ensuite le noyer dans sa cave...

— Ce n'est pas tout, poursuit Raymond : Schwarzkopf a déposé plainte contre Fecht à cause qu'il a essayé d'entraver le chantier, et parce qu'il a reçu des lettres anonymes le menaçant de mort.

— Je me demande bien où le Pissenlit a mis le cadavre de l'Ortie, marmonne Jacques.

— Ben, d'après le René, répond Raymond, les gendarmes refont une battue aujourd'hui. M'est avis qu'ils feraient bien de regarder là où les corbeaux déjeunent. Ou alors, le Pissenlit l'a enterré et on est pas près de retrouver ses os. Faudra laisser ça aux archéologues des générations futures.

— Il paraît que sur la fin, il en pinçait pour cette salope de Bleuet, ricane le Chean-Paul.

— Tu parles ! Il était aussi puceau qu'un veau !

— Remarque, avec le Bleuet, on sait jamais. Elle s'est bien farcie le Pissenlit avant qu'il aille au trou, et puis le Francisco Lolona, l'autre guignol du hit-parade à trois balles...

— Et le Jean-Pierre, aussi...

— Le Jean-Pierre ?

— Et le Philippe...

— Et ben...

— Ils ont partouzé au Wasserloch, on les a vus

— Il paraît même qu'on a vu la perdrix du major filer du bon coton avec la Jument d'or...

— Ah, c'est l'attrait de l'uniforme.

— Sauf qu'elle était pas en uniforme...

— Cette femme-là, la Maria, c'est une nymphomane !

— Il en faut, Raymond ! Il en faut !

— Mais à cette échelle, c'est plus de l'adultère, c'est du tourisme sexuel...

Un grincement de freins. Un camion chargé de sapins descend la rue principale et coupe leur conversation. Le défrichement avance à la vitesse grand V, et personne au village ne reconnaît plus la colline. On dirait qu'un ouragan a décimé la forêt du Schweissberg.

— Il paraît qu'ils vont replanter des espèces exotiques, après, explique le Raymond.

Finalement, ils se sentent un peu déçus.

— On va en avoir pour un an de travaux... râle Jacques.

Chaque jour, des grues tirent des arbres, les entassent sur le col, où d'autres équipages les tassent à coups de pelle mécanique sur les semi-remorques. La ruine du château, dépouillée de sa forêt, n'en paraît que plus lamentable.

— Il nous nargue, ce tas de pierres ! maugrée le Chean-Paul.

On dirait un parpaing sur un rocher, une silhouette tronquée.

Le Chean-Paul boit une gorgée de *Guiness is good for you* tandis qu'un poids lourd fait vibrer la taverne. C'est le prix du progrès.

— René m'a dit que le major soupçonne Jean-Pierre d'avoir envoyé les fameuses lettres anonymes à Fischer, lâche-t-il…

27

— Je n'arrive pas à y croire Jean-Pierre ! explose le Bleuet, de méchante humeur. C'est forcément une erreur judiciaire !

Le JiPé, assis dans un fauteuil de velours rouge, tente de distraire sa propre déception. Il a un geste las et résigné.

— Ils ont des preuves, Maria… Le Pissenlit nous a menti. Et pourquoi nous aurait-il menti, s'il n'avait rien à cacher ? C'est foutu… souffle-t-il, démoralisé.

Il se sent moche et sale. Ce matin, il est allé trouver Florence, l'épouse du député Fischer, et lui a expliqué comment son mari la trompe avec Lucie. Au moins a-t-il le plaisir triste d'expédier Schwarzkopf patauger à son tour dans les déboires conjugaux. « Maigre consolation », songe-t-il, affreusement dépité. Surtout que Florence Fischer n'a pas vraiment eu l'air de tomber des nues, et l'a regardé avec une dose de… mépris. La femme de Schwarzkopf est restée calme, digne, et l'a juste remercié assez froidement, ce qui a gâché le plaisir qu'il croyait tirer de sa vengeance.

Avec le scandale, il lui est désormais inimaginable de reprendre la mairie dans cinq mois, et encore moins de souffler son siège de député inamovible à Schwarzkopf.

Il s'emporte :

— On ne savait même pas d'où il sortait, cet aztèque, et on lui a fait une confiance aveugle, comme ça, sans s'inquiéter de sa provenance et de son pedigree !

— Peut-être qu'il est innocent, dit le Bleuet.

— Alors pourquoi les gendarmes ont retrouvé tous ces objets chez lui ? s'agace Jean-Pierre.

— Il a juste reconnu les avoir volés chez Pascal et Suzanne après l'annonce de leur décès. C'est un voleur, ça ne fait pas de lui un meurtrier.

— Un voleur qui va piller l'appartement d'une morte pendant son enterrement, c'est pire qu'un voleur !

Face au silence boudeur de l'ancien maire, le Bleuet ajoute :

— Et quelle raison aurait-il eu de les tuer ?

— Le vol ! Ce type est un récidiviste ! Il est allé cambrioler Pascal, Pascal l'a surpris, il l'a tué, et pour se couvrir il a maquillé son crime en suicide au Schweissberg.

— Et pourquoi l'autopsie n'a rien décelé ?

— Parce qu'après lui avoir défoncé le crâne il l'a emporté au château pour le jeter de là-haut ! Et Comme Pascal est tombé sur la tête, on ne peut plus rien voir !

— Et Suzanne, alors ?

— Il l'a sans doute aidée à sa noyer. Il l'a poussée dans sa cave pendant l'orage, pour cambrioler tranquillement la maison !

— Mais il n'avait pas besoin de la tuer pour lui prendre ses bijoux ! rétorque le Bleuet. Et pourquoi y serait-il retourné ensuite le jour de son enterrement ? En plus, l'autopsie a conclu à une noyade. C'est une erreur judiciaire, Jean-Pierre !

Jean-Pierre ricane de la naïveté de l'hôtellière :

— Tu oublies l'Ortie, Maria.

— Je n'arrive pas à y croire..., s'entête le Bleuet. Son avocate affirme qu'il sont juste passés chez le Pissenlit boire un dernier verre, et que l'Ortie a oublié son portefeuille en repartant.

— Est-ce que tu vois franchement l'Ortie aller se promener au lotissement ?

— Ils avaient bu, il a oublié son portefeuille. Le Pissenlit l'a rangé dans un tiroir avec l'intention de lui restituer le dimanche...

— Alors pourquoi ne l'a-t-il pas pris avec lui le lendemain en allant au Schweissberg ? s'énerve Jean-Pierre, qui apporte aussitôt la réponse : parce qu'il savait évidemment que l'Ortie ne viendrait pas, et pour cause ; il l'avait tué dans la nuit !

— Qu'est-ce qu'on va faire ? s'enquiert le Bleuet, anxieuse.

— Qu'est-ce que tu veux qu'on fasse ? s'irrite le JiPé. C'est fini. On aura ce putain de village vacances et ses quatre cents cottages au dessus de nos têtes, et on verra la tronche de ce con de Schwarzkopf venir couper son ruban bleu-blanc-rouge et devenir ministre !

— Et Francisco ?, tente timidement le Bleuet, car ils n'ont plus entendu parler du chanteur depuis la Fête du Grand Cru Schweissberg.

— Francisco ? Francisco qui ? Francisco quoi ? Ne me parle plus de celui-là ! Il est venu faire la java ! Il s'est bien marré ! Et à l'heure qu'il est, il nous a oubliés !

Comme pour contredire Jean-Pierre, le téléphone sonne. Le Bleuet décroche.

Jean-Pierre, quoique le haut-parleur ne soit pas branché, reconnaît, confus, le timbre sonore de Francisco Lolona qui transperce la pièce de son *Quand tu m'aimes*...

— Francisco, mon amour !, s'exclame le Bleuet. Oui, moi aussi je pense à toi. C'était super. Oui. Oui… Ce dimanche ? Génial ! On va s'occuper de tout.

— De toutes façons, tout est foutu, lâche Jean-Pierre.

— Oui, c'est Jean-Pierre, il est avec moi, il n'a pas le moral. Il s'emporte après Schwarzkopf, le René et sa bande de vandales. Je te le passe… Moi aussi.

— Francisco !

La voix suave du chanteur l'apaise aussitôt.

— Oui, Francisco. Moi aussi, je pense à toi, c'était super. Oui, *viva la revolución*… Merci. Tu… ? D'accord… À dimanche.

Il raccroche, un sourire jusqu'aux oreilles.

28

— Comme je le dis souvent, ma chérie, l'écologie est une affaire bien trop sérieuse pour la laisser entre les mains des écologistes.

Florence Fischer observe avec une ironie discrète son mari se goberger à sa permanence. Il a revêtu son costume de lin vert, et joue aux grands architectes. Les premières esquisses du village vacances Bois & Loisirs trônent en évidence sur la table.

— J'ai tenu à ce que tu sois la première à les voir, ma chérie. Alors, qu'en penses-tu ?

Florence Fischer regarde la petite ville de cottages éclose sur les flancs engazonnés du Schweissberg, l'aqualude dont les bassins turquoises s'étagent comme des vasques sur la pente, la ruine rose du château qu'un lifting a rendu aussi romantique qu'un palais bavarois, et la gracieuse éolienne blanche qui coiffe le donjon.

— Tu ne m'avais pas dit qu'il y aurait un parking aménagé en contrebas, chéri ?

— Bois & Loisirs a changé d'avis, à cause du dénivelé. Les gens ne viendront pas s'ils doivent monter à pied. Alors, ils ont opté pour deux places de stationnement devant chaque cottage.

— Et là, c'est quoi, cette route dans la forêt et dans les vignes ?

— Ce n'est pas une route, ma chérie, c'est une piste cyclable, qui dessert directement l'écomusée et le Biorama.

— Et cette grand pelouse verte ? On dirait un golf…

— Tout à fait, chérie. Bois & Loisirs envisage de chercher un partenaire pour aménager un green. Il y aura aussi deux courts de tennis, un poney club, un mur d'escalade en contrebas des rochers du Schweissberg, et un accrobranches.

— Et ce rond-point ?

— C'est un rond-point, ma chérie. On attend quand même mille six cents visiteurs en haute saison, et davantage quand l'aqualude sera achevé et le golf terminé, alors la commune doit adapter son réseau.

— Et cette grosse boîte, là ?

— Oui, c'est un supermarché. Bois & Loisirs a proposé de travailler à l'implantation d'une moyenne surface à proximité du rond-point. Mais rassure-toi, il sera invisible depuis le village vacances et sera bâti selon les normes HQE. Et on y trouvera des produits bio. Alors ?

Mais Florence Fischer tarde à s'émerveiller.

— Tu ne vas pas le prendre mal, chéri ?

— Pas du tout… Pas du tout, ment le député en rougissant.

— C'est que je ne vois pas trop ce qui distingue ton projet d'un projet habituel…

— Mais c'est du développement durable, ma chérie !

Schwarzkopf devine un léger sourire sur le visage de Florence.

— Quelque chose t'amuse, ma chérie ?

— Oui, dit Florence, c'est cette manie de l'écologie qui t'a pris si brutalement. Il y a encore un an, tu disais que les écologistes étaient de la mauvaise herbe, et qu'ils avaient la tête pleine de vent et d'idées fumeuses, et maintenant tu n'as plus que ce mot là à la bouche…

— Attention, Florence, prévient Schwarzkopf, offensé, tu confonds écologie et écologistes.

— Oui, je sais, mon chéri.

— Tu sais, ma chérie, si on les laissait faire, ils mettraient l'Alsace sous cloche.

Parfois, son mari lui semble être un enfant engagé dans une partie de Lego.

Elle l'embrasse sur le front.

— Je file, mon chéri ; à tout à l'heure.

Elle s'en va.

Quelques minutes plus tard, René Faller fait irruption dans la permanence de Schwarzkopf, l'air catastrophé. Il tient en main un tract.

— Qu'est-ce que c'est ? grogne Fischer, mécontent d'être arraché à sa rêverie.

— Ils veulent faire un concert au Schweissberg ! glapit le René.

— Montre moi voir ce torchon ! s'empourpre Schwarzkopf.

Waldstock

Venez sauver la forêt du Schweissberg avec nous !
Grand concert de soutien gratuit
ce samedi
à Rieswihr au Martialmatten
avec Francisco Lolona, Géranium,
Les Sept Mères Senerfs et bien d'autres…

— Ils diffusent aussi leur publicité sur les forums internet et sur leur blog, avec une vidéo de Francisco Lolona qui invite à la mobilisation générale et une charge de la Maria Spiesser contre Bois & Loisirs...

— C'est très ennuyeux, René ! se fâche Fischer. Faites immédiatement interdire ce concert par arrêté municipal ! Défendez-leur l'accès au terrain !

— C'est que ça aura lieu au Martialmatten, un terrain privé ; le propriétaire est de leur bord.

— Faites pression sur lui, au nom de l'intérêt général... Je ne sais pas, moi, agissez, c'est vous le maire ! se rembrunit Fischer.

— Ce n'est pas si simple... Depuis qu'ils voient que la forêt du Schweissberg disparaît, ils sont tous un peu mécontents... constate René Faller.

— Ils vont quand même pas nous emmerder pour quelques arbres sans valeur ! L'écologie nous tuera, je vous le dis, Faller ! Et les écologistes mèneront la planète à sa perte ! explose-t-il. Je ne veux pas que ce clown de Francisco Lolona vienne piétiner mon village vacances ! Je ne veux pas qu'il rameute tous ses copains du show-biz à Rieswihr ! Je ne veux pas qu'il fasse fuir Bois & Loisirs ! Trouvez un motif, Faller ! Interdisez ce concert ! Invoquez le risque de troubles à l'ordre public !

— C'est de la responsabilité du Préfet, Roland...

— Et bien justement, il est de notre bord ! Ou alors organisez une panne de courant ! Ou faites pleuvoir tout le week-end ! S'ils retournent l'opinion contre nous, on est foutus !

C'est au tour du René de tomber des nues. Il pensait que l'arrestation du Pissenlit mettait définitivement hors jeu le clan des opposants, et voilà que le diable Fecht resurgit de sa boîte avec un festival de musique.

René Faller cherche une solution :

— Il y a peut-être le Chean-Paul, le patron du Lion Rouge, qui pourrait nous aider…, suggère-t-il.

— Le Chean-Paul ? relève Schwarzkopf, dubitatif.

— Jean-Paul Striffler. Il roule pour nous, dans cette histoire. C'est une sorte de patriote dans son genre ; ancien parachutiste, ça aide. Et comme il déteste le Bleuet, les écologistes et le Jean-Pierre…

— C'est quoi, votre idée au juste ?, s'enquiert Fischer, hypocrite.

— Mon idée, mon idée… bougonne le René. Moi, ce que j'en dis, c'est vous qui m'y poussez, hein ?

— Mon cher René, en politique, il ne faut pas avoir peur de mouiller son maillot si on veut passer la ligne d'arrivée dans le peloton de tête ! déclare Fischer, qui reprend des couleurs.

René Faller développe son idée :

— Peut-être que si on le lui suggérait, il pourrait aller faire un peu de sabotage sur le chantier et faire accuser le Jean-Pierre et sa bande d'ici samedi. Je crois même qu'il faudrait pas trop le pousser pour que le major Leclerc puisse coffrer tous ces emmerdeurs…

— Promettez-lui quand même quelque chose, s'il marche.

— Je le prendrai sur ma liste aux prochaines municipales !

— Dites-lui aussi qu'il aura le mérite agricole ou les palmes académiques, propose Fischer.

— Mais c'est que… fait le René, qui est viticulteur et aimerait bien lui aussi être décoré du poireau.

— C'est que quoi, Faller ? Y a pas besoin d'être agriculteur ou enseignant pour être décoré ! Il suffit d'ouvrir le journal pour s'en rendre compte ! J'ai fait remettre le poireau à des dizaines de citoyens qui ne savent même pas à quoi ressemble une betterave ! La France est un grand pays agricole, Faller !

Une clameur radiophonique s'élève dans la rue et interrompt son discours.

— Mesdames et messieurs ! Venez voir le grand cirque Axel Zapatani à Rieswihr ! Un spectacle unique au monde, avec Hercule le célèbre dompteur unijambiste, surnommé le mangeur de fauves, et ses tigres féroces ! Et Amazonia, l'écuyère au fouet d'argent ! grésille un haut-parleur fixé sur une camionnette peinte en rouge, sur laquelle un fauve formidable rugit. Le grand cirque Zapatani vous invite à un formidable moment d'émotion !

Fischer, énervé, gagne la fenêtre.

— Vous voyez, René, reprend-il, ce type qui conduit son fourgon et fait de la publicité pour son cirque ?

— Ils sont chez nous cette semaine, confirme le René.

— Eh bien, rien ne m'interdit de lui remettre le mérite agricole.

29

On est dans une de ces belles nuits d'été où la voie lactée forme une robe de mariée. Mais la mariée est en vert, elle s'appelle Chean-Paul. Le patron du Lion Rouge a enfilé son treillis de chasse. La tignasse enfoncée sous un chapeau de cuir, les ruines du Schweissberg en arrière plan, il ressemble un peu à un Indiana Jones qui aurait bu trop de Guiness. Avec Jacques et Raymond, ils ont usé de ruses de Sioux pour rejoindre clandestinement le chantier du Schweissberg. Maintenant, les trois fers de lance de l'opération Pärasols sont "sur site", devant le grillage du chantier.

Le nez dans la mousse desséchée de ce début d'été, le menton calé dans les pommes de pins sylvestres, ils se tiennent immobiles, tapis à plat ventre sur leurs énormes abdomens, leurs sacs remplis de bidons de gazole et de bombes de peinture.

— Attention les mecs, tous aux tranchées, souffle Jacques en imitant le geste auguste du dégoupilleur de grenade sur le champ de bataille.

Il extirpe de sa veste cam' une boîte de bière en alu dont il tire la goupille...

Un « pschitt » léger s'éteint dans la nuit.

— Faites gaffe quand même, c'est de la Bavaria à douze degrés, une arme de destruction massive... Ces trucs-là, faut les manipuler avec précaution, chuchote Chean-Paul en connaisseur.

La bière se met à mousser.

— Ça me rappelle quand j'ai sauté sur Kolwezi, murmure-t-il.

— Remarque, valait mieux ça que de sauter sur une mine, plaisante Jacques en avalant une rasade.

— Bon les mecs, la bière c'est bien, mais sans amuse-gueule pour étancher, c'est comme un village vacances sans aquapôle tropical, ça laisse sur sa faim, remarque ironiquement le Raymond en sortant une boîte de pâté de son havresac.

Il fait jouer son Opinel et égorge sans faiblir la boîte qui rend un râle métallique.

— Le blindage est pas à la hauteur, note Jacques.

— Ça a toujours été la faiblesse de l'armée française, commente le Chean-Paul en expert. Tu peux ouvrir un char avec un ouvre-boîte, mais impossible d'ouvrir une boîte de vache Grosjean avec une arme antichar.

Pour un peu, ils en oublieraient la mission Pärasol.

— C'est pas tout, les gars, mais on est en opération extérieure, rappelle Chean-Paul, qui a vu des films de guerre. Tenez, j'ai amené ceci, ça s'appelle des cliquets. Un clic, ça veut dire que tout va bien, deux clics qu'y a un pépin. OK ?

Il actionne son cliquet. Les autres font de même.

Le Chean-Paul farfouille dans son sac à dos et en tire une pince métallique.

— Je vais faire une brèche et vous me suivrez.

Quand il a dégagé une ouverture, il pousse son sac dans le trou et se met à ramper.

Jacques et Raymond l'imitent.

— Qu'est-ce qu'il faut pas faire pour avoir ses palmes académiques, ironise Raymond.

Un toussotement les fait sursauter et se figer sur place.

— Merde…

— Qui c'est ? murmure Jacques, tétanisé.

Il se sent saisi par une trouille bleue.

— Chuuuuut… intime le Chean-Paul, et il actionne deux fois son cliquet pour signaler le danger. Raymond et Jacques font de même, en application du principe de précaution…

Les trois hommes se rapprochent les uns des autres.

— Y a quelqu'un ? souffle Jacques.

— Non, y a personne, c'est peut-être un chevreuil, suggère Raymond pour conjurer le mauvais sort.

— Un chevreuil, ça tousse pas comme ça quand c'est enrhumé… Là, ça ressemble à un humain… C'est le gardien, on a fait trop de bruit…

— Restez calme les gars, il nous a peut-être pas repérés, on va attendre cinq minutes sans bouger, ordonne le patron du Lion Rouge.

La sueur dégouline sur son maquillage kaki. Il se tasse dans une ornière et fait signe à ses compagnons de faire pareil, double cliquant sur son cliquet pour signaler une nouvelle fois le danger, ce que font également, en bons soldats, ses deux compagnons, autant pour s'informer que pour se rassurer.

Une brindille craque dans le sous-bois. Tout près d'eux. À les toucher… Puis une autre… Un pas…

Quelqu'un s'approche, à moins que ce ne soit une branche tombée d'un arbre. Le bruit recommence, se rapproche, froisse maintenant les feuilles mortes. Jacques se répand dans son treillis, et Raymond cherche instinctivement des mains son Opinel, prêt au corps-à-corps. Mais…

— Putain, c'est un mulot… souffle Chean-Paul d'une voix blanche.

Le petit rongeur, en tenue de camouflage lui aussi, agite ses moustaches et son museau à vingt centimètres du visage du bistrotier, humant, flairant, campé sur le bord de l'ornière, l'odeur de bière… Étonné, il se demande probablement ce que cette grosse masse peut bien être, si elle est comestible, a un goût de champignon, de fraise de bois ou d'herbe… Il plante les deux minuscules lunes humides de ses yeux interrogatifs dans le blanc gélatineux de ceux de la grosse chose, et détale.

— Les opérations commando, c'est plus pour moi, se lamente Jacques, qui a cru défaillir.

— C'est que, dans le noir, on distingue rien, s'excuse le Raymond pour leur trouver des circonstances atténuantes.

Chean-Paul clique une fois pour indiquer que le danger est passé. Jacques et Raymond l'imitent.

Un hurlement terrible déchire la nuit…

— Et ça c'était quoi ? Un mulot ?, interroge Jacques, à nouveau paralysé par la peur en même temps qu'il actionne deux fois, en hâte, son cliquet…

— C'est une bête sauvage, un sanglier ou un truc comme ça, chuchote Raymond pour dédramatiser. La nuit, ça grouille de bestioles, par ici.

Chean-Paul, agacé, fait cliquer une fois son appareil :

— Allez, on y va, les gars ; à mon ordre ; *go*, murmure-t-il.

Jacques, mort de trouille, double-clique…

— J'ai dit on y va, se fâche Chean-Paul.

La voie est libre. Ils crapahutent à plat ventre dans la pente, et descendent au jugé en direction d'un chemin forestier fraîchement décavé par les bulldozers et sur lequel on distingue, sagement rangés comme des chariots de courses, des engins de chantier. Il y a un tractopelle jaune, une grue blanche, un engin de débardage vert, un camion bleu et un bulldozer rouge. L'opération Pärasol peut commencer.

— Bon, fait Chean-Paul, je prends le bulldozer rouge. Toi, Jacques, tu te coltines le tracto, et toi Raymond tu attaques le camion. Vous aspergez les pneus et le réservoir et à mon signal vous allumez, ensuite on file vers la brèche… OK ?

— OK chef, répondent les deux.

Jacques fouille nerveusement ses poches.

— Merde… lâche-t-il, je crois qu'j'ai oublié mon briquet…

— Putain… s'énerve le patron du Lion Rouge, t'es vraiment trop nul !

— Si t'avais pas arrêté de fumer, ça serait pas arrivé, persifle Raymond.

Jacques attrape le briquet que lui tend Raymond et garde un silence contrit.

— À *trois*, on y va ! Faites-le vite et bien, les gars… Allez, topez là ! susurre-t-il, en présentant la paume de sa main droite.

— Quoi ? tressaille le Raymond.

— Vous êtes vraiment trop cons, les gars, lâche le Chean-Paul, dégoûté de voir ses compagnons gâcher l'ambiance par leur inexpérience. Topez dans ma main, merde… On faisait ça chez les paras, avant de sauter en opération… C'est pour souder le groupe…

Clic-clac, clic-clac.

Un cliquet a retenti dans la nuit. Deux fois. Un danger.

— Qui c'est qu'a double-cliqué ? se fâche le Chean-Paul.

— C'est pas moi…

— J'en sais rien, c'est pas moi non plus, glapit Jacques.

— Merde alors… Taisez-vous !

Chean-Paul, sur ses gardes, se plaque au sol et se camoufle derrière des branchages. Il ausculte la nuit.

Le cliquet retentit à nouveau, deux fois.

— C'est peut-être le mulot… chuchote Raymond.

— Ferme-la ! On est pas seuls sur la cible, constate le Chean-Paul, crispé.

— J'ai soif, gémit Jacques.

Un feulement résonne dans la clairière, ou une sorte de rugissement.

Chean-Paul double-clique, aussitôt contrefait par les deux membres de son commando de choc. Mais…

— Vos gueules… signifie-t-il, c'est pour localiser l'ennemi…

Jacques et Raymond remisent leur cliquet.

Le patron du Lion Rouge recommence.

Une seconde s'écoule et un double-clic lui fait écho sur l'autre rive du chemin forestier.

— On n'est pas seuls sur le coup, répète-t-il, il y a un autre commando.

Il clique à nouveau deux fois. Un double-clic vibre en réponse.

Jacques et Raymond ressortent leur cliquet.

— Je vais essayer trois fois… susurre Jacques.

Trois clics lui répondent, décalés les uns des autres, se chevauchant en partie.

— Ils sont plusieurs, conclut le Chean-Paul. Merde...

Devant le désarroi de leur chef, la détermination des deux autres commence à faiblir.

— Qu'est-ce qu'on fait ? chuchote Jacques.

... Clic-clac, clic-clac, clic-clac, clic-clac...

— Ils essayent de nous localiser, souffle le Raymond, inquiet. Ils vont nous sauter dessus...

— Chut... souffle Chean-Paul. À deux heures...

Silence.

... Clic-clac, clic-clac, clic-clac, clic-clac, clic-clac...

— Ils sont bavards, en face ; c'est p't-être des gonzesses, note Jacques, qui a besoin de parler pour se rassurer.

— Ils sont un peu à droite, cachés dans les buissons derrière la bordure du chemin... murmure Chean-Paul.

— On devrait peut-être leur répondre... s'impatiente Raymond. Sinon, ils vont croire qu'on fait les fiers, et c'est malpoli.

Il actionne son cliquet et une sorte de conversation naît de part et d'autre du chemin. Un clic ici et un clic là... des clics, des clacs... et des clacs et des clics... doubles, triples, quadruples... On cliquette de partout dans la clairière comme si une nouvelle race de cigale s'était donné rendez vous pour la parade...

— Je vais tenter d'établir le contact, réfléchit le Chean-Paul. Vous me couvrez ?

Il se lève lentement et ils voient sa large silhouette avancer à découvert vers le chemin en cliquant. Cela bouge aussi en face, où une longue ombre glisse et progresse vers le chemin. Jacques et Raymond se regardent, bouche bée. Ils sont en train de vivre un instant magique, une rencontre du troisième type...

— On y va ?

— On y va...

Ils quittent à leur tour leur cachette et avancent derrière le Chean-Paul, en actionnant leur cliquet. D'autres ombres s'élèvent en face, à la lisière, et convergent vers le chemin. Ils sont bientôt six. Ceux d'en face portent une cagoule.

— Front de Libération de la Nature, se présente celui qui doit être leur chef.

Il a un accent suisse allemand, mais on ne peut pas deviner s'il est authentique ou s'il le prend exprès pour égarer le Chean-Paul.

— Armée Verte Populaire de la Forêt, improvise le Chean-Paul en espérant que son maquillage et l'obscurité suffisent à dissimuler son identité. Nous sommes en mission sabotage Pärasol.

Derrière lui, Jacques et Raymond font semblant d'observer leurs rangers, la main devant la figure pour se rendre méconnaissables.

— Agissons ensemble, camarades, propose le chef du commando rival.

— OK. Je prends le bulldozer rouge et le camion. On vous laisse le reste.

— Tope-là, fait l'autre.

— Tope-là, grogne le Chean-Paul en tapant avec satisfaction la paume que lui tend le chef à la cagoule noire.

Cela lui met du baume au cœur de rencontrer un autre professionnel.

— On y va ! lance-t-il à son commando.

Ils dévissent leurs bidons et arrosent les véhicules de gazole. Une odeur d'essence évaporée flotte dans la clairière.

— *Go* ! aboie le chef de l'escouade cagoulée.

— *Go* ! confirme le Chean-Paul.

Les briquets dansent.

Bientôt, des flammes immenses montent et la chaleur brûle leurs joues. Ils se regardent fraternellement les uns et les autres. Et puis :

— On décroche ! ordonne le Chean-Paul.

— On décroche aussi ! approuve son homologue. Vive l'écologie ! Vive le Schweissberg libre !

— Vive l'écologie ! Vive le Schweissberg libre ! profère le Chean-Paul, par mimétisme et parce que le feu de l'action lui plaît bien.

— Vive l'écologie, répètent Jacques et Raymond, interloqués.

Et les trois combattants de l'Armée Verte Populaire de la Forêt repartent vers leur lisière.

30

— La mer du Nord ! La mer du Nord ! Mon camping-car pour la mer du Nord !

Paraphrasant Shakespeare, le major Leclerc se promet de quitter dès l'heure de la retraite sonnée l'Alsace et la gendarmerie, pour rejoindre son Nord ou une autre contrée civilisée.

Il n'y aura donc jamais de répit à Rieswihr !

À peine vient-il de faire écrouer le plus sanguinaire tueur en série qu'ait jamais connu le canton, qu'un nouveau péril s'est annoncé :

— Le tigre du cirque Zapatani s'est échappé ! Tout le monde sur le pont ! tempête-t-il. Prenez votre arme de service, Bouafia !

Rieswihr, encore Rieswihr, toujours Rieswihr ; Rieswihr… Il y a des villages maudits, comme ça. Si on les rayait de la carte, on ferait chuter le taux de criminalité en France de dix pour cent…

Et il ne parle même pas de ces foutus fanatiques de l'écologie qui ont incendié tout le parc des engins de chantier cette nuit au Schweissberg. L'incendie s'est propagé aux broussailles et à la forêt, allant jusqu'à menacer les sacro-saintes vignes. Cette fumeuse plaisanterie a tiré le major du lit à six heures du matin : "Feu de plusieurs véhicules dans la forêt du Schweissberg à Rieswihr".

— Rieswihr… a-t-il maudit tout seul à voix haute.

Il a d'abord rétorqué au centre opérationnel qu'on n'était pas en Seine Saint-Denis, et que ce n'était pas drôle de bousiller le sommeil d'un vieux soldat. Mais son interlocuteur l'a mal pris, et a dit qu'il en référerait au capitaine Schlumpf…

— Nom de Dieu, après les violences urbaines, voilà les violences rurales qui radinent leur poire ! Le malaise des eaux et des forêts ! a grommelé le major en s'affalant, désespéré derrière son volant.

Tous les engins ont été calcinés. Sur un rocher, épargnés par les flammes, deux graffitis de peinture verte revendiquent le sabotage de leurs sigles cabalistiques : AVPF et FLN…

— Je ne vois pas ce que le F.L.N. vient faire là-dedans, a remarqué, sceptique la majorette.

— Méfiez-vous, Bouafia, a répondu le major en touchant son nez et en reniflant l'air, c'est politique tout ça, c'est politique…

Évidemment, le capitaine Schlumpf est hors de lui :

— Comment se fait-il que vous n'ayez pas fait davantage surveiller le chantier, Leclerc !

La cote de popularité du major, au plus haut après le concours de beauté et l'arrestation du Pissenlit, a dégringolé pis qu'à Wall Street. Et il a fallu se remettre à l'enquête.

Les indices relevés sur place et la découverte de deux ouvertures ménagées dans le grillage indiquent que deux groupes ont agi, l'un venant du nord, l'autre du sud.

— Une action concertée, juge le major Leclerc. Et l'oeuvre de commandos bien affûtés.

Pas de piste sérieuse, mais des soupçons... Un délateur anonyme a téléphoné à la brigade pour affirmer qu'il avait vu Jean-Pierre Fecht sortir de chez lui au milieu de la nuit. Le surveillant du chantier affirme, lui, qu'il n'a rien vu ni entendu de suspect, si ce n'est un rugissement sinistre venant des ruines, rugissement qui l'a réveillé et a fait aboyer son chien-loup. Il a conclu à la présence d'un animal sauvage, un genre de gros sanglier.

Ce n'est que plus tard, vers quatre heures trente, que le molosse s'est remis à japper et à tirer sur sa chaîne. Le gardien a alors aperçu l'incendie fondre sur sa cahute. Il a juste eu le temps de sauter de sa paillasse et de courir au village prévenir les pompiers.

Sur ces entrefaites, le député-maire et René Faller, prévenus par radio-Rieswihr, ont déboulé dans les braises, aussi remontés que des horloges suisses.

— C'est un coup des écolos ! s'est énervé Schwarzkopf en frappant la carcasse calcinée d'un tractopelle à coups de pied.

— C'est signé Fecht et compagnie, s'est insurgé René Faller.

— FLN et AVLF, les a informés le major.

— Cherchez plutôt du côté de RIN, comme Rieswihr Invitation Nature, a riposté Schwarzkopf. Ils sont prêts à tout pour empêcher la construction de mon village ! Fecht m'a même menacé de mort !

— Je connais mon métier... grogne le major Leclerc, vexé de se voir dicter la marche à suivre. Et vous marchez sur mes pièces à conviction, monsieur.

Et maintenant, comme si tout ce remue-ménage ne suffisait pas, voici que les sapeurs pompiers appellent pour signaler qu'ils viennent d'observer un tigre dans la forêt ! Un tigre ! Une lubie, oui ! Une fantaisie gewurtztraminienne ! Un *delirium tremens*, a d'abord considéré le major Leclerc, excédé. Mais quand le directeur du cirque Zapatani s'est lui-même manifesté pour porter à la connaissance de la gendarmerie qu'un tigre du Bengale s'était effectivement échappé de sa cage durant la nuit, le sang du major n'a fait qu'un tour...

— Bon Dieu ! Il y a un tigre en liberté à Rieswihr !

Et il a rameuté ses troupes.

Voilà pourquoi, la gueule toute enchifrenée par le manque de sommeil, la fureur et le surmenage, le major Leclerc, raide sur son siège de conducteur et traversé d'un franc dégoût de vivre, franchit à nouveau le panneau balisant l'entrée du village maudit. Et voilà comment, la majorette à ses côtés, il pile nez à nez, ou plutôt capot contre museau, place de la Mairie, avec le mangeur d'hommes du cirque Zapatani. L'animal ne doit la vie sauve qu'au freinage réflexe du gendarme.

— ... de Dieu, jure le major, effaré, en apercevant la belle bête orange zébrée de noire.

C'est un fauve un peu las et chenu, mais il garde des restes vigoureux.

Le gendarme cherche instinctivement son arme de service.

— Fermez les vitres, Bouafia : il va nous dévorer, l'animal...

— Ce qu'il est beau, fait la majorette, admirative. On dirait un gros chat.

Elle a toujours rêvé de sous vêtements en peau de tigre.

— Un chat ! Vous avez vu la taille de ses pattes, oui ?

Le fauve pousse un feulement terrible, qui découvre une mâchoire acérée. Il flaire la calandre de la Peugeot, dont l'emblème léonin semble l'intéresser.

— À toutes les voitures, avons repéré le tigre ; je répète : avons repéré le tigre, à Rieswihr, place de la Mairie, demandons renforts et consignes pour agir… lance le major dans la radio.

Le tigre pousse un hurlement encore plus terrifiant, et le major croit une seconde que le fauve le dévisage à travers les reflets du pare-brise, fâché qu'il ait cafté.

— Doucement, mon gaillard, je suis au WWF, moi, dit-il pour amadouer le félin.

— Centre opérationnel de gendarmerie à l'écoute, ne bougez pas, et gardez l'animal bien en vue. Le commandant vétérinaire des pompiers est en route avec le dompteur.

— Reçu, déglutit le major.

Pour le garder en vue, ils le gardent en vue… On peut même dire qu'ils ont une vue imprenable sur lui.

— Qu'est-ce qu'on fait, major ? s'enquiert la majorette, un peu inquiète.

— On obéit aux ordres et on attend, Bouafia.

L'admiration du départ a laissé place à la peur. Le gros chat affiche des crocs de la taille d'une serpette de vannier, et il s'obstine à humer l'air dans leur direction, comme s'il suspectait la présence d'une épaule d'agneau dans la voiture…

— J'ai peur, major, se plaint la majorette, qui se rapproche de son supérieur avec tant de maladresse qu'elle actionne le lave-glace.

Un jet mousseux gicle en fontaine, de la base du pare-brise, et asperge le fauve dans la figure.

L'animal, fulminant, pousse un rugissement furieux et dantesque.

— Tiens ? Qu'est-ce que c'est que ça ? se réveille le Chean-Paul, derrière son bar.

On dirait les cris qu'ils ont entendus cette nuit au Schweissberg, avant la fusion avec les militants du Front de Libération de la Nature.

Il bâille. Il lui a été impossible de s'endormir après l'excitation de l'opération Pärasol et la découverte de l'incendie de forêt. Aussi n'a-t-il pas l'esprit ni l'ouïe très clairs ce matin. Surtout que le rugissement, ou le barrissement, semblent venir de la place de la Mairie.

— Ah oui... Le cirque Zapatani, se rappelle-t-il.

Les "romanos" se sont installés dans un pré en bordure de la route de Colmar.

— Ils doivent promener les éléphants à la fontaine pour se faire de la retape et piquer l'eau gratos, dit-il à voix haute.

Le patron du Lion Rouge se frotte les yeux. Ses mains sentent encore le gazole. Il se sert un triple whisky irlandais pour activer ses neurones et se dirige, un peu tourbeux, vers le pas de la porte avec l'intention d'apprécier le spectacle des pachydermes à la fontaine.

— Merde...

Il en lâche son verre des mains. Celui se brise avec fracas sur la pierre du trottoir.

Le tigre tourne la tête dans la direction du Lion Rouge, et lance un feulement mauvais, suivi d'un renâclement sonore qui semble monter du fond de son estomac. Il se détache de la

Peugeot du major Leclerc et se dirige en trottinant, d'un pas leste et déterminé, vers l'entrée de l'iris(c)h bar où il entre, en bon tigre des tavernes.

— Nom de Dieu c'est pas vrai, glapit le Chean-Paul en se précipitant derrière son comptoir.

— À tous les équipages ! À tous les équipages ! débite le major affolé. Le tigre vient de rentrer dans le Lion Rouge ! Je répète : le tigre vient de rentrer dans le Lion Rouge !

— Major ! trompette une voix impétueuse, autoritaire et anxieuse dans la radio. Ici le capitaine Schlumpf ! Qu'est-ce que c'est encore que cette histoire de lion rouge ? Il y a un deuxième fauve maintenant ?

— C'est le nom du bar du village – mon capitaine... Le Lion Rouge, l'iris(c)h pub de Jean-Paul Striffler, explique-t-il.

Il entend un soupir de soulagement.

— Exprimez-vous donc correctement, rouspète l'officier.

— C'est qu'il n'est pas seul, mon capitaine, se défend le major Leclerc.

— Comment ça, major ?

— Il y a le Chean-Paul à l'intérieur, mon capitaine.

— Le Chean-Paul ?

— Chean-Paul Striffler, mon capitaine, c'est le patron du Lion Rouge, répète-t-il.

— Nom de Dieu, vous en êtes certain ?

— Aussi sûr que je m'appelle Leclerc, mon capitaine.

— Et il y a quelqu'un d'autre dans le pub ?

— Pas que je sache, mon capitaine.

— Mais qu'est-ce que vous attendez pour aller voir, bougre d'imbécile ? Que le tigre ait mangé le cafetier ?

Le major Leclerc se surprend à réfléchir que rien ne sert de se presser, l'embonpoint du Chean-Paul lui laissant une chance de survie. Si d'aventure le tigre du cirque Zapatani commence à le dévorer par les pieds, il y a toutes les chances pour qu'il n'ait pas le temps de finir avant cinq bonnes minutes. Mécontent d'être pris à partie par l'état-major alors qu'il se trouve, lui, au cœur de l'action et du danger, il expose d'une voix pincée :

— C'est que j'attends les renforts, comme vous avez dit. Et puis, j'allais y aller et j'y serais déjà si vous ne me reteniez pas, mon capitaine.

— Major, ne soyez pas insolent...

— Loin de moi cette pensée, mon capitaine...

— Vous êtes seul à bord ?

— Je suis avec le gendarme auxiliaire Bouafia, mon capitaine.

— Faites attention à elle, major. Je vous tiendrai pour personnellement responsable de la conservation de cette jeune femme. S'il lui arrive...

— Comptez sur moi, mon capitaine, coupe le major.

Et il raccroche.

— Bouafia, dit-il, je vais intervenir et maîtriser le grand fauve. Vous restez derrière moi, vous vous mettez derrière la porte du Lion Rouge, vous me couvrez au cas où il me charge ou qu'il tente une sortie... Et ne le manquez pas !

— Bien, chef...

Résolu d'en finir en combat singulier avec le tigre du Bengale et Rieswihr réunis, le major Leclerc ouvre sa portière, fait jouer la culasse de son pistolet et se déploie en tirailleur, craintivement suivi par la majorette dont le teint mat a pris une couleur béchamel. Tel un chasseur thaï dans la jungle birmane ou un Dersou Ouzala arpentant l'Oussouri, il parcourt, le dos courbé et aussi souplement que l'autorisent ses rhumatismes, toute la largeur de la rue, et vient se plaquer, haletant, contre le mur aveugle mais sans canne blanche d'une ferme viticole. Il lui reste une trentaine de mètres à couvrir avant d'atteindre le Lion Rouge... Respirant fort pour se donner du courage, le major se fige : de l'autre côté du mur, il vient d'entendre gronder et feuler le Shere Khan du cirque Zapatani.

Agenouillé derrière son bar, le Chean-Paul n'en mène pas large. Ses bras et ses jambes, tous ses membres jusqu'au plus misérable, sont agités de tremblements qu'il ne parvient plus à contrôler. Les convulsions font tinter, pis qu'un 38 tonnes, tous les verres à cocktail des étagères derrière lui, ce qui énerve le tigre. Il entend le fauve aller et venir fébrilement dans la salle. Il le devine d'humeur ombrageuse, l'estomac dans les talons. Le félin bondit sur une table réservée à la clientèle, renverse le cendrier du Raymond, qui se brise sur le carrelage... Fracas auquel succède un silence de mort... Le patron du Lion Rouge espère une seconde que le fauve a regagné la rue. Il s'arme d'une bouteille de rhum, engouffre le goulot dans sa bouche, frissonnant comme une feuille de peuplier dans la brise, se casse une dent dans son empressement, vide maladroitement la moitié du flacon sur son tee shirt noir *Guiness is good for you*, et le reliquat dans son œsophage. Puis il s'empare du nerf de bœuf qu'il réserve aux mauvais coucheurs et aux immigrés qui se risqueraient à ne pas dire merci, se relève avec précaution en s'accrochant aux parois du bar, et passe prudemment les yeux au ras de son zinc.

— Aaaarrrgh…

Il roule des yeux effarés. Le tigre se tient devant lui, dressé au bar sur ses pattes de derrière, entre deux tabourets rouges qu'il a renversés, peut-être parce qu'ils lui rappellent ceux du cirque Zapatani. Apercevant le patron de l'iris(c)h bar bouger derrière le comptoir, l'animal balance pour le principe une patte griffue dans sa direction et le manque d'un cheveu.

— Au secours… déglutit le Chean-Paul.

Mais sa voix s'étrangle dans sa gorge.

Le coup de semonce du félin l'a presque scalpé.

Il va vouloir un Viandox, ce client là, roule-t-il dans sa tête, paniqué, en se disant qu'il n'a pas en stock la boisson pour soiffards carnivores des années cinquante. Il se raisonne, pense au comique de la situation, à son saut sur Kolwezi, à l'opération commando de la nuit au Schweissberg qui a été couronnée de succès, au sang-froid qu'il a montré dans l'action et le danger. Il maudit au passage ses deux acolytes, toujours prêts pour boire le coup mais jamais là quand il faut aider les copains. À trois contre un, ils auraient eu une chance, mais là, à un contre un, de surcroît contre un tigre sans doute affamé – sinon, il serait plutôt allé à la médiathèque de Sainte-Anastasie, se dit-il –, les statistiques jouent contre lui, et aucun bookmaker sensé ne jouerait une livre sterling sur sa pomme. « C'est trop bête », pense-t-il… Trop *bête*… Face au péril, seul ce petit mot à quatre pattes lui vient à l'esprit, inexorable et à double sens, et lui paraît parfaitement résumer l'absurde de la situation : mourir bouffé par un tigre à Rieswihr… Les rares fois de sa vie où il a pensé à la mort, c'était pour imaginer une malheureuse cirrhose du foie, un fatidique accident de la route, ou une foucade glorieuse pour les beaux yeux bleu-blanc-rouge de la France, sur un théâtre d'opération africain… Pas face à un fauve dans son propre bistrot !

Le tigre relance sa plainte étrange, sauvage et furieuse, et le patron du Lion Rouge se dit avec espoir que le fauve a peut-être seulement soif.

— Tout doux, tout doux la bête… murmure-t-il, recroquevillé derrière son bar. Tout doux…

Il retrouve un peu de calme. Et décide de traiter le fauve en client ordinaire. Il souffle un bon coup pour se détendre, pose son torchon sur son épaule gauche, et se relève tout en continuant à parler doucement.

— Allons le tigre, c'est moi le Chean-Paul… Dis-moi, qu'est-ce que tu veux boire ?

Le fauve le fixe d'un air stupide de reproche. Il fait une nouvelle fois virevolter sa patte, mais sans sortir les griffes cette fois, et l'abat maladroitement sur l'appareil à bière pression, faisant gicler de la Guiness. On dirait Jacques, les matins où il a tellement la pépie qu'il parle avec les mains.

Le Chean-Paul se rassérène et achève de se mettre debout :

— T'inquiète pas mon gars, t'es bien tombé. Ici, tu es chez le Chean-Paul, au Lion Rouge, le plus grand iris(c)h pub de la région, et la Guiness, moi je la sers à l'azote comme à Galway… Tu connais Galway ?

— Roaarrrrr !, répond le tigre.

— Oui, moi non plus j'y ai jamais été… Peut-être un jour, si on m'invite…

— Roo…

— Alors comme ça, tu travailles dans un cirque ?… Remarque, y a pas de sot métier, et puis tu vas au spectacle tous les soirs, toi, au moins. C'est pas donné à tout le monde.

Moi, si je vais une fois par an à la Foire aux Vins de Colmar, c'est le bout du monde... Remarque, il paraît qu'on va avoir une tête d'affiche dimanche, au Martialmatten ; les écolos... Le village vacances... Toi, tu t'en fous, de tout ça, et t'as bien raison ; t'es un sage, dans ton genre. Tiens, regarde... je vais te chercher une belle casserole pour étancher ta soif. Ce sera plus facile pour toi, mon gars, vu que t'as le museau aussi large que le cul du Bleuet.

Il se baisse lentement pour ne pas énerver le fauve, farfouille derrière le bar et se redresse avec un grand fait-tout dont le métal blanc est tout bosselé.

— Tiens, le tigre, murmure-t-il sans quitter le fauve des yeux, regarde ce que tonton Chean-Paul il t'a apporté... Une belle cocotte...

Il fait gicler la bière à l'intérieur, fait descendre deux bons litres du fût en se disant qu'il vaudrait mieux que le tigre n'ait pas l'ivresse mauvaise.

— Tu m'excuseras pour le faux-col, hein... Allez, c'est ma tournée, je te demande rien, tu vois s'il est sympa, le Chean-Paul ? Le Chean-Paul, c'est l'ami des tigres ! Et si t'as des potes qui traînent dans le coin, une panthère, un puma ou un échidné, tu peux même leur passer le mot, ajoute-t-il avec un clin d'oeil appuyé.

Le bistrotier éprouve, non sans angoisse, la sécheresse de son propre gosier.

— Faut se dénouer la gorge, hein, le tigre ? Tu sais quoi ? Je vais boire un coup avec toi, et si tu veux on parlera de ton pays. Si ça se trouve, tu viens même pas du Bengale et t'es né en France. Et c'est pas parce qu'on se connaît pas qu'on peut pas communiquer.

Il attrape délicatement un verre et se sert une *Guiness is good for you*. Il se demande si le tigre apprécierait un peu de harpe celtique, renonce à appeler Alan Stivell et les Pogues, et pousse doucement sa chope contre la casserole pour trinquer.

— Allez, *Gsund'heit*, le tigre…

— Ouuarrrhhhh… fait le félin, conciliant.

Il semble apprécier le breuvage, le lape avec délectation, envoyant quelques éclats mousseux autour de lui.

« Si on m'avait dit un jour que je trinquerais avec un tigre », songe le Chean-Paul en buvant son verre, rêveur. « C'est des choses qu'arrivent qu'une fois dans la vie d'un gérant de bar, ça… »

— Tu sais, le tigre, faut pas m'en vouloir si ça s'appelle au Lion Rouge ici, reprend-il pour alimenter la conversation. Si ça n'avait tenu qu'à moi, je l'aurai appelé le Tigre Bleu, mais c'est ma femme qui trouvait que « Lion Rouge », ça faisait plus irlandais. Pourtant, les lions y en a pas plus en Irlande que des tigres. Et les tigres, au Bengale, les British leur ont pas fait de cadeau… Il paraît même qu'ils les dégommaient le dimanche sur le dos d'un éléphant pour passer le temps ; pour te dire si c'est un peuple décadent, même qu'on devrait les foutre à l'eau et leur apprendre à nager…

— Roarrr…

— Excuse-moi, je ne voulais pas te rappeler de mauvais souvenirs… Quels salauds ces Rosbifs, pas vrai ?

— Roarrr !

— Ça te donne faim, hein, les Rosbifs ?

— Roarr.

— Mais les British, c'est de la viande blanche, tu sais ; c'est filandreux, c'est pas comme nous… Tiens, si tu veux, une fois que tu auras fini ta bière, je te ferai cuire un steak... De la viande de bœuf, du charolais !

Le tigre garde un silence que le Chean-Paul, psychologue et détendu par sa pinte, interprète aussitôt :

— Toi aussi, ta femme t'a quitté, hein, le tigre ?

— Roarr...

— Ah pardon, tu es célibataire... Remarque, c'est un choix. Et t'as bien raison, mon gars... Au moins, personne ne vient t'emmerder, et c'est toi le maître à la maison. Moi, la mienne, elle s'est barrée. Avec un maghrébien, tu te rends compte ! C'est le type de SuperFrost qui venait me livrer en surgelés pour la clientèle tous les vendredis... Ces salauds-là, tu leur achètes un doigt de marchandise ils te prennent ta femme en entier, dis-donc... C'est ce qui s'appelle baiser la clientèle ! Bon, je veux pas t'embêter avec mes histoires. Mais toi, comment tu fais, si t'as pas de femme ?

— Roaarrrr ! déclare le tigre avec une pointe d'irritation.

Chean-Paul s'aperçoit que la casserole de bière est vide.

— T'as encore soif ? La même chose ?

Le fauve n'a pas le temps de répondre...

— Gendarmerie Nationale ! Les pattes sur le comptoir ! Que personne ne bouge !

Le major Leclerc vient de faire irruption dans l'iris(c)h bar, campé sur ses jambes, son arme de service ostensiblement tenue à deux mains et braquée en direction du tigre...

Le Chean-Paul lève les mains au plafond mais le fauve, effrayé par l'intrusion, prend peur.

— Je vais compter jusqu'à trois ! lance le major. Un... deux...

Le tigre du cirque Zapatani en profite pour bondir au fond du bar, renversant au passage chaises et tabourets. Le major tire. La balle frôle l'épaule du fauve et se fiche dans le mille d'un jeu de fléchettes électronique qui, saisi de convulsions lumineuses, entonne l'hymne irlandais.

— À terre, tous !

C'est la majorette qui fait son entrée, alertée par le coup de feu.

Le major Leclerc a juste le temps de se jeter au sol avant que les balles sifflent à ses oreilles. Le gendarme auxiliaire Bouafia vide son chargeur en direction du tigre. Mais comme sa hiérarchie ne lui a octroyé qu'une séance de tir d'entraînement depuis son entrée en fonction, cela par souci d'économie budgétaire, elle serait bien capable de rater un éléphant surmonté d'un Britannique chassant le tigre du Bengale dans un couloir de la cité universitaire de New Delhi. Elle manque donc sa cible dans les grandes largeurs. Une balle part se loger dans le mange-disque, qui lance une chanson sirupeuse et rebelle du grand Francisco Lolona. Une seconde se perd dans un miroir *Guiness is good for you* qui s'étoile comme au grand temps de la conquête de l'Ouest. Une troisième se fiche dans le ventilateur suspendu au plafond dont l'hélice, touchée à la moelle épinière, s'arrête de tourner. Deux projectiles, enfin, se sédentarisent dans le bois exotique du bar. Quant à la dernière balle du magasin, elle ricoche sur la casserole de bière placée devant le Chean-Paul et file en direction du major qui est épargné de justesse.

Paniqué par ce mitraillage approximatif, le tigre saute par une fenêtre ouverte donnant sur le jardin du Lion Rouge, en plein cœur du village.

— Poursuivez-le et ne le quittez pas des yeux ! hurle le major à la majorette en se relevant.

Lui-même fonce en direction de sa voiture pour solliciter une nouvelle fois des renforts, laissant derrière lui les cris scandalisés du Chean-Paul, qui hurle à la fois parce qu'on a failli le tuer et parce qu'on s'en prend à sa clientèle.

— Les grands fauves aussi ont le droit de boire une bière ! crie-t-il. Assassins ! Braconniers !

— Major Leclerc à tous les véhicules... Le tigre vient de quitter le Lion Rouge, halète le major essoufflé dans la radio...

Tandis qu'il diffuse le message, d'autres véhicules de gendarmerie déboulent enfin place de la Mairie.

Pendant ce temps, la majorette se lance à la poursuite du fauve, lui emboîtant le pas par la fenêtre du *pub*. Le fougueux animal bondit par dessus la haie mitoyenne du jardin et gambade maintenant bille en tête sur le terrain de la Jocelyne Glucks, en direction des vignes. Dans sa fuite, il embarque le fil à linge sur lequel sèchent les oripeaux roses les plus intimes de la voisine du Chean-Paul, qui taille large, elle aussi. L'animal s'empêtre dans une jupe fleurie parfumée à l'hibiscus, s'y mélange les pinceaux, le buste. Il ressort on ne sait comment de l'autre côté d'une haie, habillé en ballerine pour l'été.

— Le tigre s'enfuit dans les vignes ! Il porte une jupe à fleurs ! s'égosille la majorette dans sa radio portative. Je ne peux plus le suivre ! Il avance trop vite ! Il se dirige vers la forêt du Schweissberg !

— Nous allons quadriller la zone, ordonne le major aux renforts en déployant une carte IGN au 1/25 000e sur le capot de la 206.

Il sort ses griffes et pointe du doigt le village et les chemins :

— Rieswihr est ici. Nous allons nous poster dans un rayon de cinq cents mètres tout autour de cette zone !

Il compte les équipages. Il y a cinq véhicules. Et il répartit les secteurs :

— Vous effectuerez des rondes pédestres ! Le premier qui repère l'animal appelle les autres et attend la marche à suivre. Le dompteur et le commandant vétérinaire des pompiers ne doivent plus tarder. À vos postes !

Le fourgon des pompiers, surmonté d'un haut-parleur, passe au ralenti place de la Mairie.

— ... Attention ! Attention ! Tous les habitants sont priés de rester chez eux et de fermer les portes et les fenêtres. Un tigre du Bengale s'est échappé du cirque Zapatani. Surtout, ne sortez pas. Si vous apercevez l'animal, appelez aussitôt le 17 et le 18, et indiquez précisément où il se trouve ! Merci de votre attention !... Attention ! Attention !...

En quelques minutes, tous les Rieswihriennes et Rieswihriens se claquemurent chez eux.

Tous sauf le nouveau maire... Voluptueusement vautré dans les eaux fraîches du Hirschbach, René Faller entend bien au loin grésiller vers le village un appel inaudible. Il en déduit d'autant plus tranquillement qu'il s'agit d'un message publicitaire du cirque Zapatani qu'il a cru percevoir le mot « tigre »... Pas de quoi troubler sa séance de relaxation. Le maire de Rieswihr, rassuré par la réussite de l'opération de sabotage conduite par le Chean-Paul, satisfait à son pêché mignon et secret : le naturisme. Depuis qu'il a passé l'été 2003 au cap d'Agde, il a été conquis par le nudisme. Mais à

Rieswihr, il est difficile de s'adonner aux joies de la brasse en tenue d'Adam sans susciter les cancans, surtout si on est maire du village… Aussi jette-t-il périodiquement son dévolu sur le discret torrent du Hirschbach, un ruisseau dégringolant plein sud de la montagne par un vallon reculé et difficile d'accès, qui dissimule quelques bassins ignorés et quelques bulles de soleil. Loin du village et de ses administrés, René Faller goûte un de ces moments luxueux et s'ébat béatement dans son trou d'eau comme dans un jacuzzi, savourant la caresse fraîche des eaux… quand son repos est troublé par un bruit inhabituel.

— Roarrr…

Il pense, confus, qu'un des électeurs de l'opposition, ou ce satané Fecht, lui font une farce. Il tourne, mortifié, la tête vers l'endroit d'où provient le bruit, en dissimulant autant que possible sa nudité.

Un tigre le regarde… Un tigre qui porte une jupe de femme. « Une tigresse », pense le René.

Il en tombe à la renverse, boit la tasse dans son jacuzzi et cherche des yeux, paralysé par la peur, ses vêtements.

Pantalon, chemise, caleçon et chaussures sont posés de l'autre côté du trou d'eau. Le clapotis du ruisseau, qui jusque alors lui a paru enchanteur, vire à l'aigre. René sent la chair de poule piqueter tout son corps et roule des yeux affolés aux quatre points cardinaux, à la recherche d'une solution.

La tigresse ivre dodeline de la tête. Elle se penche au dessus du Hirschbach, trempe une langue violacée aussi longue qu'un bras, lape et recrache…

— Roaeurrrrrrk !

Elle gronde, irritée…

René commence à battre en retraite vers la rive opposée, malgré la peur qui le pétrifie. Reculant jusqu'au fond du trou d'eau, pas après pas, il sort petit à petit du bassin. Il tremble sur ses jambes.

Le tigre plonge dans le jacuzzi…

Le René entend des bruits de pas et de branches foulées dans le vallon, des éclats de voix…

— À l'aide ! À l'aide ! Par ici ! appelle-t-il.

— Il est là, major ! Dans le torrent ! hurle une voix féminine.

— Faites attention, Bouafia, j'arrive ! vocifère le major Leclerc, sans que l'on comprenne si la dénommée Bouafia doit faire attention au tigre ou à l'arrivée du major.

Le René glisse sur la roche humide, trébuche et tombe à plat ventre sur la berge. Il se relève à la hâte, se hisse à quatre pattes. Le tigre fond sur lui…

— Bouafia, tournez les yeux, c'est un ordre, balbutie le major, qui en a pourtant vu d'autres en trente-cinq ans de carrière.

Mais en même temps qu'il prononce ces paroles, il ripe sur la berge, dérape sur un rocher, ne peut se retenir aux branches d'un sapin tout proche, et tombe dans le bassin. En même temps, son index se crispe involontairement sur la queue de détente de son arme de service. La balle se perd dans la frondaison des arbres et le tigre, effrayé, s'enfuit en courant à travers bois.

— Nom de Dieu ! jure le major Leclerc en refaisant surface.

31

L'incroyable nouvelle des frasques du tigre s'est répandue comme une traînée de poudre. Barricadés dans leurs maisons, les Rieswihriens haletants suivent l'évolution de la situation par leurs fenêtres, et sur Internet. Au Lion Rouge, le Chean-Paul raconte à Jacques et Raymond comment il a sympathisé et bu un verre avec le félin, et comment le major Leclerc a maladroitement gâché cette amitié naissante. Dans son cerveau contaminé par le virus de l'activisme, germe l'idée de recommencer un coup de main au Schweissberg.

Au village, c'est la pagaille. Les plus redoutables des chasseurs, désireux d'ajouter à leur palmarès un tigre du Bengale, se sont rangés sous les ordres d'un lieutenant de louveterie lui-même placé sous le commandement sourcilleux du capitaine Schlumpf. Dans le ciel, les habitants entendent passer, repasser et trépasser l'hélicoptère de la gendarmerie, un YAB 666, à bord duquel Schlumpf a pris place pour mieux guider les recherches. Enfin, le dompteur et le médecin-vétérinaire des sapeurs-pompiers arrivent sur zone : ils ont confondu Rieswihr et Riquewihr.

Jean-Pierre Fecht, profitant de l'évacuation de René Faller à l'hôpital de Colmar, les accueille à la mairie, dont il a conservé un double des clés. Un poste médical avancé a été improvisé là, au cas où le fauve ferait de nouvelles victimes. Le chantier Bois & Loisirs est interrompu. Les ouvriers, confinés dans leurs Algeco, attendent que la chasse soit fermée : les accidents sont si vite arrivés.

C'est justement au pied du Schweissberg que le major, sorti du torrent, et la majorette, se sont postés dans leur 206. Ils guettent le terrain entre les vignes en fleurs et la forêt décimée, qui offre un plan propice à l'observation de la faune sauvage. En raison de l'absence de climatisation, le major entrouvre sa vitre. Tandis qu'il s'absorbe à décrypter les moindres recoins à l'aide de ses jumelles Zeiss, la majorette arrose de SMS l'intégralité de ses relations pour les informer de la palpitante aventure qu'elle est en train de vivre, tout en alimentant son blog perso, que ne lâchent plus les Rieswihriennes calfeutrées chez elles.

— Il sera en train de faire la sieste dans la forêt, dit le major pour dire quelque chose. Ces animaux-là, ça aime bien dormir.

Il s'interrompt. Quelque chose vient de bouger entre deux tas de terre rose, sur le champ de bataille qu'est devenue la colline.

— Vieille bête... fait-il à sa propre intention.

Il vient de confondre la carrosserie jaune d'un tractopelle avec la robe du tigre. L'idée saugrenue lui vient d'un cirque présentant un numéro de domptage de tractopelles. Tout en rêvassant aux engins bondissant sous le fouet à travers des cerceaux fuligineux, il laisse son regard errer vers les ruines ; ce qui, par association d'idées, lui fait repenser à l'assassinat de Geishouse Pascal. C'est ici que tout a commencé, tout le *binz*. C'est en haut de ce foutu Schweissberg que le Pissenlit s'est débarrassé du corps. La Suzanne a suivi. Puis l'Ortie, dont on n'a toujours pas retrouvé le cadavre, et qui tient peut-être compagnie aux carpes au fond du Wasserloch, lesté d'un plot de parking. Il ne sera pas beau à voir quand il remontera à la surface. Heureusement, le Pissenlit est sous les verrous, se rengorge le major, arrêté par ses soins, et pas près de sortir de prison. Tôt ou tard, il dira où il a enterré l'Ortie.

— "Nous, au village, aussi, l'on a de beaux assassinats", fredonne-t-il, guilleret, avec le sentiment du devoir accompli.

La journée a mal commencé, mais la récréation animalière lui a donné un tour inattendu, qui lui convient. *On the road again* ! Ne lui reste plus qu'à passer les menottes à ce foutu fauve qu'il a raté d'un poil au Lion Rouge et dans le ruisseau, à lui faire regagner sa ménagerie, puis à identifier ces damnés saboteurs écologistes. Sur ce point, il a sa petite idée. Il renifle trois petits coups parce qu'il cogite, ce qui fait tourner la tête à la majorette.

— Vous êtes enrhumé, chef ? se méprend-elle.

— Non, je pense à l'incendie, Bouafia. Et je me dis qu'on pourrait aller faire un tour au Cheval d'Or pour dire bonjour au Bleuet, quand on aura bouclé le fauve.

Il tambourine et s'assombrit. Il y a encore ce concert "à la mords-moi-le-nœud" organisé par Fecht et Cie, qui se tiendra dimanche au Martialmatten avec Francisco Lolona, la vedette... Le bruit court qu'une *rave party* clandestine sera organisée dans la cour basse du Schweissberg, avec un système de sons ambulant, convoyé par des Anglais chevelus au nez percé, en route pour les Eurockéennes de Belfort. Il sera bon pour rester dehors toute la nuit. « On a beau avoir, de temps en temps, le plaisir de zigouiller quelqu'un, la gendarmerie est un métier tuant », constate-t-il.

Un nouvel éclair jaune sur la friche du Schweissberg attire son attention.

— Bouafia ! Là-bas ! Regardez !

La majorette range en hâte son portable et bigle devant elle.

— Le tigre ! Il est là-haut, au pied du château ! Il s'était caché dans les ruines ! halète le major.

Le fauve quitte en effet d'un pas débonnaire les murs à demi éboulés de la basse-cour, flairant de-ci de-là la terre labourée par les engins.

— Major Leclerc à tous les véhicules ! articule le major. Suspect repéré. Se trouve actuellement dans les ruines du Schweissberg et descend vers le col. Demandons renforts !

— Capitaine Schlumpf au major Leclerc : suivez-le ! Nous vous envoyons le vétérinaire et le dompteur ! Restez en ligne et ne le lâchez pas des yeux, cette fois-ci !

— Bien reçu, mon capitaine, grommelle le major vexé.

« J'aurais bien aimé le voir à ma place, cette enclume », râle-t-il en aparté.

Mais en dépit de la blessure d'amour-propre, le major entame son reportage radiophonique :

— À toutes les unités ! Ici le major Leclerc ! Nous sommes en direct du Schweissberg à Rieswihr où le tigre du cirque Zapatani vient d'être localisé, improvise-t-il.

Son monologue est filmé à son insu par la majorette sur son téléphone portable, ce qui doit faire les délices des internautes.

Le fauve qui descend de guingois sans qu'on sache trop où il souhaite atterrir, se recentre soudain dans la pente, qu'il dévale en quelques bonds agiles jusqu'au col ; à croire que les invisibles ondes hertziennes exercent sur lui une puissante attraction.

— Il se dirige maintenant vers nous à toute allure, commente le major, ahuri. On dirait qu'il a reconnu notre véhicule... Il faut vous dire que ce matin, nous avons failli le renverser alors qu'il traversait la rue principale de Rieswihr devant la mairie... en dehors d'un passage protégé, je précise. Mais... Mon capitaine ! Mon capitaine ! Il s'approche encore ! Oh ! Il vient de sauter sur le capot de la 206 ! On dirait qu'il nous flaire à travers le pare-brise... Il veut rentrer à l'intérieur ! Il nous a reconnus !

La suite se perd dans des hurlements. On entend la voix féminine du gendarme auxiliaire Bouafia piailler :

— Fermez votre fenêtre, major !

— Soyez tenace, major ! s'égosille le capitaine Schlumpf dans l'hélicoptère, nous arrivons au-dessus de vous, vous nous voyez ?

Le major renonce à rouvrir la vitre qu'il vient de verrouiller, pour regarder à l'extérieur l'hélicoptère dont il entend les pales hacher le ciel. Distrait par le bruit, le tigre abandonne l'idée de traverser le pare-brise et se laisse glisser au bas du capot, où il se met à renifler les roues. À croire que ces voitures-là ça sent des pneus. Il donne un coup de griffe dans la roue avant droite. Le major sent le pneu se dégonfler.

— Il vient de nous crever un pneu, capitaine !

Peut-être amusé ou simplement étonné par l'expérience, et par le « psschitt » chuintant qui a déclenché chez lui un acrobatique bond en arrière réflexe de cinq mètres, le félin revient prudemment vers la voiture. Il se rapproche de la roue déjà dégonflée, qui ne réagit pas à un deuxième coup de patte puis, tête penchée et sur ses gardes, il avance une griffe précautionneuse vers le pneu avant gauche, qui fait « psschitt » à son tour. Le major sent l'avant de la 206 s'affaisser entièrement.

— Il vient de crever un second pneu, le véhicule est inutilisable, capitaine !

— Tenez bon ! l'encourage le capitaine Schlumpf.

Une vague de sirènes monte vers eux. Le tohu-bohu dérange le mangeur d'hommes, qui tourne la tête vers Rieswihr et s'enfuit à travers le chantier pour rejoindre les ruines.

Il n'est pas dit que le chef de la brigade territoriale de Sainte-Anastasie laissera la gloire de la capture au capitaine Schlumpf.

— Venez, Bouafia, nous allons attraper nous-mêmes cet animal !

Le tigre bifurque au pied de la basse-cour, qu'il longe, et disparaît dans un trou. C'est une cavité d'apparition récente, suffisamment large pour laisser passer un homme. « Sans doute provoquée par un effondrement ; l'orage... » raisonne le major en reprenant sa respiration. Il est essoufflé par l'effort qu'a requis l'ascension au pas de course. Il jette un œil en contrebas – les renforts s'éjectent des véhicules –, un autre vers le ciel – le capitaine fulmine dans l'hélico –, et dit, bravache :

— Couvrez-moi, Bouafia !

Sitôt qu'il passe les deux jambes dans le trou, un feulement furieux fait trembler le sol sous ses pieds. Le tigre acculé se précipite vers la sortie, expédiant le major dans les airs. Une détonation retentit en contrebas et on voit le félin continuer, comme si de rien n'était, à dévaler le flanc de la montagne.

— Bon sang, vous l'avez manqué, gronde Jean-Pierre Fecht à Richard Dungler, le commandant vétérinaire des sapeurs-pompiers du Haut-Rhin, qui vient de tirer sa première cartouche hypodermique en direction du fauve.

On voit en revanche le major Leclerc tituber, boiter en se tenant le ventre, et s'abattre sur le flanc comme un vieux tigre.

— Et en plus, vous avez touché le major !

Richard Dungler, excellent praticien lorsqu'il s'agit de disséquer les vaches Holstein, mais dont l'adresse à la carabine est toute relative, ne se laisse pas "abattre" par les médisances. Il enclenche, en un geste qui marque détermination et confiance en soi, une seconde seringue dans le fusil... épaule... vise... tire... et manque à nouveau sa cible... La majorette, qui se portait au secours du major, a juste le temps de sauter derrière une souche pour éviter d'être transformée en belle au bois dormante. Le tigre prend conscience que ce petit homme armé d'une carabine lui veut du mal, change de direction et fonce sur lui. Jean-Pierre, ulcéré, s'empare du fusil.

— Donnez-moi ça !

Il ajuste et fait feu.

L'animal, soulevé par un hoquet, continue son chemin...

— Vous l'avez raté, se venge Richard Dungler. Vous n'êtes qu'un amateur ! Donnez-moi ça !

Il tente de lui reprendre la carabine.

— Je l'ai touché, rétorque Jean-Pierre, certain de son coup.

En effet, le tigre stoppe sa course... et se couche.

Oubliant la mésaventure du major, les gendarmes confluent vers le « point T », où la masse jaune zébrée de noir s'est figée. Ils l'encerclent et sortent leur pistolet.

— Rangez vos armes, il ne bouge plus ! crie un gradé.

Le dompteur entrave aussitôt le fauve.

— On va descendre Bakounine en bas jusqu'à sa cage, dit-il aux gendarmes.

C'est alors qu'on entend refluer des entrailles du Schweissberg une chanson des temps anciens, une chanson vocalisée à tue-tête et en alsacien, par une voix de crécelle familière à certains.

Le gendarme auxiliaire Bouafia cesse de chercher le pouls du major, et pivote, surprise, sur elle-même. Un vieillard sale, poussiéreux et rapiécé s'extirpe du trou où le tigre a tenté de se dissimuler. Elle reconnaît… l'Ortie, disparu depuis la Fête du Grand Cru Schweissberg et qu'on croyait mort assassiné par le Pissenlit.

— Chef ! Chef ! lance-t-elle, sous le coup de l'émotion.

Mais le major, comateux et sans doute un peu blasé par sa longue carrière, répond par un ronflement qui en dit long sur son état d'esprit.

— On a retrouvé l'Ortie ! hurle la majorette.

Ils ont retrouvé l'Ortie, mais il ne leur faut pas plus de quelques secondes pour comprendre que le septuagénaire, lui, n'a pas retrouvé toutes ses fameuses facultés :

— L'Ortie ! L'Ortie ! C'est moi, Jean-Pierre, clame l'ex-maire.

— Arrière ! s'exclame l'ancêtre. Arrière, manant ! Laissez passer Harold de Burckheim, ou je vous envoie curer les douves !

— Il a dû prendre un coup sur la tête, constate la majorette ; il parle comme Alain Delon…

Ils l'escortent gentiment vers le col.

La capture du tigre a précipité, sur la route du Schweissberg, les Rieswihriens désireux de contempler le fauve. Mais la résurrection de l'Ortie vole la vedette au félin.

— Il est tombé dans une oubliette ! dit-on.

— Il paraît qu'il est devenu loufoque…

— Il doit avoir soif !

L'hypothèse d'une soif suffisamment extraordinaire pour faire perdre la raison à un vieux garçon leur paraît la plus crédible. On va chercher des bouteilles de pinot blanc et on perfuse l'Ortie, dans l'espoir de le ramener à lui-même. On croit d'abord qu'il a regagné un peu de sa lucidité lorsqu'il déclare :

— Je reviens de loin…

Mais quand il ajoute ensuite, sur le ton d'un conférencier :

— Car ils sont parmi nous. On les cherche obstinément au fin fond de l'univers, mais en vérité je vous le dis, ils sont au fond de la terre, je les ai rencontrés et ils ne sortent que la nuit en faisant clic-clic.

— Hein… Qui ça ? s'enquièrent Raymond, Jacques et Chean-Paul, inquiets.

— On dirait qu'il parle des extraterrestres… réfléchit le Jean-Pierre.

L'Ortie incline la tête et lui décoche un regard courroucé :

— Les intraterrestres, béotien ! Les intraterrestres ! Ce sont les extraterrestres de l'intérieur, et ils vivent en Alsace, sous le Schweissberg ! Ils sont passionnés par les ruines médiévales et habitent dans des souterrains qui communiquent avec le centre de la Terre, où ils gardent le fabuleux trésor des de Burckheim.

— Les de Burckheim n'ont jamais eu de trésor, ricane le patron du Lion Rouge, ils ont tout claqué aux croisades ! S'ils avaient eu du pognon, ils auraient pas laissé leur château tomber en ruines, y'a pas besoin d'avoir fait l'ENA pour comprendre ça !

— Manant ! Tu outrages la mémoire d'Harold et Gertrud ! Que les intraterrestres viennent te chercher cette nuit, et t'emmènent avec eux au centre de la Terre. Puis qu'ils t'y fassent griller comme une saucisse !

— Qui est cet énergumène ? D'où sort-il ?

Le capitaine Schlumpf vient de sauter de l'hélicoptère.

— Il s'agit du vieux Morand Huttinger ; l'« Ortie », mon capitaine ; on le croyait mort... l'informe la majorette. Mais apparemment, il était juste tombé dans les oubliettes du château.

— Gendarmerie Nationale ; vos papiers, monsieur, ordonne le capitaine Schlumpf, atterré, qui sent se profiler une erreur judiciaire de l'espèce « nuisible à sa carrière ».

— C'était il y a très très très longtemps, et le souvenir de cet événement s'est perdu dans la nuit des temps... récite l'Ortie.

— Où est encore passé le major ? aboie l'officier, décontenancé.

— Il dort, mon capitaine, dit la majorette.

— Comment ça, « il dort » ?

— Le vétérinaire l'a endormi à la place du tigre, explique Jean-Pierre.

— Vraiment, il n'en rate pas une, ce tire-au-flanc... commente le capitaine Schlumpf.

— Vous êtes injuste avec le major, capitaine, s'entremêle le Bleuet.

— Clic-Clic, poursuit l'Ortie. Ils font clic-clic et quand ils font clic-clic c'est qu'ils ne sont pas contents du tout !

—Il est fou à lier, diagnostique le commandant-vétérinaire des sapeurs-pompiers en ramassant sa carabine. Si vous voulez, je peux l'endormir, lui aussi.

32

À son réveil deux jours plus tard, le major Leclerc constate que le monde autour de lui a cruellement changé. Certes, la chambre du modeste logis de fonction que met à sa disposition la gendarmerie, et qu'il a appris à aimer, est en tout point identique à celle qu'il connaît pour y dormir depuis dix ans. Le papier peint champêtre aux coquelicots fanés que madame Leclerc avait tenu à poser elle-même lors de leur emménagement, le chevet en acier et verre trempé acheté chez Ikéa sont en tous points identiques, de même que l'affiche représentant un cargo rouge et noir des Messageries Maritimes à quai dans un port de la mer du Nord, le parfum de Soupline lavande qui imprègne les draps, et même la falote Pénélope Leclerc, qui attend patiemment assise sur une chaise – le chat Ulysse sur ses genoux – que son héros de mari sorte des limbes et revienne à elle. Ce n'est que lorsqu'il a revêtu son uniforme et qu'il achève de traverser la cour qui sépare les logements de la brigade territoriale, qu'il comprend que rien ne sera jamais plus comme avant ; plus précisément en entrant dans son bureau.

— On ne vous a pas appris à frapper avant d'entrer, s'indigne un freluquet. Major Leclerc, je présume ?

Le major a l'esprit encore engourdi, mais il est tout de même suffisamment réveillé pour se souvenir qu'IL est LE chef de la brigade de Sainte-Anastasie. D'autant que le ton rogue du jeune foutriquet, flanqué d'une simple barrette d'adjudant, assis dans SON fauteuil, lui écorche les oreilles.

— Vous présumez bien, mon adjuvant, riposte-t-il avec un geste du menton à l'ancienne qu'autorisent tout à la fois sa fonction, son grade, son expérience, ses services rendus à la nation et son grand âge. Je vous conseille de vous lever immédiatement et de prendre vos cliques et vos claques ! Exécution !

Mais l'autre se contente de ricaner :

— Vous êtes relevé de vos fonctions, major ; on vous a assez vu ici, vous avez fait votre temps et commis trop d'erreurs judiciaires, s'amuse-t-il. Je suis là pour reprendre en mains la brigade et l'enquête, et croyez-moi, elles en ont bien besoin. Tenez, voici la lettre du capitaine Schlumpf.

Ébranlé, le major doit s'asseoir pour ne pas s'effondrer. Il saisit le télex, et l'adjudant Paul Howiller voit avec une satisfaction non dissimulée le désarroi creuser les traits du "vieux".

— Le mieux pour vous sera de démissionner. Surtout qu'il va falloir libérer votre logement à la fin du mois, pour que nous puissions emménager. Pouvez disposer !

En d'autres circonstances, le major aurait dégainé son arme de service et vidé le chargeur dans le crâne de l'adjudant. Mais il est tellement abasourdi qu'il préfère garder les balles pour lui. Il se lève et prend congé.

Comme il ne sait pas où aller, il reprend machinalement et par la seule force mécanique de l'habitude la direction de son appartement. L'appartement que le capitaine Schlumpf lui ordonne de quitter.

Libéré du cas Leclerc, l'adjudant Howiller réunit ses collaborateurs :

— Messieurs, j'ai repris le dossier Rieswihr en main, après en avoir longuement discuté avec le capitaine Schlumpf, et sachez que nous sommes sur la même longueur d'ondes. Oubliez toutes les conclusions précédentes. Sachez tout d'abord que j'ai suspendu le major Leclerc, qui entretenait avec certains suspects des relations ambiguës, et a fait la démonstration de son incompétence en faisant accuser le quidam Claude Paille, dit le Pissenlit, du meurtre de Morand Huttinger, dit l'Ortie, alors que celui-ci est bien vivant.

L'adjudant se lève et prend appui du plat des mains sur son bureau.

— Le Pissenlit n'est qu'un sous-fifre. Vous allez resserrer dès maintenant la surveillance autour des deux cerveaux présumés de l'affaire, la dénommée Maria Spiesser, dit le Bleuet, et Jean-Pierre Fecht. Filatures, écoutes téléphoniques, voisinage, ne laissez rien au hasard ! Ce Fecht, sous ses airs sympathiques, me fait l'effet d'un fieffé faux-jeton. C'est certainement lui qui tire les ficelles pour faire capoter le village vacances. M'est d'avis qu'il abuse de son ancienne qualité pour tenter de manipuler la Justice. C'est probablement à l'instigation de ce zèbre que Pascal Geishouse et Suzanne Seyller ont été assassinés, car ils étaient favorables au projet Bois & Loisirs. Fecht est un irascible, il ne supporte pas la trahison, il est devenu fou de rage et fielleux en voyant son rival de toujours, le député Fischer, triompher.

Car Suzanne Seyller avait accepté de vendre son terrain à la CoCoCo et Geishouse Pascal avait rejoint les partisans du village vacances. Là-dedans, ce Pissenlit n'est qu'un allié de circonstance, et un voleur de pacotille, qui a voulu tirer parti de la situation et est venu brouiller les cartes. Par ailleurs, tout converge pour indiquer que Fecht et le Bleuet sont les instigateurs de l'opération de sabotage, revendiquée sous des sigles fantaisistes pour nous égarer. Ils appartiennent à des organisations écologistes subversives, au même titre que Morand Huttinger est un extrémiste du patrimoine et un simulateur. Je le soupçonne d'avoir volontairement disparu pour dérouter les enquêteurs, et orienter les soupçons vers le Pissenlit, qu'ils étaient prêts à sacrifier. Ils se concertent en permanence pour se disculper, se fournir des alibis, ou se faire passer pour fous afin d'échapper à leur responsabilité pénale. Pas avec moi, messieurs ! Alors tenez-vous prêts, engrangez les preuves, et coincez-moi ces trois conspirateurs !

— Major ! Major ! ouh-ouh !

Le gendarme n'entend d'abord pas l'exclamation, et la majorette doit le tirer par la manche de sa chemise bleu ciel pour qu'il s'aperçoive de sa présence. La vue de sa jeune et belle adjointe fait naître un sourire triste sur ses lèvres résignées.

— Bouafia ? dit-il, en vieux brave.

La majorette l'a guetté et elle perçoit tout son désespoir.

— Venez, major !

Elle l'entraîne vers son logement de fonction. Si elle doit retenir une seule leçon de son séjour dans la gendarmerie, et plus largement de son séjour à Sainte-Anastasie et à Rieswihr, c'est bien celle que lui a donnée le Bleuet dans sa chambre du

Cheval d'Or : dans la panade, les femmes sont le réconfort et la bouée de sauvetage de l'humanité.

Sitôt qu'ils sont dans son minuscule deux-pièces désuet, à peine plus grand que son soutien-gorge, la majorette le conduit vers le canapé et l'assied. Le major, déjà parti, se laisse faire ; « un zombie », pense-t-elle, en colère contre le capitaine Schlumpf. Elle est révoltée par l'attitude de la hiérarchie, et plus précisément par celle de l'adjudant Howiller, prêt à marcher sur le corps du major pour prendre sa place.

— Je suis au courant de ce qui vous arrive et je trouve cela injuste et scandaleux. D'ailleurs, je vais leur remettre ma démission, dit-elle.

Elle a parlé d'une voix dure, où percent la rage et le mépris.

— Merci, Bouafia, fait le gendarme, les larmes aux yeux.

— Vous vous êtes battu comme un tigre, chef.

Elle passe un bras autour de ses épaules pour le réconforter.

— Maintenant, il faut vous battre pour votre honneur.

— Je ne sais même pas ce qu'ils me reprochent, Bouafia… Je me démène, je fais quatre-vingts heures par semaine, j'arrête des criminels, je me coltine des cinglés, je cours après les fauves, et à la fin c'est moi qu'ils veulent mettre en cage…

On dirait qu'il a perdu toute sa force, qu'il est fini.

— Ils vous reprochent n'importe quoi ! s'emporte-t-elle.

— Je ne sais pas, je ne sais plus, balbutie le major. Je suis fatigué.

La majorette resserre son étreinte et le vieux soldat peut sentir le contact chaud et souple de sa poitrine généreuse. L'image de la majorette en maillot de bain, au concours de beauté de Miss Grand Cru Schweissberg, lui revient.

— Je suis fini, ils ont eu ma peau, bougonne-t-il tandis que des larmes ruissellent sur ses joues.

Elle le serre dans ses bras.

— J'ai prévenu Jean-Pierre Fecht, il est à vos côtés, il a promis d'intervenir pour vous soutenir, major. À Rieswihr, tout le monde vous apprécie et trouve que ce qui vous arrive est injuste. Ils parlent d'organiser une désobéissance civique.

Rieswihr... Rieswihr... Il l'aimait bien, lui aussi, finalement, ce village de fous. On n'en trouve pas deux comme ça dans une carrière.

Il est secoué de sanglots. Une plainte lancinante, poignante, sort de sa gorge et fait venir des larmes de compassion aux yeux de Bouafia.

Elle l'appuie contre elle, l'enserre, passe une main dans ses cheveux gris. Le major enfouit ses yeux humides dans son corsage.

— Voilà... Voilà... dit-elle d'une voix calme et apaisante en le berçant contre ses seins.

Désorienté, le major sent une chaleur et un vertige monter en lui. Il tasse davantage sa figure de vieux singe dans le corsage de sa jeune collègue. Et c'est presque inconsciemment qu'il sent sa main chercher un passage du nord-ouest, dans les hauts de la majorette, et sa bouche avide attraper un téton charnu qu'il se met à sucer et à mordiller tout en se rendant compte, honteux, que sa femme attend son retour à quelques mètres de là, de l'autre côté d'une cloison. Curieusement, la mauvaise conscience, chez un homme qui s'est toujours ferforgé une vertu de la fidélité conjugale, agit comme un puissant aphrodisiaque et déclenche l'assaut final.

— C'est bien, major, c'est bien, murmure la majorette.

Elle aussi commence à être submergée d'un désir inattendu.

— C'est bien, major.

Ce qui se passe ensuite, la pudibonderie de certaines bibliothécaires soucieuses de l'éducation morale de leurs paroissiennes, l'attachement de l'auteur à œuvrer pour la préservation de l'étiquette de la Gendarmerie Nationale, ainsi que la possibilité, inécartable a priori, de voir cet ouvrage tomber entre les mains d'un jeune public, nous contraint à ne pas le relater dans le détail. Sachez simplement que le réconfort du major sera fertile en onomatopées et en mélopées, et que les râles de plaisir voluptueusement émis par le vieux mâle et la jeune femelle résonneront longtemps dans le petit appartement de fonction.

Quand il est remis de ses émotions, le major Leclerc laisse la majorette pantelante sur son canapé et regagne ses logis, un peu débraillé et la tête ailleurs. Il va directement dans sa chambre, complètement déstabilisé par ce qui vient de lui arriver. Une fois assis sur le bord de son lit, tandis qu'il entend vaguement madame Leclerc s'activer dans la cuisine, il sent tout le poids conjoint de la solitude, du déshonneur et de la dépression s'abattre sur ses épaules. Le regard fixé sur les mouettes du tableau des Messageries Maritimes, il cherche son arme de service, fait jouer la culasse, appuie le canon sur sa tempe et fait feu.

Clic.

Le « clic » inattendu fait l'effet d'un déclic : il réalise qu'il vient d'essayer de se tuer.

— Nom de Dieu, articule-t-il, une boule au fond de la gorge, en examinant le pistolet

Le chargeur est vide… Quelqu'un a retiré les balles…

— Bouafia ! vocifère le major en éprouvant à la fois la colère d'avoir été joué et la joie d'être en vie.

— À table !, chantonne la voix de fausset de madame Leclerc dans la cuisine.

De l'autre côté de la cloison, le gendarme auxiliaire Bouafia, qui réajuste sa combinaison rose, entend la grosse voix bourrue du major traverser les murs et conclut, avec le sentiment du devoir accompli, qu'elle a bien fait de subtiliser les munitions.

33

Il n'y a pas qu'au bar du Ritz que les chauffeurs de maître boivent trop de scotch, et il n'y a pas qu'au quai de l'Alma qu'ils perdent ensuite le contrôle des berlines de luxe. Heureusement pour le député-maire Roland Fischer, Loïc Felzach est seul à bord au moment de l'accident.

Le drame survient à la sortie du virage, un peu traître, qui endeuille régulièrement la route entre Sainte-Anastasie et Colmar, près du chêne de Charlemagne ; ce virage qui donne du fil à retordre à la direction interrégionale des routes. Pourquoi Loïc Felzach a-t-il nuitamment emprunté la voiture de fonction de Schwarzkopf ? L'adjudant Paul Howiller, qui se targue de bien connaître les tréfonds de la conscience humaine en dépit de son jeune âge, a sa petite idée sur la question. Il subodore une virée de Loïc Felzach dans les boîtes de nuit de la région colmarienne. Le tout en vue d'une utilisation de la large banquette arrière que ne décrit pas le fascicule de prise en main de la Citroën. N'a-t-on pas déniché des préservatifs et un déodorant mentholé dans sa veste Hugo Boss ? Toujours est-il que ce que l'adjudant Howiller nomme vulgairement, en une formule qu'aurait désavouée Jack London, « l'appel de la quéquette », et qui à ses yeux sous-tend cinquante pour cent de la criminalité française, est de toute évidence à l'origine de l'accident.

À l'arrivée des sauveteurs, la C6 n'était plus qu'un enchevêtrement de tôles qui témoignait de la vitesse excessive à laquelle le véhicule devait être lancé au moment de l'impact contre le chêne centenaire. Cet arbre avait déjà occis cinq automobilistes en quinze ans et il a une fois de plus, fait office de pile de pont biologique. La prise de sang *post-mortem* a révélé chez la victime un taux d'alcool trois fois supérieur au taux légal, et la présence d'anxiolytiques.

— On a essayé de me tuer comme Lady Diana et Dodi, confie le député-maire Fischer, décomposé, à sa femme Florence.

Il vient de rentrer de la Préfecture, où se tenait une réunion de conciliation entre Jean-Pierre Fecht et lui. Mais Fecht a refusé de renoncer à son fichu Waldstock.

— J'en ai parlé au capitaine Schlumpf, je suis sûr que c'est un coup de Fecht pour m'éliminer, c'est certain. Ce type est un psychopathe...

— Allons, chéri. Ne t'inquiète pas pour rien. Loïc avait sans doute trop bu et il a perdu le contrôle de ta voiture. C'est un malheureux accident, les gendarmes l'ont dit ce matin à la radio, le réconforte Florence Fischer.

— Et les lettres anonymes me menaçant de mort, chérie ?

— Il est normal que quelqu'un de ton importance reçoive ce genre de courriers, chéri. Ta réussite fait des envieux.

Son "importance" rassure un peu Fischer.

— Comme je suis content de t'avoir auprès de moi, ma chérie, dit-il benoîtement.

Elle passe une main fine dans ses cheveux.

Florence Fischer n'est pas de la toute première jeunesse, « Elle a même mon âge », pense le député-maire. Il ne peut s'empêcher de dresser un tableau comparatif entre Florence, Lucie et la Maria Spiesser. Incontestablement, le Bleuet devance toutes ses concurrentes. Sa mauvaise foi mise en sourdine, il peut même concevoir que son titre de Miss Grand Cru Schweissberg n'a pas été usurpé. Quant à Lucie Fecht, elle a de beaux restes, et cette sorte d'émerveillement dans le regard qui flatte sa vanité et génère sa convoitise. Mais au lit, la femme de Fecht s'est avérée plutôt politiquement correcte, pour une épouse d'écologiste radical ; cela tient peut-être à son étiquette politique à lui, Fischer, réfléchit-il : conservateur, catholique, acquis aux bonnes mœurs et aux bonnes manières... Forcément, cette réputation de bienséance provinciale inhibe sa maîtresse et l'empêche de s'extasier pleinement.

— Ah, Florence, si je ne t'avais pas, murmure-t-il.

Car le député-maire Fischer doit énormément à sa femme. On chuchote même dans le cercle autorisé des petits et moyens élus alsaciens que c'est Florence, née Schaeffer et fille du très conservateur député de droite Modeste Schaeffer, alors propriétaire d'une prospère entreprise de négoce de machines viticoles (la presse l'avait baptisé le Tracteur du Vignoble), qui l'a fait. Elle lui a mis le pied, si on ose dire, au démarreur. Roland Fischer n'était à l'origine qu'un modeste vendeur de herses et de charrues. Il avait pour lui sa probité professionnelle, de la bonhomie, une profession de foi centriste, rhénane et humaniste, de l'ambition pour cent, un physique avantageux et une coiffure brillantinée qu'on n'oublie pas. Il a eu peu de difficultés à épouser les idées paternalistes de Beau-Papa, en même temps que sa fille, rencontrée au magasin. Dire que Modeste Schaeffer a été ravi de cette union serait mentir. Il visait sans doute plus haut pour sa fille, un Parisien ou un Strasbourgeois. Or, parvenu désormais au sommet d'une carrière (dont il caresse l'espoir qu'elle l'amène un jour encore plus haut), il arrive encore au député-maire Fischer, trente ans après son mariage, de se réveiller en sueur après avoir rêvé être assis au volant d'un tracteur avec un client.

— Je suis un homme important, se répète-t-il alors *in petto*.

Florence et Beau-Papa ont eu une influence décisive sur sa carrière. Cela peut paraître paradoxal, dans un pays censé avoir aboli les privilèges et éradiqué la transmission génitale de la puissance, mais Fischer, désigné *in extremis* dans le testament politique du Tracteur du Vignoble comme son successeur naturel, a repris le siège laissé vacant par la mort prématurée de Modeste Schaeffer. « Fischer est la réussite de sa femme », dit-on avec une pointe de jalousie, car en politique, les places à sept mille euros par mois ne sont tout de même pas légion. Ceci explique en partie la prolifération des intercommunalités, et la généreuse distribution de vice-présidences qui va de pair.

Mais Florence Fischer au lit, ce n'est pas le Moulin Rouge. Fischer doit en convenir : la gymnastique conjugale n'est pas le dada de sa femme. Son hobby, c'est plutôt l'équitation, et sa pouliche Modestine, ainsi baptisée en souvenir de Beau-Papa. Certes, Florence l'entoure d'un amour dévoué, mais il aurait adoré qu'une fois, ne serait-ce qu'une fois, elle se laissât aller sur l'oreiller et lui criât quelques cochonneries bien senties. Mais la pauvre Florence incarne dans l'alcôve le désastre psychologique engendré par la morale conservatrice, sexuellement abstinente, prônée par feu Modeste Schaeffer : Coincée, inhibée, ne pratiquant que l'amour séculaire à la Beau-Papa, et encore par esprit de devoir bien plus que par inclination, allant à confesse dès qu'il s'oublie en elle... Cette frustration – autant que le recours forcené au confessionnal – énervent prodigieusement Fischer, furieux que le curé de Sainte-Anastasie en sache plus sur la vie privée de son épouse que lui-même. Ceci l'a d'ailleurs amené une fois pour toutes à réduire le montant de la subvention municipale allouée à la réfection du clocher, décision qu'il a hypocritement motivée par la poursuite de l'effort de désendettement de la Commune.

Florence Fischer, si l'on s'arrête, comme souvent, à l'enveloppe charnelle, est donc un visage anguleux et ingrat, une fille qui a toujours eu l'air d'être une grand'mère, plaisir qu'elle n'a pu vivre, le couple étant sans enfant. Elle est son propre drame, absente à elle-même, intelligente, sensible, mais ne vivant que pour lui. Modeste Schaeffer lui a aussi fait apprendre le piano au conservatoire de Colmar, et quarante ans après, elle s'obstine à assassiner Mozart, à décapiter Schumann et à faire subir le supplice de la roue à Chopin, avec la même laborieuse application qu'elle mettait, petite fille, à massacrer *La Claire Fontaine* pour l'anniversaire de Papa. Avec l'âge est venue une petite pointe de dépression ; « la ménopause » s'est dit Roland Fischer : « c'est pratique, ça explique tout ». Aussi, le député-maire en vient parfois à se gratter la tête en se demandant ce qui a bien pu le séduire chez sa femme, à part son titre familial de reine du Kougelhof, régulièrement vanté par Modeste Schaeffer. Car Schwarzie n'est pas cynique au point de ne s'être marié uniquement par intérêt. « Les mystères de l'amour », conclut-il lorsque la question le tourmente. « Ou bien ma mère », car on sait le rôle inconscient et néfaste que jouent les mères dans le choix de leur bru.

— Tu es devenu un homme important et on te jalouse. Papa aussi recevait des lettres de menaces, mon chéri, reprend Florence pour le rassurer.

— Hein ? sursaute-t-il. Ah, Florence... tu es unique, dit-il sans pouvoir s'empêcher d'y mettre une gentille pointe de moquerie.

Une ombre de tristesse voile le visage de celle qu'on appelle en ville, comme sa mère en son temps, « madame le député-maire ».

— Je suis unique, Roland, dit-elle d'une petite voix dure qu'il ne lui connaît pas. Et je serai toujours là pour toi. Tu es ma vie.

— Pardonne-moi, chérie, bafouille-t-il. C'est ce Jean-Pierre Fecht, tu sais ? Il me rend fou. Ils ont décidé de maintenir leur Waldstock contre mon village vacances en dépit de l'interdiction du préfet. On leur a proposé un compromis, le village vacances *et* l'écohameau, mais ils nous ont ri au nez. C'est une catastrophe.

34

En fait de loi martiale telle que l'a invoquée Legradec à la préfecture de Colmar, c'est plutôt le Martial Kuhlmann qui fait régner sa loi sur son pré à Rieswihr.

En dépit des pressions, malgré l'arrêté interdisant d'organiser le festival "en raison des risques de troubles à l'ordre public", et d'un déploiement sans précédent de gendarmes, le Martial, échaudé qu'on lui dise ce qu'il doit faire sur sa prairie, a maintenu la mise à disposition militante et gracieuse de ses arpents fleuris. Toute la nuit, les bénévoles se sont affairés à construire la scène.

On est samedi matin, le festival débutera en milieu d'après-midi. D'abord conquérante, l'humeur de l'adjudant Howiller, qui sent toute la pression pesant sur ses épaules, est en passe de devenir saumâtre. Les preuves contre Fecht et consorts se font attendre, et la priorité donnée à l'interdiction du Waldstock empêche la gendarmerie de travailler correctement. Les avertissements dûment lancés au public ont échoué là où une météo pluvieuse aurait probablement réussi. Il lui est désormais impossible d'endiguer le flot de spectateurs sans risquer un affrontement physique.

Car le public afflue depuis le matin, venu de Colmar, de Strasbourg, de Mulhouse, d'Allemagne, de Bâle, et de l'autre côté des Vosges. Les gendarmes ne comptent plus les véhicules stationnés en hâte sur le bas-côté. Ils verbalisent avec zèle et acharnement afin d'inciter les suivants à faire demi-tour et à rentrer chez eux. Mais le filtrage organisé par le successeur du major Leclerc, les tracasseries policières et même les barrières métalliques fournies par la CoCoCo, se révèlent impuissants à freiner l'élan des festivaliers. La foule souriante de jeunes gens et de vieux écolos, qui rappelle la foire éco-bio du temps où elle se tenait à Rouffach, enfle joyeusement d'heure en heure, telle une mer, un océan pacifique...

L'adjudant Howiller l'ignore, mais il a été trahi par la majorette. Bouafia a transmis à l'ennemie, autrement dit au Bleuet, l'intégralité du dispositif mis en œuvre pour interdire l'accès au Martialmatten. Si bien que l'équipe du Waldstock a eu tout loisir d'organiser une filière clandestine d'immigration à travers bois. Tandis que quelques véhicules démantibulés conduits par des équipages louches aux pupilles dilatées font diversion et donnent du fil à retordre au capitaine Schlumpf et au chien anti-drogue Attila, matériel et festivaliers sont guidés à la bonne franquette à travers la forêt jusqu'au Martialmatten. Les tentes Quechua fleurissent ; coquelicots et marguerites, c'est le printemps de la musique ; déjà, la sono crache des airs puissants, pleins de musc, d'abeilles et de primevères.

Dépassé, l'adjudant a tenté de trouver un soutien politique et logistique auprès de René Faller. Mais le maire est introuvable. On dit qu'il a remis sa démission. Le conseil municipal, atomisé par les péripéties successives, est aux abonnés absents. Aujourd'hui, on est à Rieswihr, comme la France en 1968, en situation de vacance du pouvoir...

Au Cheval d'Or, le Bleuet met la dernière main au costume de scène confectionné pour l'idole Francisco Lolona sur une idée de Jean-Pierre. Une combinaison verte ornée du logo « Super Écolo », un loup vert, une cape turquoise. Elle s'est elle-même coquettement maquillée pour être à la hauteur de l'événement, et a gommé les années sur son visage, avec cette fichue idée chevillée en elle qu'elle s'en sortira toujours comme ça. Elle est encore plus sexy que d'habitude. Elle a passé un pantalon de cuir noir qu'elle n'aurait jamais osé enfiler auparavant, tant il la galbe, et que c'est un attentat à la pudeur. Un bonheur n'arrivant jamais seul, l'hôtellerie affiche complet. Outre les jeunes amateurs de camping et de décibels, la venue de Francisco Lolona et le Waldstock attirent des auditeurs poivre-et-sel à fort pouvoir d'achat, dont les Harley Davidson rutilantes (les chromes ont été lustrés par Arlette Davidson avant le départ), flanquées de sacoches en cuir clouté, trônent comme des Rolls Royce sur le parking de l'auberge et donnent au Cheval d'Or un air d'*Équipée Sauvage*.

— Aime moi, ai-ai-me moi, chante-t-elle en se pâmant.

C'est un air de Francisco Lolona.

Le chanteur arpente la scène du Martialmatten aux côtés de celui qu'il nomme déjà « l'ami Martial ».

— Les grands propriétaires terriens portent leur soutien au peuple ! C'est un symbole fort, et le signe que le pouvoir préfectoral est en train de vaciller sur ses bases, clame-t-il avec grandiloquence.

— Grand, grand… relativise le Martial gêné,… c'est juste un pré un peu gras à cause du Hirschbach qui déborde à chaque printemps. À part les moutons, y a rien qui pousse dessus…

— Dessine-moi un mouton, l'ami Martial...

Francisco Lolona arbore ses immenses cuissardes de cuir, sa chemise blanche à jabot et le pantalon fuseau qui moule si bien son entrejambes, et sous l'étoffe tendue duquel même les plus myopes retrouvent la vue. Sur la scène éclaboussée de soleil, la star supervise la balance des musiciens et le branchement des instruments. Un à un, les amplis sont ajustés et empilés jusqu'à former un mur compact. Jean-Pierre, aux anges, contemple son idole avec amour. Francisco lui rend son sourire béat et lui décoche une œillade de biche à faire pâmer un cerf de Poméranie. Il est temps de hisser la banderole du Waldstock au-dessus de leurs têtes. Les deux hommes joignent leurs efforts et se tendent sur la pointe des pieds.

— Francisco, veux-tu m'épouser ?, demande le Jean-Pierre, ahuri par tant d'amour.

Francisco part d'un grand éclat de rire.

Loin du Martialmatten, le Pissenlit, lui, ne rit pas. Il est toujours enfermé dans sa cellule de la maison d'arrêt de Colmar. Son avocate, maître Sylvie Boudard, lui apporte toutefois de bonnes nouvelles : le juge d'instruction Germain Noël prépare un non-lieu.

— En ce qui concerne l'assassinat de Morand Huttinger uniquement, précise le conseil, pour tempérer l'enthousiasme qui pourrait gagner le prévenu. Mais je crois également l'avoir convaincu de l'inanité des charges initialement retenues contre vous au sujet des meurtres de Pascal Geishouse et de Suzanne Seyller. Votre spécialité, c'est le vol, pas le meurtre. Et pourquoi seriez-vous revenu au domicile de la défunte pendant son enterrement, alors que vous vous y seriez déjà rendu quelques jours auparavant pour l'assassiner ? Maria Spiesser a témoigné en votre faveur. Elle a confirmé vous avoir demandé de passer au bureau de Geishouse, et elle affirme vous avoir demandé de vous rendre chez Suzanne Seyller après la mort de celle-ci dans le cadre de la petite enquête parallèle que vous aviez décidé de mener. Cela, c'est la bonne nouvelle. Car pour le reste, vous demeurez mis en examen pour les vols commis. Et comme vous étiez sous contrôle judiciaire lors de la commission des faits, le juge d'application des peines vous maintient en prison.

Revenu de l'empire des intraterrestres et toujours amnésique, l'Ortie s'est joint au flot des festivaliers. Il erre sur le pré, l'humeur louche. Le Bleuet, fidèle en amitié à défaut de l'être en amour, l'a emmené la veille chez Décathlon et lui a choisi une tente automontante, facilité qu'il aurait honnie du temps où il conservait toute sa raison, et qu'il s'en allait planter sa canadienne sur les chantiers de fouilles départementales. Il a revêtu son costume de seigneur médiéval et se fait pompeusement appeler, dans sa tête, Harold comte de Burckheim.

« Probablement l'un de ces riches décadents à sang bleu » en déduisent les jeunes gens qui lui demandent s'il vend du cannabis.

— Du pain bis ? Du pain bis ? leur renvoie l'Ortie, outragé qu'on puisse le confondre avec un boulanger.

— Du cannabis, papisse…

— Connais pas…

Ils observent alors le regard allumé et effrayant de l'Ortie. Ils reconnaissent en ce personnage original un grand ancêtre du rock'n'roll, ne s'étant apparemment jamais remis de ses voyages au pays de Jefferson Airplane et de Hawkwind.

— C'est l'acide, commente, d'un air entendu rempli de compassion et de répulsion, un garçon chevelu et bien portant, dont les multiples piercings étincellent au soleil.

— Un *junkie*, oui ; ça fait peur… constate une autre.

L'Ortie ne fait rien pour démentir l'effarante assertion, qu'il ne comprend même pas. Bien au contraire. Roulant des yeux comme des toupies, il s'illumine et montre, le bras brutalement tendu avec une raideur psychotique, les chicots roses de la ruine du Schweissberg plantés sur l'horizon au sommet du lunaire chantier Bois & Loisirs. Sa silhouette se dresse, lugubre, au-dessus du Martialmatten.

— Regardez là-bas ! Les intraterrestres ! je les vois ! Tout le monde ne peut pas les voir… Moi je les ai vus comme je vous vois ! Ils ont des jambes ! Et ils portent des shorts verts comme vous ! Mais ils n'ont pas de visage ! Ils ont une collerette, des peaux pourpres et des plumeaux ! Ils mangent bio et ne sortent que la nuit en faisant clic-clic ! Un jour, ils sortiront de sous la terre pour sauver le Schweissberg !

— Le LSD… confirme le garçon. Il a des hallucinations, ça prévient pas… L'ergot du seigle, ça reste scotché dans les neurones, et paf ! d'une seconde à l'autre, ça se déclenche… Ça bouffe la tête, ce truc-là… Venez, on bouge, ça craint…

À vol de corbeau, le major Leclerc n'est pas très loin de l'Ortie. Assis les fesses dans l'herbe fraîche comme un rapace neurasthénique sur sa clôture, il attend que les campagnols mauves des champignons hallucinogènes sortent leurs museaux. Depuis qu'il a fait l'amour avec la majorette, le vieux soldat n'est plus le même. Il recherche désespérément la compagnie des djeun's, qu'il juge seuls à même de sauver la planète. Il a consciencieusement mâché, ruminé et remâché son malheur, et des psylocybes, en se disant qu'il a vraiment été trop idiot d'attendre aussi longtemps avant de tenter la *Jimi Hendrix experience*. Le voici guettant la moindre altération de son métabolisme et le plus infime changement de sa perception du monde. Mais rien ne se passe, rien ne bouge. Il interpelle une grappe de garçons et de filles :

— Alors les djeun's, ça boume ? tente-t-il en langage vernaculaire des années quatre-vingts pour essayer de se faire de nouveaux amis.

Le groupe dévisage avec mépris le vieux ringard, en short de la rivière Kwaï et chemisette, qui les hèle.

— Vas sur Facebook, papy !

— Il est pathétique, ça craint un max… jette une jeune femme vers la poitrine généreuse de laquelle le major lorgne sans discrétion.

— C'est où, le *sound system* ? interroge le major.

— Y a un son par là-bas dans la forêt, le renseigne un gars.

— Yeah, merci les djeun's, ulule-t-il en se balançant de droite à gauche.

Il part en direction de la lisière et croise les centaines de nouveaux festivaliers qui continuent d'affluer. S'enfonçant dans les bois, le major ne capte pas la pulsation du son. Et ces champis qui ne se manifestent pas… On a dû lui vendre des pieds de mouton… Une arnaque… Dans le milieu c'est fréquent, il a été payé pour le savoir.

Un parfum de saucisses grillées s'empêtre dans le sous-bois. L'odeur est si dense qu'il a l'impression de palper des knacks. Elle le ramène dans le droit chemin du Martialmatten, vers un BBQ.

C'est le Chean-Paul. Avec ses amis Raymond et Jacques, le patron du Lion Rouge a flairé la bonne affaire et improvisé un barbecue géant avec vente de bière. Une banderole mensongère indique qu'un quart du prix des consommations sera reversé à la coordination anti-village vacances.

— Après tout, explique le Chean-Paul à Jacques, on a une légitimité. Et pourquoi on n'aurait pas le droit, nous aussi d'avoir une conscience écologique ?

— Quand-même, remarque le Jacques, gagné par l'ambiance de kermesse écolo, brûler du pétrole au nom de l'écologie, ça n'est pas défendable. En fait, on a contribué à accentuer l'effet de serre, Chean-Paul ; c'était pas raisonnable.

— Mais avec quoi tu veux faire un sabotage ? interroge le Raymond. La fin justifie les moyens.

— Un qui marche au biocarburant c'est l'Ortie, se marre le Raymond. On peut pas dire que ça s'arrange, regardez !

Le président de la Société d'Histoire Locale de Rieswihr et Environs déambule, Excalibur en main. Il taille consciencieusement des croupières aux touffes d'orties et de marguerites, qu'il doit confondre avec des hordes attardées de Suédois.

— C'est de l'automutilation, constate Jacques.

Un puissant larsen lui vrille les oreilles.

— On dirait que ça va commencer, les gars… Y a l'autre macaque de Francisco Lolona qui radine sa fraise avec la Miss Grande Cruche Schweissberg et le JiPeg, maugrée le Chean-Paul en se frottant le pavillon droit. Tous à vos boules Quiès !

Un tonnerre d'applaudissements accueille l'apparition de Francisco. Obéissant à un signal invisible, les festivaliers se rapprochent et se massent devant la scène.

— T'es sûr que c'est le Jean-Pierre, ça ? On dirait Iggy Pop qu'aurait avalé Chantal Goya au petit-déjeuner, commente Jacques avec étonnement.

De mémoire de Rieswihriennes et de Rieswihriens (et peut-être même de mémoire de Cinquième République), jamais on a vu un élu du peuple dans un accoutrement pareil, du moins lors d'une manifestation publique. Jean-Pierre Fecht a revêtu une tunique en latex vert, ne dissimulant rien de son anatomie, et dont le haut s'ouvre sur un poitrail velu fendu de l'écharpe tricolore de maire que lui avait volée René Faller. À côté de lui, Francisco Lolona a l'air, dans ses cuissardes démesurées enfilées par-dessus son costume de Super Écolo, d'un professeur de physique échappé d'un collège janséniste. Quant au Bleuet, elle est incroyablement belle.

Jean-Pierre laisse courir un regard éperdu sur la foule. C'est un succès ! Un succès monstre ! C'est encore mieux que les soirs de victoire aux municipales... Des milliers de personnes s'agglutinent devant lui, bougent, hurlent... Il reconnaît, miroitant comme un bourdon chromé dans son plastron de métal sombre, l'Ortie qui agite sa rapière au plus haut des Cieux contre un ennemi invisible, et éventre la prairie. Le JiPé serre son écharpe bleu-blanc-rouge dans ses mains et, obéissant à une pulsion citoyenne venue de ses tripes, la lève dans son poing gauche au dessus de sa tête.

— Waldstock ! Waldstock ! réclame à l'unisson le public, tandis qu'on se demande qui est cet artiste de lever de rideau :

— Tu as vu ? Ils ont fait venir Alice Cooper, c'est incroyable… suppute un spectateur.

— Alice Cooper ? Mais non, c'est Marilyn Manson…

— Que dalle, c'est Jean-Pierre Fecht, le maire, explique un conscrit ivre mais savant aux étrangers. Alice Cooper il a un python, lui c'est une écharpe. Et Marilyn Manson il est pas maire de Rieswihr.

— Mes très chères sœurs, mes très chers frères, entame le JiPé au micro dans un style eddymitchellien (qui fait graillonner à un troisième spectateur, goguenard : « Mais non, c'est sœur Emmanuelle »), merci d'être venus aussi nombreux aujourd'hui à Rieswihr pour notre Waldstock ! Cet après-midi – Francisco vous le chantera mieux que moi –, nous avons tous le Schweissberg Blues !

— Schweissberg Blues ! entonne derrière lui la vedette de sa voix criarde, en plaquant un accord sur sa Gibson verte et mauve frappée d'une potentille jaune.

— Regardez ce qu'ils ont fait de la forêt derrière nous ! accuse le Bleuet en bombant les seins.

— La vache, y a aussi Catherine Lara, siffle quelqu'un.

— Mais non, c'est la Maria Spiesser…

— Ils ont tué la forêt ! dénonce Francisco Lolona.

L'artiste se frappe au cœur et arc-boute sa croupe de rock-star vers l'avant, au risque de gripper des vertèbres lombaires plus très souples. Il roule sur la scène.

— Je ne savais pas que Francisco Lolona s'était mis au hip hop, souffle une festivalière.

— Vous êtes là pour la musique et pour une bonne cause ! reprend le Jean-Pierre. Car l'écologie, il y a ceux qui en parlent et ceux qui la font ! Sur cette colline derrière nous…

Les clameurs sont tellement fortes et vivantes qu'il doit répéter…

— Sur cette colline derrière nous, qui ressemble désormais à une blessure ouverte, Bois & Loisirs veut bâtir un village de quatre cents pavillons ! Du bétonnage comme sur la Côte d'Azur ! Et ils agissent sans nous demander notre avis, à nous qui habitons ici ! Alors, nous disons : "non" ! Et c'est grâce à vous que nous les ferons reculer ! Un grand merci à vous tous d'être là, et amusez-vous bien !

Francisco Lolona relève et déplie sa grande carcasse. Il pose son menton sur l'épaule de Jean-Pierre et gobe le micro. On dirait une girafe se déhanchant pour croquer une appétissante feuille d'acacia.

— Qui veut des arbres ? hurle-t-il.

— Ouais ! s'excite le public.

— Des tilleuls ?

— Des tilleuls ! reprend le public.

— Des saules ?

— Des saules !

— Des hêtres ?

— Des hêtres !

— Des sapins, des bouleaux, des sorbiers, des peupliers ?

— Des sapins, des bouleaux, des sorbiers, des peupliers !

— Qui c'est qui veut ?

— C'est nous qu'on veut ! hurle le public.

— Ouais ! Et qui veut du béton, des parpaings, des briques, des poutrelles, des tuyaux, des routes, du goudron et du pognon ?

— C'est pas nous qu'on veut ! proteste le public. On n'est pas comme ça !

— On veut des p'tites fleurs, des grenouilles et des crapauds ! Des mésanges, des oiseaux, des chevaux et des sauterelles ! lance le Bleuet en bondissant.

— Nous aussi !

Francisco lui reprend le crachoir :

— Je tiens à te remercier, public aimé et citoyen ! Et je remercie tous les artistes qui ont répondu "présent" aujourd'hui ! Il y a une semaine encore, il n'y avait plus d'espoir... Noir c'est noir ! ne peut-il s'empêcher de glapir.

Puis :

— Ah que Johnny il est pas venu !

— Ha ha ha ha ! rit le public.

— Et aujourd'hui il y a de l'espoir... !

Francisco Lolona sourit :

— *Vous* pouvez faire basculer le destin du village, afin qu'il reste le petit paradis qu'il est ! Votez Oui ! Oui ! Oui !

— Oui ! Oui ! Oui !

— On en a marre d'être pris pour des enfants !

— Oui ! Oui ! Oui !

— C'est au peuple de choisir !

— Oui ! Oui ! Oui !

— C'est à nous de décider !

— Oui ! Oui ! Oui !

— On n'est pas des marchandises !

— Oui ! Oui ! Oui !

— Hé non, les filles, s'interrompt Francisco Lolona en tirant la langue... Là il fallait dire "non ! non ! non !"

Les sifflets fusent.

— Bouffon !

— Pitre !

— Bon ça va, ça va... Je ferme ma grande bouche... Et vous ! Sortez tous vos flingues et vos ceinturons ! Car voici Les Sept Mères Senerfs ! Ya-ouh... !

— Ah, enfin... soupire quelqu'un. C'est des bonnes, celles-là, ça arrache...

Francisco Lolona, le Bleuet et Jean-Pierre laissent la place au célèbre combo rock alternatif et féminin de la Chaux-de-Fonds, rendu célèbre par son titre "Les Z'aricots roses".

— Z'aricot d'Espagne, pense le major Leclerc en écarquillant les yeux. Bonjour madame la saucisse, comment allez-vous ?

C'est incroyable, les saucisses sont en liberté.

Tandis que la musique submerge le Martialmatten, les champignons hallucinogènes commencent à raconter leurs histoires. Cela le prend devant le stand de saucisses du Chean-Paul. Une saucisse blanche de chez Stoeffler, pourtant anonyme parmi les anonymes, s'est mise à lui parler comme l'aurait fait une jeune femme. Et pourtant il ne rêve pas, la saucisse a bien quitté les braises sur ses deux gracieux petons aux ongles peints en rose, a sauté dans l'herbe et est venue s'asseoir à côté de lui pour écouter la musique.

— Mademoiselle..., rectifie-t-elle avec coquetterie.

La saucisse fait une galipette élastique et se redresse, une pâquerette dans la bouche.

— Attention ! crie le major, effrayé, vous allez vous faire écraser. C'est dangereux de traverser l'autoroute en dehors des passages cloutés, ma p'tite dame !

Quelle peur elle lui a fait ! Il essuie la sueur sur son front. Le semi-remorque de trente-huit tonnes rempli de guitares électriques les a frôlés et éjectés derrière une glissière de sécurité, dans la piscine bleu ed'un superbe aquapôle tropical. Assise sur une chaise longue à rayures roses et vertes, la saucisse croise maintenant les jambes pour ne pas qu'on voit son intimité. Le major détourne les yeux, gêné. La saucisse rit et pique une tête dans le bassin. Elle nage bien, et le major a soudain honte de son corps et de son maillot de bain acheté en 1976, lors de la grande sécheresse. C'est alors qu'une sournoise fourchette argentée se met à ramper dans l'herbe.

— Gendarmerie Nationale ! Les papiers du véhicule, s'il vous plaît ! ordonne-t-il.

Il voit avec satisfaction sa fiancée s'ébattre tranquillement sur le dos et devenir aussi bronzée qu'un knack de Rimini. Un puceron en pleine forme passe avec son balluchon sur l'épaule et une bouteille de ketchup. Le miellat lui transpire de la panse. Une fille en jean vole dans le ciel bleu avec un Airbus.

— Vous êtes sûr que ça va, major ? s'enquiert le Chean-Paul en dégageant une ration de frites.

Le patron du Lion Rouge est intrigué : le major Leclerc est assis les fesses dans l'herbe depuis vingt minutes, et ne quitte pas le stand des yeux.

— Que me veut ce grand sanglier ? demande le major.

— Ah ben merci, fait le Chean-Paul, vexé.

— Je ne sais pas nager ! crie le major en dissimulant son maillot de bain.

— Je crois qu'il a pris un coup de soleil sur la tête, constate Chean-Paul.

Dans son appartement strasbourgeois des rives de la place Broglie, Jérôme Robert, le représentant en Alsace de la Caisse des Dépôts, ajuste un cordage sur le mât d'artimon d'une reproduction au 1/35e de la *Belle-Poule*. Le modélisme, c'est son violon d'Ingres, on a une âme de constructeur ou on ne l'a pas. Les nouvelles sont mauvaises, mais son petit chantier naval, qui requiert une attention absolue, l'en distrait. Le hauban est enfin tendu entre le mât et le pont. Pour un peu, il entendrait le ressac de l'océan et les goélands.

Bois & Loisirs vient de se manifester. Ils ont vu le reportage ce midi à la télévision, et la mobilisation sur le Net, contre eux. Ils préparent un communiqué. Ils ne veulent pas que leur image soit associée à celle d'une multinationale imperméable aux enjeux environnementaux, alors même qu'ils ont adopté une charte du développement durable il y a six mois. Ils ne sont pas contents d'avoir été embarqués dans ce naufrage. Plouf. Un projet à la mer ! Quel gâchis.

La bouée de sauvetage du Biorama s'éloigne. Reste à prévenir cet imbécile de député Fischer, qui n'a pas été capable d'acheter la paix à Rieswihr. Vraiment, le peuple est stupide… Les gens ne comprennent pas où est leur intérêt, voilà la leçon à tirer de cette expérience.

Jérôme Robert contemple son œuvre, sèche ses doigts tachés de cloques de colle sur un chiffon, et attrape le portable.

— Jérôme Robert, de la Caisse. J'ai une mauvaise nouvelle pour vous, Fischer.

Le député-maire Fischer comprend tout de suite.

C'est une période noire, s'exaspère-t-il. Lucie Fecht l'a appelé ce matin pour lui annoncer qu'elle souhaitait arrêter leur liaison ; son chauffeur est mort brutalement dans des conditions suspectes ; sa femme se doute de ses infidélités ;

et maintenant, Bois & Loisirs renonce. Et puis, Fecht triomphe à la télévision, alors qu'il n'est maire que d'un minuscule village. Fischer comprend qu'il ne pourra jamais posséder pleinement Lucie, sauf à supprimer Jean-Pierre Fecht. Tragique.

C'est le pouvoir de nuisance des écologistes. Ces gens-là sont des polluants. Fecht un individu néfaste et dangereux. Les menaces de mort sont sa signature, Fischer en mettrait sa main à couper. L'accident de la C6 démontre que ce fanatique vindicatif est passé à l'acte. Il a voulu l'éliminer, lui, Roland Fischer, en croyant qu'il serait à bord de la Citroën ce soir-là. Et maintenant, il parade devant toutes les caméras ! Solitude... terrible solitude ! Fischer sait ce qu'il lui reste à faire. Les gendarmes sont des incapables. Il descend à la cave chercher la vieille boîte à biscuits où sommeille, depuis la Seconde Guerre Mondiale, le pistolet récupéré par son père sur le cadavre d'un soldat allemand.

— Tenez, major... Vous êtes sûr que tout va bien ?

Le sanglier géant lui tend une boîte de bière rouge et blanche qu'il décapsule lui-même, et d'où se précipite une écume blanche. Le major, bouche ouverte, tâte la canette éberlué, lippe molle et regard vague. Il touche la mousse d'un doigt.

C'est amer et froid, ça fait un bruit intense par le petit trou couleur de thé. Le major ausculte la boîte et regarde à l'intérieur. Il y fait sombre, on ne voit rien. Il s'en dégage une énergie incroyable. Il porte la canette à son oreille, approbateur.

—Voilà qu'il veut boire avec ses oreilles, déplore Chean-Paul.

Quelle clameur extraordinaire ! Il y a là-dedans toute la mer du Nord les jours de grande marée ! Le major pose l'océan en boîte, respectueusement, dans le pré. Où est la saucisse ? se demande-t-il, inquiet. Là-bas ! Ouf... Il la rattrape. Ils avancent main dans la main dans une savane aux herbes si immenses que les rayons du soleil peinent à atteindre le sol. Des insectes énormes les survolent. Il sort instinctivement son arme de service. Knackette s'éloigne. Un éclair jaune zébré de noir...

— Attention ! hurle-t-il.

Le tigre du cirque Zapatani s'élance... La saucisse pousse un cri d'effroi, le major se précipite.

— Voilà qu'il se plante une fourchette dans la cuisse..., constate le Chean-Paul consterné. Et il n'a même pas bu sa bière.

Un musique de tam-tam déferle sur la savane. Ils sont des milliers d'indigènes autour de lui à se donner la main et à danser. Les « bong » sourds et élastiques de la rythmique vibrent, se déversent, rebondissent et résonnent.

— Rieswihriennes... Rieswihriens...

Le major pense aux « avis à la population » de Geishouse Pascal dans les rues du village, à ses récitals.

— Super, le solo de djembé ! hurle une fille qui danse près de lui.

Sur la scène, les Sept Mères Senerfs se déhanchent au milieu des percussions en lançant des youyous. Le public tangue.

Le major s'assoit et réfléchit. Le djembé lui parle. Les pulsations le ramènent à la mort de Pascal.

— Major ! Major !

Clignant des yeux, il reconnaît Bouafia.

Un éclair dans son cerveau :

— Le djembé, Bouafia ! Il faut chercher le djembé !

— Vous êtes sûr que ça va, major ?

L'affreuse jupe bleue thatchérienne ne parvient pas à anéantir sa beauté.

— Hou là là, fait le major en se frottant le crâne.

— Je me suis échappée du service. Vous êtes sûr que tout va bien ? répète la majorette.

— J'ai été aux champignons, Bouafia, fait-il d'un air douloureux, ça tourne encore un peu mais ça m'a donné une idée.

Il reprend lentement ses esprits, se met debout… Il s'appuie sur la majorette, qui a du mal à suivre son raisonnement mais fait confiance à son expérience.

— Eh ben, elle est belle, la Gendarmerie, critique le Raymond.

— La gendarmerie je ne sais pas, mais la gendarmette oui, dit le Jacques.

35

— Vous savez, Bouafia, au-delà des éléments techniques et des faits objectifs, un enquêteur doit parfois, subséquemment, savoir faire confiance à son intuition, dogmatise le major rendu à la lucidité.

Ils inspectent l'appartement de Pascal Geishouse.

— Lorsque nous sommes venus ici la première fois, souvenez-vous, nous avons tout fouillé sauf le djembé. Il faut absolument le retrouver. N'oublions pas que Pascal était l'amant de Suzanne. Et deux amants mélomanes qui meurent à quelques jours d'intervalle plutôt que de périr ensemble, je n'ai jamais vu ça ! Quelqu'un avait une bonne raison de se débarrasser d'eux !

— Qu'est-ce que vous cherchez exactement, major ? questionne la majorette.

Pour toute réponse, son chef se répand en coups d'yeux disparates vers le plancher, le plafond, les meubles, et se touche le nez en reniflant pour inciter la majorette à utiliser elle aussi son flair :

— Admettons que je me sois gouré et que le Pissenlit ne soit pas le meurtrier…

Il se sent affûté comme jamais, l'esprit agile et aiguisé. Le vieux soldat sait qu'il tient le bon bout. Ses neurones synthétisent la vérité à son insu. Celle-ci est en cours de décantation, c'est une forme de police scientifique et une question de minutes : les milliards d'informations parcellaires, contradictoires, qui s'embrouillent et dansent dans son cerveau se clarifient, c'en est presque effrayant.

— Au fait, merci pour l'autre jour, Bouafia, lâche-t-il en plissant pudiquement les yeux.

Elle ne sait pas s'il parle des munitions ou de l'amour, et préfère garder l'amour.

— Merci à vous, c'était un excellent moment, dit-elle.

— Merci. J'aurais dû crever, j'ai rajeuni de vingt ans.

Le djembé est là, posé dans un coin sous une couverture entre l'armoire et le mur du salon, dans un réduit à sa juste dimension.

— Voilà, voilà... se réjouit le major.

Il caresse et fait tambouriner ses doigts sur la peau tendue de l'instrument, en tire quelques sons maigrelets, se dit que la scène, ce n'est pas pour sa pomme, s'assied sur une chaise, pose l'instrument sur ses genoux et l'inspecte sous toutes les coutures.

— Hum, rien, à l'extérieur comme à l'intérieur, maugrée-t-il.

Il fait claquer sa langue, gymnastique buccale qui rend un « plic » humide, visqueux et agaçant. « Dégoûtant », pense même la majorette. Puis il tambourine derechef sur les flancs du djembé, l'oreille à l'affût des sons que rend le tam-tam. On dirait un voleur cherchant une cache dans la cloison d'un mur. Le major analyse, écarte les mats, retient les creux, s'attarde, recommence, s'arrête, déplace ses doigts, cherche un bruit plein qui traduirait un plein d'absence, un creux.

Poc !

— Ah ?

Ici, peut-être ?

— Passez-moi la pierre, Bouafia, intime-t-il en montrant une rose des sables dormant sur une étagère.

Le major en flanque un coup brutal dans la calebasse, qui se fend. Un deuxième impact la disloque. Les fragments se répandent. Il les inspecte, farfouille, et en ressort un petit objet noir et argenté : une carte-mémoire d'appareil photo.

— Et voilà, lance-t-il, satisfait. J'en étais sûr, Bouafia. Ne me demandez pas pourquoi ni comment, mais il manquait quelque chose, un lien entre toutes ces pagailles ; et ce lien, le voici...

— On peut aller à la mairie de Rieswihr, propose la majorette. Ils ont des ordinateurs.

Ils traversent tranquillement le village. Les musiques du festival ondulent jusqu'à eux, bouffées sonores étranges et déformées qui ricochent sur les murs des fermes. Pas grand'monde dans les rues. Les gens sont chez eux, au jardin ou au Martialmatten. Conviction écologique ou curiosité, la télévision a longuement parlé de la « phénoménale mobilisation du Waldstock » au journal de treize heures. Ce serait un jour idéal pour un cambrioleur comme le Pissenlit. Ou pour le major. Mais le vieux lion, s'il ne dédaigne pas de ressentir la délicieuse sensation qui étreint le malfaiteur lorsqu'il accomplit son forfait, n'est pas un voleur ordinaire. Il agit pour la bonne cause, il enquête, il cherche la vérité.

Une fois dans l'ancien bureau de Jean-Pierre Fecht – à moins que ce ne soit celui de René Faller, il ne sait plus –, la majorette allume le PC. Une photo de Miss Grand Cru

Schweissberg en maillot de bain s'affiche en fond d'écran. Bouafia sourit au Bleuet, abaisse le volet de l'unité centrale, prend la carte photo dans la main du major et l'insère dans la fente. Elle clique sur l'icône : des fichiers apparaissent.

— À vous l'honneur, major…

— Allez y, Bouafia.

Elle clique.

Schwarzkopf et Lucie Fecht, la femme du Jean-Pierre, apparaissent nus et enlacés dans un lit.

— Oh ! s'exclame la majorette.

— Un chantage, un stupide chantage… commente le major.

Ils consultent les autres images. Toujours le député Fischer et madame Fecht à la noce. Rien d'autre.

— Je pense que nous tenons le mobile des différents crimes, réfléchit-il, et que nous allons devoir rendre une petite visite de courtoisie à Schwarzkopf et à la Fecht. M'est avis que, sous leurs dehors civilisés, se cachent de drôles de zèbres.

— Le chauffeur de Fischer ! le coupe fiévreusement la majorette.

— Quoi, le chauffeur ? s'enquiert le major, coupé de l'enquête depuis sa mise à pied.

— Loïc Felzach… Il s'est tué dans un accident il y a trois jours…

Elle lui livre les détails, la C6 du député-maire, la vitesse excessive, le virage, le choc avec le chêne, l'adjudant Paul Howiller qui a conclu à l'accident, les soupçons que Schwarzkopf fait peser sur Fecht.

— Il faut examiner le véhicule, dit le major.

Reste à savoir quel garage de service l'a emporté.

— Le garage Meister à Sainte-Anastasie, major.

— Bouafia, vous nous trouvez un véhicule et vous m'emmenez. Je vous attends. Vous klaxonnerez discrètement.

Dans son short vert, assis sur le fauteuil du maire, le major savoure un succès qu'il sent imminent. Les effets des champignons se sont complètement dissipés. Il met à profit le départ de la majorette pour ajuster entre elles les pièces éparses du puzzle. Pour une fois, celles-ci semblent vouloir s'emboîter parfaitement les unes dans les autres.

— Élève Leclerc, s'interpelle-t-il. Soit deux amants, Pascal et Suzanne, qui veulent quitter Rieswihr et refaire leur vie ensemble. Soit deux autres amants, un député-maire et la femme d'un maire connu pour être son rival politique, qui entretiennent une relation adultérine sans souhaiter remettre en question leur situation matrimoniale. Soit une collection de photos intimes retrouvée au domicile de Pascal, sa maîtresse noyée dans sa cave, et un chauffeur mortellement accidenté. Qui est le maître chanteur et qui est le meurtrier ?

— Le maître chanteur est sans doute Pascal. Quant au meurtrier, il ne peut s'agir que de Roland Fischer ou de Jean-Pierre Fecht, major, se répond-il à lui-même. Réfléchissez un peu !

— Élève Leclerc ! Qui a le plus à perdre dans cette affaire ?

— Roland Fischer, évidemment ! Mais Fecht aussi a tout à perdre.

Deux coups de klaxon d'une discrétion lolonanienne retentissent sur la place de la Mairie.

— Mais alors, qui a pris les photos compromettantes, mon neveu ? se lance le major, impitoyable, en quittant la mairie.

— C'est Pascal ou Suzanne, répond la majorette tandis que la Citroën C4 soustraite à l'adjudant Howiller roule vers Sainte-Anastasie.

Elle a profité que le remplaçant du major avait le dos tourné pour emprunter la voiture. Oubliant les consignes de discrétion, elle a poussé la provocation jusqu'à enclencher la sirène dans les rues de Rieswihr, où le ululement du deux-tons s'est mélangé aux roucoulements hystériques des Sept Mères Senerfs. Sur la route, ils croient reconnaître le député Fischer filant en sens inverse, vers Rieswihr.

— On vient de croiser Schwarzkopf, j'ai reconnu sa coiffure, dit la majorette.

— Il nous faut une preuve, Bouafia. Au garage Meister, vite ! ordonne-t-il.

Stéphane Meister les conduit vers l'épave de la Citroën, piteusement remisée sur un terrain à l'arrière de l'établissement. La grosse voiture noire de Fischer, celle à bord de laquelle on l'avait vu arriver à l'Agora pour le débat public, est aussi ratatinée qu'un hérisson écrasé. L'arrière est curieusement intact. L'avant n'est plus qu'un amas de ferraille compressée, dont la ruine est encore renforcée par l'absence du pavillon, découpé par les pompiers pour extraire le corps de Loïc Felzach.

— C'est vraiment dommage, une voiture pareille, ça vaut quand même dans les cinquante mille euros, regrette Stéphane Meister.

Le major se penche sur la carcasse, où des faisceaux de fils électriques et quelques organes vitaux et électroniques pendouillent.

— À votre avis, qu'est-ce qui a bien pu se passer ? demande-t-il au garagiste.

Le visage du professionnel s'éclaire.

— Quand même ! lâche-t-il, satisfait. Vos collègues ont conclu à un accident, une vitesse excessive, l'alcool et une perte de contrôle. Bon… Mais venez… Cela m'intriguait de voir une aussi belle bagnole finir de la sorte. Alors je l'ai examinée d'un peu plus près, par curiosité et amour de la mécanique, dirons-nous.

Il appelle un collaborateur :

— Lucien, tu me la remets sur le pont !

Le mécano en bleu de travail lâche la clé qu'il tient, s'essuie les mains sur ses cuisses, et s'en va tracter l'épave sur le pont élévateur.

La limousine s'élève au dessus de leurs têtes.

— Regardez…

Le major Leclerc ne voit rien.

— C'est sûr, si vous n'êtes pas spécialiste… marmonne le garagiste.

Il attrape un câble suspendu dans le vide.

— C'est quoi ?

— C'est la direction. Pour moi, ce n'est pas l'accident qui a provoqué la section du câble, mais le câble qui a été coupé avec une pince pour que la direction ne réponde plus ; ce qui a entraîné l'accident, explique le garagiste. Vous voyez les biseaux, là ? C'est typique. Mais bon… vos collègues, que j'ai prévenus, m'ont dit que regardais trop les séries américaines. D'après eux, la violence du choc explique ce type d'avarie. Le câble a soi-disant été coincé entre deux pièces d'acier à l'arête tranchante et, sous la poussée de l'impact, a été sectionné.

— Puis-je vous demander un service, monsieur Meister ? questionne le major.

— Bien sûr.

— Conservez-nous la voiture comme pièce à conviction. Considérez qu'elle est sous scellés.

— Au fait, demande la majorette, personne d'autre que nous n'est venu ?

— Si, le député Fischer, Schwarzkopf, il est passé hier.

— Et il cherchait quoi ?

— À vrai dire, major, je n'en sais rien. Je l'ai conduit sur place comme je vous ai conduits, et puis je suis reparti à l'atelier en le laissant à ses affaires, parce que j'avais une voiture à livrer.

— Voilà ce que je pense, réfléchit le major à voix haute, lorsqu'il regagne le siège passager de la modeste C4. Schwarzkopf a assassiné son chauffeur parce que celui-ci était associé à Pascal et Suzanne pour le faire chanter. C'est sans doute Felzach qui a pris les photos, dans la chambre de l'appartement parisien de Schwarzie. Il accompagnait son patron partout. Il les a transmises à Pascal pour qu'il se charge du chantage opérationnel. Nous sommes confrontés à un crime prémédité, Bouafia, car tout porte à croire que Fischer a fait assassiner Pascal et Suzanne. Il s'est ensuite envoyé des menaces de mort anonymes pour se disculper et faire croire que c'est lui qui était visé par l'accident de la C6, dans le cas où la Gendarmerie découvrirait que le Citroën avait été sabotée. C'est machiavélique. Il est venu hier dans l'espoir de mettre la main sur la carte-mémoire de l'appareil photo, après avoir tendu le guet-apens à son chauffeur. Mais la carte n'était pas dans la voiture, puisqu'elle était dans le djembé de Geishouse Pascal… Ou alors une copie, qui sait ?

Il se pince les lèvres.

— Et Fecht, chef ? Il a pu vouloir se venger pour sa femme et le village vacances…

— Nous allons rendre une visite de courtoisie à Lucie Fecht, pendant que son mari parade au Waldstock, puis nous reviendrons chercher les deux. Cap sur Rieswihr, Bouafia.

Lucie Fecht vient leur ouvrir. Elle jardinait : elle a des mauvaises herbes en main. Elle enlève ses gants.

— Mon mari ne veut plus que nous utilisions de désherbant chimique, à cause de son étiquette politique, dit-elle, alors le nouvel herbicide, c'est moi. C'est lui que vous cherchez, sans doute ? Vous imaginez bien que ce n'est pas ici que vous le trouverez…

— Nous souhaitions vous voir vous, lance le major.

— Bien, entrons… dit Lucie, étonnée.

Une jolie femme que la Lucie. Une liane, modeste, trop modeste, brunette à fossettes, des pattes d'oie à l'encoignure des yeux qui pétillent. Elle semble à l'aise chez elle, discrètement épanouie, une vie tranquille. C'est pourtant bien elle qui se trouve sur la photo avec Fischer.

— J'ai du jus de pamplemousse au frais, ça vous va ?

Ils entendent le robinet couler dans la cuisine. Elle doit se laver les mains. Elle revient, avenante, avec un plateau en lamelles de bambou, une bouteille de Pampryl et des verres.

— Le jardinage est ma marotte, je suis en train de tailler mes rosiers.

Le major pousse devant elle, sur la table du salon, des tirages des clichés, sortis sur l'imprimante de la mairie.

— Oh mon Dieu ! Qu'est-ce que c'est que ça ?

Lucie Fecht en a lâché le plateau. La bouteille se fracasse dans la véranda, les verres se brisent, le jus de pamplemousse déferle, les photos sont maculées de jus.

Elle s'est évanouie.

La majorette amortit sa chute.

— Je vais voir dans la cuisine, dit le major, contrarié.

Il farfouille et revient avec un flacon de *schnaps*. Il se penche vers la femme de Jean-Pierre Fecht et, tandis que la majorette lui ouvre la bouche, il verse. Un sursaut, une quinte de toux, et Lucie Fecht revient à elle. Elle reconnaît le major, bute sur les photos poissées et pâlit.

— Monsieur Fecht est-il au courant ? interroge le major.

— Je savais que ça se terminerait comme ça… gémit-elle.

— Votre mari est-il au courant ? répète le major.

Elle se reprend.

— Non… Enfin, je ne crois pas… Qui a pris ces photos ?

— Vous ne les avez jamais vues ? s'étonne le major.

— Je vous assure que non, rétorque-t-elle, indignée.

— Mais c'est pourtant bien vous… ironise-t-il.

« Elle ment », pense le major. « Elle dit la vérité », pense la majorette. Question d'expérience, mais l'expérience, parfois, ça déforme le raisonnement.

— Vous ne connaissiez pas l'existence de ces photos ? reformule le major, peu convaincu.

— Non ! Quelle horreur…

Elle a repris des couleurs.

— Admettons, dit le major. Parlez-nous de votre relation avec le député Fischer.

Elle sort un kleenex et se mouche.

— Je suis une amie de Florence, sa femme. J'ai rencontré Roland à travers les activités politiques de Jean-Pierre, qui est vice-président de la CoCoCo présidée par Roland. Un jour, Roland a organisé un repas d'élus à Sainte-Anastasie. Les conjoints étaient invités. J'y ai fait la connaissance de Florence et de Roland. Florence et moi avons sympathisé, et nous nous sommes revues de temps en temps. Un jour, elle m'a proposé de venir passer un week-end à Paris, où Roland dispose d'un appartement, du fait de son mandat de député. J'ai dit oui. Et c'est à ce moment que ma liaison avec son mari a commencé. Roland m'a séduite. Jean-Pierre ne pensait qu'à sa mairie, au développement durable et à l'écologie... J'ai cédé.

— Sa femme est au courant ?

— Vous pensez bien que non, réplique-t-elle froidement.

— Qui, alors ?

— Je croyais que personne ne savait. En plus, j'ai rompu aujourd'hui.

Le major lève les yeux au ciel.

— Vous ne comptiez pas refaire votre vie avec lui ? s'enquiert la majorette.

— Non, proteste Lucie Fecht, c'était une distraction. J'aime mon mari. Je ne veux pas le perdre.

— Pour cela, il faudra voir avec lui s'il tient encore à vous, madame Fecht, marmonne le major, porté sur la solidarité masculine.

Cette Bovary alsacienne l'énerve. Que ferait-il s'il apprenait que madame Leclerc entretenait une liaison avec le capitaine Schlumpf ou avec l'adjudant Howiller ? Aussi improbable que cela puisse paraître vu la différence d'âge entre le saint-cyrien et madame Leclerc, l'hypothèse lui paraît soudain crédible, à cet instant T de la trahison. L'amour est une question de confiance, et on ne peut pas mettre un gendarme derrière chaque conjoint. Il se renfrogne :

— Vous devriez prendre un chat, dit-il. Ça occupe.

— Vous allez tout lui dire ?

— J'ai bien peur que nous ne puissions faire autrement, madame. Il fallait y penser avant, lâche-t-il, mesquin.

Il se tourne vers la majorette :

— Bouafia, vous allez rester avec madame Fecht et la surveiller. Je ne veux surtout pas qu'elle prévienne Roland Fischer et son mari.

Et il part en quête de la vérité… toute nue.

36

— Tous nus ! Allez, tous-tous nus !

Francisco Lolona est déchaîné. Les deux bouteilles de gewurztraminer Grand Cru Schweissberg vendanges tardives qu'il a absorbées en coulisses avant de se jeter dans l'arène font sortir la bête de scène de son antre. Surgi des loges comme un diable de sa boîte, le chanteur survolté fait son numéro de rock-star. Le zip de sa panoplie verte de Super Écolo coulisse… il se tortille, tel un iguane titubant et sensuel. Il hurle et caresse les broderies de marguerites cousues sur l'étoffe verte. Le costume de super-héros lui plaît. Sous son loup vert, il *est* véritablement Super Écolo.

— Tous à poil ! hurle-t-il.

Le voici découvrant la toison brune de ses pectoraux, se pinçant les tétons avec délectation, secouant sa crinière. Il fait glisser le bas de la combinaison verte et pousse des mugissements de hyène en chaleur.

Sifflements excités dans le public du Martialmatten.

— À poil toi-même, Francisco ! entend-on en écho.

Francisco Lolona ne se dégonfle pas. Il adore ces dialogues avec le public. Voici qu'il se retrouve dans un simple caleçon imprimé de trèfles à quatre feuilles…

— On va porter bonheur au Schweissberg, les amis ! piaille-t-il.

Il pivote vers ses musiciens, ses choristes, revient au public, tournaille et se tortillonne :

— Seulement moi, je n'ai rien à cacher ! Je ne suis pas comme la Caisse des Dépôts ! Qu'est-ce que vous préférez que je vous montre ? Mon Cac 40, mon indice Dow Jones ou mes *hedge funds* ?

Chez les festivaliers, les avis sont partagés.

Il y en a qui crient :

— Francisco ! Francisco ! Francisco !

D'autres sifflent et huent à l'évocation des cotations boursières. D'autres encore optent pour le CAC 40.

Francisco se regarde en caleçon, dévisage le public en short, se croise les bras, fait la moue…

— Hé ! Qu'est-ce que vous attendez ! Que le Préfet vous le demande par arrêté ? On dirait que ça vous défrise de vous mettre tous nus… Pourtant, on est nés comme ça, les amis ! On ne portait pas de culotte en sortant du ventre de nos mamans ! Et moi, je n'ai pas honte d'être né tout nu ! lance-t-il.

Les tee shirts commencent à voler, timidement.

— Vous avez peur ou quoi ? On ne fait rien de mal ! C'est ceux qui portent des costumes-cravate et font des villages vacances dans les forêts, qui sont obscènes ! Ce sont eux, les pornographes ! Pas nous ! Nous sommes les sans-culotte du vingt-et-unième siècle !

Acclamations et « hosannas » (au plus haut des Cieux).

— René Faller aurait dû rester, ça lui aurait bien plu, s'amuse un conscrit.

— Allez ! Tous à poil ! intime Francisco Lolona.

— À poil, tous ! Allez ! Tous nus, et toutes nues ! reprend la voisine du conscrit, bien enfumée.

Et, joignant le geste à la parole, elle se désape, jette ses habits au-dessus de sa tête et saute de joie, en tenue d'Ève, sur le Martialmatten. Ah, la caresse de l'herbe verte entre les orteils... Les conscrits l'imitent en riant aux éclats. Puis les écolos allemands suivent, et bientôt tout le public retire ses vêtements sur le pré. On en voit qui les plient soigneusement, d'autres qui les roulent en boule... d'autres encore qui les brandissent, tels des trophées, des dépouilles, des oriflammes de la nudité. Même l'Ortie se défait de son armure, ne conservant que l'épée d'Harold. Un parterre de chairs roses, une plate-bande fessue et rousseauiste ondule sur la prairie dans un puissant vent de liberté.

Les yeux rivés à ses jumelles, l'adjudant Howiller observe, atterré, la dégradation de la situation. Il transpire dans son uniforme.

— Ils se foutent tous à poil... lâche-t-il, interdit.

Tous, y compris les suspects qu'il s'est promis d'interpeller pour sauver la situation. Il y a de quoi enrager... Le service d'ordre n'a pas réussi à contenir les festivaliers, l'interdiction préfectorale a fait « pschitt ». Sa libido endommagée par quelques siècles géniaux de christianisme, l'adjudant Howiller fulmine et s'étrangle... Un attentat à la pudeur géant se perpètre sous ses yeux ! Et il est impuissant. Que peuvent faire une quinzaine de gendarmes face à plusieurs milliers de civils nus ? Le curé de Sainte-Anastasie, venu derrière l'homme de loi en quidam curieux de son époque, se signe furieusement en recommandant son âme à son supérieur hiérarchique, tant la vue de tous ces corps dénudés l'émeut.

— Nous sommes revenus au temps d'Adam et Ève, à l'heure historique de la création du péché ; mon Dieu, articule-t-il, aussi pâle qu'un suaire.

— Faites quelque chose, souffle-t-il à l'adjudant.

L'adjudant mate, fasciné, l'Aphrodite bien mûre qui s'avance sur scène, Miss Grand Cru Schweissberg, dans le plus simple appareil. Elle porte son diadème comme une auréole sur ses cheveux bouclés ; encore plus jolie et désirable qu'en maillot de bain, constate le Chean-Paul.

— Oui ! Oui ! s'enthousiasme Francisco devant l'océan de nudité qui s'étend devant lui. À poil ! Allez ! À poil ! Aujourd'hui, c'est Rieswihr-plage !

C'est sans doute le plus grand rassemblement naturiste mélomane jamais recensé en Alsace.

Au barbecue, Chean-Paul, Jacques et Raymond se sont aussi pudiquement déplumés : la pression du nombre, et une impression rigolote et vivifiante d'*être*.

— Franchement, là, il exagère, grogne pour le principe le patron du Lion Rouge.

Il exhibe une bedaine proéminente et velue, son harpon à saucisses dans la main.

— Ta gueule, Neptune, s'amuse Jacques.

Le Raymond se met au garde-à-vous.

— Moi, je dis qu'on est bien, à poil, dans notre belle Alsace, confirme Jacques. *Prima* !

Le militant du FN, ancien béret rouge et patron du Lion de la même couleur sanglante, a soudain une révélation républicaine :

— Liberté, égalité, fraternité… articule le Chean-Paul, ému aux larmes…

— À poil ! hurle Francisco Lolona.

On voit alors le JiPé arriver nu sur la scène, seulement bardé de son écharpe tricolore de maire, une feuille de papier à la main. Il s'approche, euphorique, de son idole.

— Alors là les filles, bravo ! applaudit le chanteur tandis que ses choristes se dénudent à leur tour.

Il aperçoit Jean-Pierre.

— Enfin un maire qui annonce clairement la couleur ! se réjouit-il, hilare.

— J'ai une communication importante à vous faire ! claironne Jean-Pierre, un sourire jusqu'aux oreilles découvrant toutes ses dents.

Il brandit la feuille…

— On vient de me faxer une dépêche ! Bois & loisirs renonce au projet de village vacances à Rieswihr ! Nous avons réussi à les faire reculer ! Vive le Schweissberg ! Vive Rieswihr libre ! Youhou ! Et tous à poil avec Francisco !

Il est au bord des larmes. La mobilisation, la lutte, les instants de doute, les échecs, les crimes commis au village, la forêt du Schweissberg dévastée… tout défile dans sa tête en un maelström vertigineux. Francisco Lolona et le Bleuet le serrent dans leurs bras. Une onde, une vague, des hurlements de joie renversent le public, un vertige, un tsunami d'amour. Ils y sont arrivés !

— On veut de la musique ; le Schweissberg, on s'en branle ! crie quelqu'un.

— Francisco ! Francisco ! scandent les festivaliers.

Le chanteur fait sa diva.

— Quoi, "Francisco" ? Ce n'est pas moi qu'il faut remercier, c'est JiPé !

Des sifflets, des huées, une tempête…

— Francisco ! Francisco ! Francisco !

— T'as peur d'attraper un rhume ? lance un fan cinquantenaire.

— Ah, ça… ? fait Francisco en montrant son caleçon.

Il est le seul à être encore habillé.

Le chanteur pose sa Gibson et retire l'objet du scandale…

Des protestations furieuses fusent…

— Francisco, tu exagères ! crie le public.

Une feuille de vigne et une grappe de raisins verts dissimulent le sexe du chanteur.

— Hé ! Quoi ? s'étonne celui-ci. Attendez, on est à Rieswihr, non ? C'est le Grand Cru Schweissberg, oh ! Vive le riesling !

— Il se trompe, quel béotien : c'est du sylvaner, commente un vigneron ; ça se voit aux grains.

— Tout-nu-Francisco ! Tout-nu-Francisco ! Tout-nu-Francisco ! scandent les festivaliers survoltés.

Le chanteur plaque quelques accords dionysiaques sur sa guitare, en flatte les courbes féminines, tire la langue, palpe le vibrato, joue avec l'élastique de sa feuille de vigne.

— Bon d'accord, cède-t-il, ravi. À poil !

Et il retire l'offense aux bonnes moeurs. Un tonnerre d'applaudissements, une ovation.

— Schweissberg Blues ! lance-t-il en plaquant les premiers accords de la chanson qu'il a créée pour le Waldstock.

— Adjudant Howiller à Commandement, adjudant Howiller à Commandement… Tous les civils ont retiré leur habits dans le pré, nous demandons des renforts et attendons les consignes ! S'égosille, de l'autre côté du Martialmatten, le remplaçant du major.

Mais personne ne répond. On transmet, on transmet, il attend, il attend… Howiller s'énerve. Où est le capitaine Schlumpf ? Qui prendra ses responsabilités dans ce fiasco ? Il trépigne…

— Ici l'adjudant Howiller, je demande la marche à suivre… À vous la Compagnie.

À la préfecture de Colmar, on préfère temporiser. Des vidéos circulent déjà sur Dailymotion et YouTube. Le préfet Legradec est au courant de tout, à commencer par le retrait définitif de Bois & Loisirs. C'est un jour de grand deuil, et il ne faudrait pas y ajouter de la violence inutile.

— On ne va quand même pas envoyer les CRS pour demander à tous ces imbéciles de se rhabiller ? Nous serions simplement ridicules, soupèse-t-il.

Cette affaire de rockeurs naturistes capables d'arrêter la marche du Progrès va faire tâche dans sa carrière, constate-t-il. Ainsi va la vie d'un énarque. Les Français sont tout de même bizarres par ici ; la proximité de l'Allemagne sans doute…

— Que faisons-nous, monsieur le Préfet ? s'enquiert le capitaine Schlumpf, déconfit.

— Dites-leur de contrôler la situation, d'observer mais de ne pas intervenir, tranche le haut fonctionnaire.

« On leur ordonne de se rincer l'œil, quoi », pense l'officier, désabusé.

— Capitaine Schlumpf à adjudant Howiller, vous observez, vous restez en retrait, répercute-t-il.

Mais l'adjudant, ulcéré d'attendre la consigne qui ne vient pas, a coupé la radio et fulmine déjà à ses hommes :

— Allez me chercher le porte-voix, et rassemblement !

Il faut savoir prendre des initiatives. Il s'empare, furibond, du haut-parleur, et l'oriente vers le Martialmatten. La musique est si forte que sa voix se dissout dans l'air sans parvenir à franchir le barrage des décibels. Il en frappe de rage le capot d'une 206. Sa propre voiture de fonction a disparu ! Rien ne fonctionne normalement dans cette brigade ! Où sont passées les vertus militaires ?

Il renonce à regret à faire taire Francisco Lolona d'une balle bien placée entre les deux yeux, et se résout à attendre la fin du Schweissberg Blues pour lancer son attaque. Quand l'espèce de girafe décadente qui se vautre sur scène cesse enfin ses glapissements insupportables, il saute sur le porte-voix.

— Mesdames et messieurs, c'est l'adjudant Howiller, de la brigade de gendarmerie de Sainte-Anastasie, qui vous parle !

Évidemment, ça jette un froid. On pivote, on se tourne, on cherche des yeux cet adjudant d'opérette, qui arrive comme un cheveu habillé sur la soupe du Martialmatten.

— Ils sont là-bas, sur le chemin au bout du pré ! lance un cameraman.

C'est vrai... On aperçoit les silhouettes toutes bleues des vilains schtroumfs, derrière des véhicules de la même couleur. Les gendarmes sont les seuls militaires à continuer de se camoufler de la sorte depuis les massacres de la guerre de 1914-18.

— Au nom de la loi, je vous demande de vous rhabiller ! Ou nous allons être obligés d'intervenir ! menace l'adjudant Howiller.

Cette fois-ci, un déluge de sifflements déferle dans sa direction.

— Les gendarmes dehors ! entend-on.

— Nous sommes déjà dehors, raille l'adjudant, provoc'. Et c'est vous qui allez rentrer chez vous !

Le Jean-Pierre, inquiet, rejoint la scène.

— Je suis le maire de Rieswihr, adjudant ! proclame-t-il, tout nu devant le micro, en montrant son écharpe bleu-blanc-rouge. Et…

— Et moi je vous demande de vous rhabiller, monsieur le maire ! s'énerve l'adjudant tandis que Francisco Lolona lui montre ses fesses. Vous déshonorez votre fonction !

Il tire un coup de feu de sommation en l'air. Un corbeau freux s'abat sur le pré.

— Nous allons faire un peu de démocratie participative directe, annonce le JiPé, aux anges, sans se démonter. La méthode sera celle du vote à main levée et du bruit. D'accord ?

— D'accord !

— Je vous ordonne de vous rhabiller tous ! s'exaspère l'adjudant à l'autre bout du Martialmatten. Ou je donne l'assaut !

Un gigantesque éclat de rire fait trembler le pré. Ce gendarme est un *one man show* à lui tout seul.

— À poil les gendarmes ! lance Francisco Lolona.

— Rhabillez-vous, c'est un ordre !

— Qui est pour rester tout nu sur le Martialmatten ? demande le JiPé

— NOOOUUUUUS ! ON VEUT ÊTRE TOUT NUS !

Un plébiscite.

Ravi, le JiPé peine à faire cesser ce hurlement unanime.

— Ça c'est de la politique, dit Francisco.

— Qui est contre ? s'enquiert le JiPé.

— Moi je suis contre !!! Et vous allez tous vous rhabiller ! glapit l'adjudant Howiller, mortifié.

Il refuse de s'avouer vaincu.

— Mettez vos slips, au nom de la loi !

Puis :

— Haut les cœurs ! lance-t-il à ses troupes gagnées par le doute.

— Bas les slips et haut les culs ! réplique Francisco Lolona, qui a décidément le sens de la répartie.

Et tout le public montre ses fesses aux gendarmes.

— C'est un outrage ! s'emporte l'adjudant.

— Un acte citoyen ! lance le chanteur.

— Qui s'abstient ? poursuit Jean-Pierre, soucieux de procéder à un vote exemplaire, comme s'il était assis en salle du conseil.

Personne ne se manifeste. L' « abstinence » n'est pas le genre des festivaliers.

— Vous n'avez pas le droit ! Vous êtes hors-la-loi ! trépigne Howiller.

— Je suis le maire de Rieswihr ! s'indigne le Jean-Pierre.

— Tout maire que vous soyez, vous n'êtes pas au-dessus des lois ! Seule une délibération du conseil municipal peut autoriser les rassemblements naturistes ! improvise l'adjudant pour avoir le dernier mot. C'est la loi !

Jean-Pierre, après dix ans de politique municipale, a de la ressource en matière de démocratie participative.

— Yves ! Amène voir une table et des chaises, on va tenir une séance extraordinaire, ordonne-t-il. Si tous les conseillers et adjoints veulent bien monter sur scène…

L'adjudant Howiller ne sait plus quoi inventer face à ce coup de Jarnac ; un coup de Tarnac, oui ! Il n'a jamais vu ça…

Légal ? Pas légal ? Peut-il interrompre une séance de conseil municipal sans risquer de ruiner sa carrière ?...

— Qu'est-ce qu'on fait, chef ? s'enquiert l'un de ses subalternes.

— On respecte la démocratie, on laisse le conseil municipal délibérer... lâche-t-il de mauvaise grâce, en s'épongeant le front.

Le fidèle Yves agit avec zèle. Il veut se racheter de sa trahison fallero-fischerienne et revenir en grâce. Tables et chaises voyagent dans le public. On prête ses bras, on échange des sourires. On s'en souviendra, du Waldstock et on pourra dire à ses petits enfants : « j'y étais ». Francisco Lolona sent un flottement, il s'arroge le micro, sa Gibson en bandoulière :

— Bon, en attendant que tout soit en place et puisque nous sommes tous à poil, je propose de vous interpréter une petite chanson égalitaire du répertoire...

Il égrène un arpège, fait jaillir des accords lents.

— Allons enfants de la patri-i-e...

C'est la *Marseillaise.*

— Ah non, se fâche le Chean-Paul. Il exagère...

— Ta gueule, Chean-Paul, rouspète le Jacques. C'est un chant républicain. Prends-en de la graine, et écrase ta fraise... Y a pas besoin d'une fanfare militaire, d'un béret sur le crâne et d'un flingot au ceinturon pour la chanter, et en plus elle a été créée en Alsace pour l'armée du Rhin.

Du « jour de gloire » à l'égorgement « de nos fils et nos compagnes », Francisco Lolona ânonne sa version waldstockienne de l'hymne révolutionnaire... Et même les féroces gendarmes, derrière l'adjudant Howiller, retirent leurs képis et se mettent à fredonner ; on est patriote ou on ne l'est pas.

L'interlude s'achève. Tous les élus sont maintenant sur scène, le premier conseil municipal naturiste de France peut enfin siéger.

— Bon, nous sommes presque au complet, constate le Jean-Pierre sérieux et solennel. Je tiens à souligner que la démocratie et l'expression du peuple peuvent s'exercer partout et dans n'importe quelle tenue, ajoute-t-il à l'attention des écolo-sceptiques. Rien ne s'y oppose, ni dans la Constitution ni dans le Code Électoral.

Il fait un tour de table.

— Manque René Faller, excusé, et Suzanne Seyller, décédée dans les circonstances tragiques que nous connaissons. Aussi, avant d'aborder le point unique figurant à l'ordre du jour, je vais vous demander à tous de respecter une minute de silence à sa mémoire, ainsi qu'à celle de Pascal, lui-même disparu dans des circonstances sur lesquelles nous souhaitons tous ardemment que la Gendarmerie fasse la lumière, au lieu de persécuter les festivaliers.

— Hypocrite ! rouspète l'adjudant.

Il a oublié de couper son porte-voix. Un murmure désapprobateur parcourt le Martialmatten.

La minute de recueillement écoulée, Jean-Pierre se tourne vers le conseil municipal :

— La question qui nous préoccupe cet après-midi est la suivante : la Commune autorise-t-elle la tenue d'un rassemblement musical naturiste sur le Martialmatten ? Qui souhaite prendre la parole ?

— Au nom du groupe d'opposition, je tiens à affirmer ma totale solidarité avec le maire Jean-Pierre Fecht, dit Fernand

Schurrer, pour une fois d'accord. Nous avons à Rieswihr, avec l'écomusée une tradition de liberté, et je pense que cette initiative s'y inscrit tout à fait.

— Merci, Fernand.

— Qui d'autre ?

— Je crois qu'on est tous globalement pour, annonce le Bleuet.

— On pourrait même envisager d'en faire un rendez-vous annuel, propose Fernand Schurrer.

— C'est une bonne idée, Fernand, convient Louis.

— Très bien, nous allons donc passer au vote. Qui est pour la manifestation d'aujourd'hui ? demande le JiPé.

— ... À l'unanimité des membres présents, le conseil municipal autorise donc les festivaliers à se dénuder. Mes chers collègues, je vous remercie...

Puis, à l'adresse des gendarmes, il ajoute :

— Adjudant Howiller, messieurs, le Waldstock peut continuer en paix !

— C'est un simulacre de démocratie ! accuse l'adjudant, mauvais joueur, dans son porte-voix.

Le Bleuet, fâchée, s'empare du micro :

— Qui c'est, ce minus complexé qui n'ose même pas se déshabiller et qui nous accuse de simuler ? s'indigne-t-elle.

L'adjudant serre les dents. Minus...

— Vive l'à-poil *attitude* ! Vive l'apoilitude ! scande le Bleuet.

— Vive l'apoilitude ! reprend le public.

L'adjudant Howiller serre les fesses.

— Qu'est-ce qu'on fait, chef ?

— On se replie au village, aboie l'adjudant. L'apoilitude ne passera pas par nous !

37

Une brise annonciatrice de la fin de journée descend de la montagne et fait frissonner les feuilles des aulnes et des peupliers. Sur la scène, Francisco Lolona termine son spectacle. Depuis le reflux des gendarmes, le chanteur enchaîne ses tubes, et la nostalgie a envahi le Martialmatten. On danse. On se donne la main. On chante. On s'embrasse. On se couche. On vit d'amour et d'eau fraîche. Aux rappels, les écrans lumineux des portables prennent le relais des briquets d'avant l'ère numérique. Francisco se donne à fond, ressuscite sa légende oubliée, prouve qu'on peut être ringard et génial à la fois, fraternel, agaçant, insupportable, cinglé et attachant. Il émeut Jean-Pierre aux larmes, époustoufle le Bleuet et subjugue Philippe Dirringer, qui repense en boucle à la nuit du Wasserloch. On voit le soir arriver, on observe les hirondelles raser les herbes, les corneilles s'agiter au-dessus des cimes comme si elles dansaient le jerk, leurs « crôa » mêlés aux « bravo ». Les guitares ont les larmes aux yeux. Et là-haut, la ruine du Schweissberg, rosissante, sourit sur sa colline ravagée ; le Schweissberg où tout a commencé et où tout finira.

Place de la mairie, l'adjudant Howiller, humilié, se tient prêt à lancer la contre-offensive. Il est l'électron libre, il vengera dès ce soir l'affront fait à l'institution. Il placera en garde à vue les responsables des crimes : ce maire décadent, cette femme aux seins turpides et ce vieillard qui simule la folie pour disculper ses comparses.

— Réglez vos montres ! ordonne-t-il. Antoine, vous irez faire diversion au point d'observation que nous avons quitté. Vous reprenez le porte-voix et vous redemandez à ces sauvages de se rhabiller. Pendant qu'ils contesteront votre autorité, avec les autres, nous passerons dans la forêt pour atteindre la scène. Nous prendrons possession des lieux et nous mettrons fin à cette bacchanale répugnante ! Notre mission : interpeller Maria Spiesser, dite « le Bleuet ». Il s'agit de la femme d'âge mûr qui n'a pas cessé d'énerver le sexe fort toute la journée, et c'est elle qui nous a pris à partie. Elle est le suspect numéro un, avec l'espèce d'énergumène nanti d'une écharpe bleu-blanc-rouge qui se prétend maire. On les bouclera pour outrage et incitation à l'émeute contre des agents de la force publique, et on les cuisinera ensuite à la Brigade. Alpaguez-moi aussi l'Ortie ! C'est entendu ?

— Oui, chef…

Ce n'est pas l'enthousiasme général dans les troupes. Surtout du côté du gendarme Antoine, qui se demande comment il tiendra tête à dix mille personnes aux trois-quarts ivres.

— En avant !

L'adjudant n'est pas le seul à fourbir sa vengeance, en cette fin de journée. Roland Fischer attend aussi, tapi dans l'ombre des bois. Le député-maire de Sainte-Anastasie est arrivé à Rieswihr au milieu de l'après-midi. Il s'est aussitôt fondu dans la forêt, en lisière du Martialmatten où se délitent les décibels. De temps en temps, un festivalier nu vient pisser, sans le voir, dans les fourrés. Schwarzkopf a revêtu son costume de député. Il transpire, manipule son pistolet, comme pour accélérer la course des heures, et guette obstinément avec ses jumelles. Il surveille tout particulièrement les tentes montées derrière la scène, se morfondant dans l'attente du moment propice. Il va enlever cette ordure de Fecht et lui faire cracher la vérité. Mais on ne doit surtout pas l'apercevoir. Parfois, l'envie morbide le taraude, de tirer à distance et d'infliger une overdose de plomb aux fêtards qui s'agitent sur le pré sans comprendre qu'ils ont ruiné un beau projet. Mais il résiste. Le coupable, c'est Fecht ; c'est lui qui s'est opposé dès l'origine au village vacances, c'est lui qui a tenté de l'assassiner, lui qui a entraîné les autres dans la contestation. Et c'est lui qui est marié à Lucie, Lucie qui ne veut plus de lui. Elle lui avait offert une seconde jeunesse, elle lui avait fait croire à nouveau à l'amour, puis elle a repris ses distances au nom de son couple et de son amitié avec Florence. Il fera d'une pierre deux coups : il vengera l'intérêt général et il regagnera le cœur de Lucie Fecht, qui aura bien besoin de consolation lorsqu'elle apprendra le décès brutal de son mari.

Dans le cercle des jumelles, il voit soudain avec surprise les gendarmes emmenés par l'adjudant Howiller s'extraire du bois, se précipiter vers l'arrière de la scène, disparaître à couvert des coulisses, et surgir sur scène arme au poing…

— Qu'est-ce que… ?

Fischer bondit. On veut lui voler sa vengeance !

Cette fois-ci, l'effet de surprise joue, et l'adjudant Howiller passe directement les menottes au Bleuet sans chercher à négocier un rhabillage préalable. Les hommes de la brigade prennent le contrôle de la table de mixage. Les enceintes se taisent. Ils sont parvenus à couper le caquet à Francisco Lolona. Le chanteur proteste vertement… Le public aussi… La bronca monte… L'opération commando est un succès militaire, mais elle va déclencher une émeute chez les festivaliers.

— Vous êtes cinglé ! proteste le Bleuet en agitant ses bracelets.

— Vous êtes en garde à vue, madame, réplique l'adjudant en criant pour se faire entendre, tandis que des canettes et des gobelets en plastiques pleuvent sur la scène.

— Libérez les prisonniers ! Les gendarmes dehors ! hurle le public en colère.

— Mais on n'arrête pas quelqu'un parce qu'il est tout nu ! s'exclame le Bleuet.

— Je vous arrête pour outrage à agent de la force publique, et dans le cadre de l'enquête sur la mort de Pascal Geishouse et de Suzanne Seyller, assène l'adjudant, qui cherche Jean-Pierre Fecht des yeux sans le trouver.

Le maire de Rieswihr a disparu. Il a dû s'enfuir…

Le Bleuet reste sans voix. Francisco Lolona se précipite sur l'adjudant pour l'assommer. Il est maîtrisé et envoyé au tapis par un gendarme auxiliaire.

— Vous allez nous suivre sans faire d'histoires, madame, ordonne l'adjudant.

Un larsen vrille les enceintes… Un gendarme vient de rallumer un micro. Howiller fait un signe au public. C'est le moment de son allocution.

— Mesdames et messieurs, je vous demande de vous rhabiller ! La fête est finie ! proclame-t-il sèchement.

— Hoooooouuuuuuu ! Houooooooooouuuuuuu !

Les festivaliers se rebiffent. Les plus téméraires tentent de prendre la scène d'assaut, encouragés par Francisco Lolona lui-même. L'artiste s'est relevé, et ne digère pas d'avoir été frappé.

— Tous sur scène ! hurle-t-il.

L'adjudant, effrayé, pointe son arme de service sur le chanteur :

— Je vous ordonne d'arrêter immédiatement d'inciter à l'émeute !

Il tire un coup de feu en l'air.

Caché derrière la scène, Jean-Pierre Fecht se mord les lèvres, atterré par la tournure que prend le Waldstock. Il était parti chercher un carton de crémant dans les loges, et le temps qu'il refasse surface, l'adjudant s'est invité. Que faire ?

Mais il n'a pas le temps d'inventer la réponse : il sent le tube dur d'un canon de pistolet sur sa nuque.

— Suis-moi sans faire d'histoires, Jean-Pierre !

Pas besoin de se retourner pour savoir. Il a reconnu la voix ronde du député-maire Fischer qui, même dans la mouise, ne parvient pas à se défaire de son élocution onctueuse. Le JiPé se retourne. Schwarzkopf paraît étrangement calme et bonhomme. On dirait qu'il vaque en campagne électorale, sur le marché de Sainte-Anastasie ; sauf qu'il tient une arme, au lieu des tracts à son effigie. Le député dissimule l'automatique sous son veston et desserre légèrement son nœud de cravate.

— Si tu appelles ou si tu essayes de fuir, je te tue, prévient-il.

Philippe Dirringer profite d'une seconde d'inattention de l'adjudant Howiller pour lui chiper le micro. Il le lance à Francisco.

— Calmez-vous, les gendarmes, ou ça va être un bain de sang ! chante l'artiste dans la sono. Calmez-vous et écoutez-moi !

Le cameraman d'une petite chaîne locale câblée filme la scène...

— Manquait plus que ça..., s'effraye l'adjudant, pistolet en main.

Il tergiverse, il ne sait plus quoi faire. Ses hommes et lui sont encerclés, dépassés par le nombre. Il sent que la situation est en train de déraper.

— C'est bon, se résigne-t-il.

— Aaaahhhhh !!! fait le public.

— Posez votre pistolet par terre, chante doucement, a capella, Francisco Lolona, et dites à vos hommes de faire pareil.

— Faites ce qu'il demande, grommelle l'adjudant.

— Maintenant, libérez la prisonnière !

Le gendarme secoue la tête, ennuyé :

— Elle, c'est pas pareil, elle est accusée de meurtre.

— Ouvrez ouvrez la cage aux oiseaux... chante le public.

L'adjudant s'exécute à regret.

Une guitare électrique, hargneuse, grogne. Les musiciens récupèrent leurs instruments.

— Aaaaahhhhh ! fait le public. Enfin la musique !

L'adjudant ne veut pas perdre la face :

— Vous prenez la responsabilité de relâcher une meurtrière dans la nature, monsieur Lolona !

— La nature, c'est mon truc ! lance la présidente de Rieswihr Invitation Nature en remuant ses poignets libérés.

Elle ligote l'adjudant au pied de micro, avec un câble jack.

— Jean-Pierre ! appelle le Bleuet. Jean-Pierre !

— Je l'ai vu dans les coulisses il y a cinq minutes, il était avec un drôle de type en costume qui ressemblait à Dick Rivers, indique un *roadie*.

— Schwarzkopf ! s'exclame le Bleuet, paniquée.

À ce moment, le major Leclerc surgit sur la scène dans son short vert, et trébuche sur l'adjudant attaché au poteau de torture.

— Détachez-moi, espèce d'idiot !

— Si vous le prenez sur ce ton, rétorque le major en plissant les yeux.

À cet instant seulement, il réalise que tout le monde autour de lui, excepté ses collègues de la gendarmerie, évolue dans le plus simple appareil.

— Jean-Pierre a disparu ! Schwarzkopf l'a kidnappé ! crie le Bleuet, affolée.

— Schwarzkopf est ici ? s'enquiert le major.

— C'est Fecht l'assassin ! sermonne l'adjudant ligoté à son pied de micro. Et c'est pour cela qu'il a pris la fuite ! Et cette femme est sa complice ! Je vous ordonne de les arrêter !

Le public recommence à grogner. On n'y comprend plus rien. Le major, se prenant pour Roger Daltrey, balance un coup de genou dans une enceinte qui émet un couinement sec et explose.

— Si ce que vous dites est vrai, Jean-Pierre Fecht est en danger de mort ! lance-t-il au Bleuet. Dans quelle direction sont-ils partis ? demande-t-il.

Le *roadie* esquisse un geste vague qui montre la forêt et les montagnes derrière le Martialmatten.

Une détonation lointaine retentit.

— Regardez là-haut ! vagit Francisco Lolona sans chanter, pour une fois. Regardez ! Sur le Chassebergue !

— Nom de Dieu, lâche le major Leclerc, abasourdi.

Dans le soleil couchant qui roule et rougeoie maintenant sur les Vosges, on aperçoit deux silhouettes se battre en haut du donjon… La lumière est si rasante qu'ils reconnaissent tout de suite l'incroyable coiffure de Schwarzkopf se découpant en ombre chinoise entre les créneaux.

— Oooooooohhhh ! fait le public.

— C'est un festival de musique ou un festival de théâtre ? interroge un spectateur.

— Ce sont eux ! crie le major. Fischer est en train de tuer Fecht !

Il récupère d'autorité le commandement de sa brigade :

— Sainte-Anastasie avec moi ! Tous au Schweissberg, et en vitesse !

38

— Saute, Jean-Pierre ! Allez ! Saute ! intime Schwarzkopf, exaspéré.

Jean-Pierre Fecht, debout dos au vide sur le parapet, palpe son bras gauche et sent ses doigts se poisser. La balle l'a atteint à l'humérus. Il saigne. Il essaye de nouer l'écharpe tricolore autour de sa blessure. Le soleil couchant l'éblouit, il a la gorge sèche et ne distingue plus de son ennemi qu'une silhouette rondouillarde à contre-jour et un halo de flammèches autour de son incroyable brushing. Le vent du soir souffle, il est nu, il frissonne.

— Tu fais moins le fier que sur la scène, hein ? articule Fischer, la voix nouée.

Deux larmes creusent leurs sillons sur ses joues rebondies. Le député-maire de Sainte-Anastasie regarde au loin. Il regarde la flèche du clocher de Sainte-Anastasie, qui dépasse des sapins et se teinte du sang du crépuscule. Il regarde au-delà de la montagne, avec cet air décidé et pugnace qu'adoptent les conquérants résolus à repousser les horizons. Puis, ses yeux reviennent lentement vers le tas de pierres du Schweissberg. Cinquante mètres en contrebas s'étale le chantier abandonné du village vacances. Ils l'ont traversé pour venir ici, et ont fait l'ascension des deux cents marches inégales du donjon.

Dire que ces guignols sont parvenus à faire échouer le projet... Maintenant, tout est sens dessus dessous. Et là où auraient dû pousser quatre cents cottages haute qualité environnementale, il n'y a plus que de la terre arasée, une désolation de branches mortes, des oiseaux perdus et des rochers calcinés : pour rien, un gâchis, un chaos.

— C'était un projet magnifique, dit-il d'une voix déprimée. Il y aurait eu du photovoltaïque partout, une piscine superbe, ouverte à tous... Et une somptueuse éolienne devant nous sur le donjon... Les touristes seraient venus par milliers et toute la région en aurait bénéficié. On aurait sauvé l'écomusée et le Biorama.

— Oui, Roland... concède le maire de Rieswihr, épouvanté.

— Alors pourquoi t'y être opposé ?

— Pour moi, ce n'est pas du développement durable. L'écologie, ce n'est pas ça.

— « L'écologie », « l'écologie », tout le monde n'a plus que ce mot à la bouche, tout le monde en parle. Mais dès qu'on fait quelque chose, il n'y a plus personne, et ce n'est jamais assez vert ! accuse Fischer, amer.

— Je suis de ceux qui croient qu'il faut associer les citoyens aux choix.

— Mais moi aussi !

— Sur ce coup, tu ne l'as pas fait, Roland.

— Tu m'en veux, Jean-Pierre. Tu m'en as toujours voulu. Tu as toujours jalousé ma réussite.

— Tu te trompes Roland, ment le JiPé. Il n'y a rien de personnel, c'est un désaccord politique... Si on excepte Lucie.

Fischer a un sourire équivoque :

— Lucie… Tu n'as pas supporté que ta femme soit ma maîtresse, hein ? C'est pour ça que tu m'as fait chanter, salaud… Et que tu as essayé de me tuer en sabotant ma voiture !

Son ton s'est durci. Il serre fermement son pistolet.

— Je t'assure que je ne t'ai jamais fait chanter… proteste le Jean-Pierre.

— Menteur ! articule Fischer. Depuis le début, tu essayes de me faire cracher au bassinet pour te venger. Parce ce que j'ai voulu faire de ce champ de ruines un palace écologique, et que tu ne supportes pas que d'autres que toi agissent. Tu avais tout à gagner en me faisant crever, salopard ! Tu aurais eu le champ libre pour les législatives et la CoCoCo, et tu aurais récupéré ta femme !

— Tu te trompes, lâche Fecht. Ce n'est pas moi !

— Tu as essayé de me tuer ! Comme tu as fait tuer les autres !

— Mais c'est faux, Roland ! Tu délires !

— C'est toi qui délires ! Tu as saboté ma C6 et c'est mon chauffeur que tu as assassiné !

— Je te jure que non ! Pourquoi j'aurais fait ça ?

— Parce que tu ne supportais pas que je couche avec ta femme ! Parce que tu ne voulais pas du projet de village vacances ! Parce que tu ne supportes pas qu'on soit plus écologiste que toi ! Et parce que Super Écolo, c'est moi !

Jean-Pierre Fecht soupire, impuissant et las.

— On ne tue pas quelqu'un pour ça…

— Si !

Schwarzie se rapproche. Il applique le canon de l'arme sur le front de son rival.

— Saute, crapule !

39

— Lâchez votre arme, Fischer !

D'un geste réflexe de protection, Schwarzkopf saisit Jean-Pierre et le propulse en bouclier devant lui, en même temps qu'il maintient son arme braquée sur le crâne de son ennemi.

— Un pas de plus, major, et je tue ce salopard ! menace-t-il.

Il n'a pas entendu le major Leclerc, son escouade de gendarmes traverser au pas de course les ruines du Schweissberg et s'engouffrer dans l'escalier en colimaçon. Les artistes et le public suivent. Schwarzkopf reconnaît pêle-mêle la foule des festivaliers, Francisco Lolona, une guitare folk en bandoulière, le Bleuet, une paire de menottes dans la main droite, la vieille baderne hébétée et ennuyeuse de la Société d'Histoire Locale de Rieswihr et Environs, qui menace de castrer accidentellement ses comparses avec son épée ; ils sont filés par une ribambelle de spectateurs tous plus nus les uns que les autres, à croire que le Club Vosgien organise la première randonnée nudiste de son histoire au château du Schweissberg.

Et ça ne s'arrête plus : l'escalier n'en finit pas de vomir son flot d'hommes et de femmes ; même le Chean-Paul, le corpulent patron du Lion Rouge, pourtant favorable au départ au village vacances, déboîte du trou noir, béant, suffocant et nu. Ils se tiennent tous sur la plate-forme du donjon, et on en entend encore monter les marches. Le député-maire est cerné d'électeurs, dont les rangs ne cessent de grossir ; une foule bavarde, curieuse et d'humeur joyeuse, venue poursuivre sur le Schweissberg le festival du Martialmatten. Jamais dans son costume trois-pièces, Fischer ne s'est senti aussi seul, atrocement seul et foutu. « Pour la discrétion de la vengeance, on peut dire que c'est raté », constate-t-il, déprimé.

— Faites-les tous descendre ou je fais un carnage ! vocifère-t-il.

— Empêchez les autres de monter ! ordonne le major Leclerc. Il est armé !

Le brushing bleu argenté oscille dans la brise vespérale. Avec son pistolet chromé qui brille, Schwarzkopf ressemble à un James Bond du monde rural. Le major se dit que le député va faire comme Roger Moore : il va siffler un hélicoptère et s'enfuir, accroché aux patins de l'appareil, vers la plaine d'Alsace, en montrant ses dents blanches.

— Empêchez-les de monter ou je tire dans le tas ! s'énerve Fischer, mortifié.

Mais la foule en goguette continue de s'agglutiner… c'est une cohue sans fin que crache la vis de l'escalier… Il est devenu impossible de faire rebrousser chemin à ceux qui sont en-haut. Et il est tout aussi impossible de contenir le flot de ceux qui montent. Le major pense avec une pointe d'inquiétude que le château n'a jamais connu un tel siège et qu'il ne résistera pas longtemps ; surtout que Schwarzie menace de péter un câble d'une seconde à l'autre ; et de provoquer un vent de panique.

— Je ne peux rien faire, Fischer… Voyez vous-même… constate-t-il, penaud.

— C'est une affaire privée ! proteste le député-maire. Pas un meeting électoral !

Il ne sait plus quoi faire...

Il voulait la solitude d'un huis clos. Il se retrouve face à des centaines de personnes qui, pour certaines d'entre elles, l'ont élu député. Il voulait que Jean-Pierre Fecht s'amende devant lui, s'élance dans le vide et s'écrase sur les rochers au pied du Schweissberg comme Pascal Geishouse : le voici, lui, Fischer, à un contre mille, acculé au désespoir...

Tout est fichu. Tout se saura.

Sa carrière est ruinée. Il hésite maintenant à précipiter le mari de Lucie dans le vide puis à retourner l'arme contre lui.

Le major s'essaye à la psychologie :

— Posez ce pistolet, Roland... Je n'ai rien contre vous. Et si vous voulez la vérité j'ai même voté pour vous, aux dernières législatives, ment-il.

— Mon œil ! renifle Fischer...

— Allez, Roland, il y a déjà eu trop de dégâts. Donnez-moi votre arme... Rendez-vous.

— C'est Fecht l'assassin, ce n'est pas moi ! crie Fischer. C'est un psychopathe ! C'est lui qui a assassiné son propre agent municipal et son adjointe ! Parce qu'ils étaient avec moi ! Et il a ensuite essayé de me tuer en sabotant ma voiture ! Il m'a déshonoré ! Il doit mourir !

Fischer pousse Jean-Pierre Fecht vers le parapet

— Saute, charogne !

— Non... murmure le Bleuet, qui retient son souffle.

L'Ortie grommelle un : « sacrilège, sacrilège » au ton mauvais. Pour qui se prend-il, ce paltoquet au brushing mou ?

— Aime-moi… chantonne Francisco Lolona pour détendre l'atmosphère et calmer sa propre angoisse.

— Non, Fischer ! C'est vous qui avez tué Pascal Geishouse, Suzanne Seyller et Loïc Felzach ! réplique le major. Parce qu'ils vous faisaient chanter ! J'ai tout découvert ! Vous êtes l'amant de Lucie Fecht !

— Oooooh… fait le public abasourdi par ces révélations.

— C'est faux ! hurle Fischer, fou de rage. C'est insupportable !

Il se tient au bord du vide avec Fecht. Les festivaliers retiennent leur souffle. On se croirait au festival annuel de théâtre amateur, sur la scène de l'Agora quand, les nuits d'été la Compagnie du Chat qui Dort interprète un drame shakespearien ou une tragédie de Sophocle.

Schwarzkopf s'apprête à enjamber le créneau et à plonger avec son rival… quand une voix féminine retentit désespérément :

— Non, Roland ! Non ! Ne fais pas ça ! implore soudain une Desdémone.

— Florence ? balbutie Schwarzkopf éberlué.

C'est Florence Fischer, son épouse, la fille du député conservateur Modeste Schaeffer, qui ne doit plus cesser de se retourner dans son caveau au cimetière de Sainte-Anastasie. Sa fille s'est frayée une voie dans la foule nue. Pâle dans la nuit qui tombe, échevelée, vêtue d'une robe d'été blanche et virginale dont l'ourlet tombe sur ses chevilles, elle s'avance entre les corps, laide, terrible, douloureuse et belle.

— Chéri ! crie-t-elle, ne fais pas ça je t'en supplie !

Le major l'intercepte :

— Madame le député-maire…

— Mais qu'est-ce que tu fais ici, Florence ? bredouille Fischer, hébété.

Il est en suspens sur le muret, entre deux créneaux, entre la vie et la mort, accroché fermement au Jean-Pierre.

— Je t'aime, Roland !

— Le moment est peut-être mal choisi, madame, rouspète le major Leclerc.

Florence Fischer regarde le gendarme dans les yeux, puis l'arme dans la main de son époux. Elle livre ses poignets d'un geste résolu :

— Mon mari est innocent ! C'est moi qui les ai tous tués, déclame-t-elle.

Un murmure perplexe traverse le public.

C'est au tour du major de se gratter la casquette...

— Attendez... Attendez... madame le député. Tuer qui ? s'enquiert-il.

Pourquoi Florence Fischer vient-elle tout compliquer au moment où la situation se décante ?

— Pascal Geishouse, Suzanne Seyller, dit-elle. Et Loïc Felzach, le chauffeur de mon mari, qui avait tout manigancé.

— Florence... lâche Fischer.

— Et c'est vous, avec vos petites mains, qui les avez tués ? s'étonne le major incrédule.

— Oui, major. Mon mari n'y est pour rien. J'ai voulu le protéger.

— Ma femme perd la raison ! s'époumone Fischer. Elle invente cela pour me sauver ! Je t'aime, Florence ! Je t'aime !

— Je t'aime, Roland ! lui répond-elle avec une inflexion de tristesse mêlée de tendresse.

— Ils s'aiment, c'est beau... fait le public ému.

— Je suis innocent ! Je suis innocent ! proteste alors le Jean-Pierre.

Le mot de trop :

— Innocent ? hurle Fischer. Menteur ! Salaud ! Tu as détruit ma vie ! gronde-t-il, hors de lui.

Et il pousse son rival dans le vide.

— Oohhhh… lâchent les festivaliers stupéfaits.

— Nooooonnnnnnn ! hurle le JiPé, dans un long cri d'agonie qui traduit le vertige de sa chute…

— Cela devait finir ainsi…, murmure Fischer en lâchant son arme.

Le major se précipite.

On voit des doigts se crisper sur le rebord du donjon : Jean-Pierre !

— Aidez-moi ! se lamente-t-il. Au secours !

Il a réussi à s'agripper au muret.

Fischer bondit et lui écrase les phalanges avec ses chaussures.

Florence Fischer en profite pour échapper au barrage du major et venir se jeter aux pieds de son mari :

— Pardonne-moi, Roland ! Pardonne-moi ! Il est innocent ! Je te le jure sur la tête de Papa ! C'est moi qui les ai tués !

— Florence ! pleure Fischer.

— À l'aide ! supplie Jean-Pierre Fecht.

Un nouveau vacarme résonne dans l'escalier du Schweissberg. Une seconde femme surgit d'entre les festivaliers.

— Jean-Pierre ! Jean-Pierre ! Pardonne-moi !

Cette fois-ci, c'est Lucie Fecht, L'épouse de Jean-Pierre et la maîtresse de Fischer. Elle s'est débarrassée de la garde de la majorette.

— Où est mon mari ? demande-t-elle d'une voix blanche.

— Par ici, fait le major en lui montrant, ennuyé, le vide et les phalanges.

— À l'aide ! hurle Jean-Pierre.

— Chéri !

Lucie Fecht s'élance.

— Aaaahhhh ! hurle le Jean-Pierre, qui lâche prise à ce moment.

— JiPé ! vagit sa femme.

— Lucie... crie-t-il en tombant.

— Lucie... se désespère également Schwarzkopf.

— Roland... pleure Florence.

Lucie Fecht flanche. Francisco Lolona, toujours nu comme un ver, se précipite avant qu'elle bascule à son tour dans le vide. « Une jolie femme », songe-t-il, et l'air entraînant de "Aime-moi comme je t'aime" lui revient en tête.

— Chef ! Chef !

Cette fois-ci, la cage d'escalier accouche de la majorette exténuée :

— La mère Fecht m'a faussé compagnie !

— Trop tard, constate le major, résigné, avec une tête d'enterrement.

— Descendez tous ou je vous tue ! hurle alors Schwarzkopf, que la mort de son rival ne parvient pas à apaiser.

Le député-maire vient de s'emparer du pistolet de la majorette. Il écume.

— Roland ! crie sa femme. Tu es innocent !

Sur le donjon, la stupeur et la confusion règnent.

Le major se prend à douter. On file droit vers un dénouement catastrophique, et cela va encore se retourner contre lui. Cette fois, l'adjudant Howiller et le capitaine Schlumpf vont l'écrabouiller, il sera viré *ad vitam aeternam* et sans pension de retraite.

— Descendez tous et laissez-moi avec Lucie ! hurle Schwarzkopf, qui perd la tête.

— Roland... ânonne sa femme, crucifiée.

— On ferait peut-être mieux de retourner en bas..., jauge le Chean-Paul, qui a la trouille, vu qu'il fait deux fois la circonférence d'un Rieswihrien normal, et que par conséquent une balle perdue a statistiquement plus de chance de terminer chez lui que chez ses voisins.

— Laissez-moi parler à mon mari ! supplie Florence Fischer.

Le major cligne ses yeux de baroudeur, réfléchit...

— Fischer, donnez-moi votre arme !

— En voilà assez ! bouillonne l'Ortie, furieux.

Le vieux Morand n'en finit plus de ronger son frein... Voilà cinq minutes qu'il malaxe fiévreusement la poignée de l'épée que personne n'a songé à lui confisquer, et que l'envie lui tord les tripes de laver dans le sang ce pitoyable spectacle son et lumière. Toute la généalogie médiévale stratifiée dans ses artères se réveille et crie haro. La situation est devenue insoutenable.

— Assez de sacrilèges ! explose-t-il en brandissant l'épée.

— Ooooohhhh... fait la foule, terrifiée.

Il bouscule le major et fonce vers Fischer :

— On ne déshonore pas le logis d'Harold de Burckheim ! Montjoie Saint-Denis !

Un choc sourd. Schwarzkopf s'écroule.

Les festivaliers médusés reculent...

L'Ortie l'a coupé en deux de la tête au pied comme le veut l'usage rieswihrien du XIIIe siècle relaté dans le numéro vingt-six de la revue historique du canton de Sainte-Anastasie. On voit avec terreur le chevalier élever une seconde fois son bras séculier, le fer scintiller dans le ciel crépusculaire, et la lame retomber d' un coup d'un seul sur le brushing de Schwarzkopf…

— Ooooooohhhh…

Schwarzie s'est affaissé sur la pierre brune du Schweissberg. Dans sa chute, son brushing s'est… détaché ;

L'Ortie ricane et pique victorieusement le cadavre de la pointe de sa rapière.

— Il l'a décapité… chuchote Francisco Lolona, épouvanté.

— Non ! Ce sont ses cheveux ! affirme le Bleuet en se serrant contre le chanteur.

— C'est le LSD, disent les festivaliers qui ont croisé l'Ortie sur le Martialmatten.

Florence Fischer se précipite :

— Roland !

L'Ortie exulte. Mais, déséquilibré par tant de bonheur, il chancelle, trébuche et… se casse la figure sur la plate-forme. Il tombe sur le crâne, son épée rebondit en tintant à côté de lui.

À ce moment, Schwarzkopf, qu'on croyait mort, émet des borborygmes…

— Il ne l'a pas décapité ! C'est une perruque ! crie Francisco Lolona.

— Chéri !

Florence Fischer serre son mari dans ses bras. Mais Schwarzkopf est aux abonnés absents. Dans les limbes, il reprend l'air souriant et bonhomme de ses affiches électorales. Il n'entend pas sa femme se lamenter et lui dire en pleurant :

— C'est pour toi que j'ai fait tout ça, mon amour. C'était pour toi, pour te préserver.

— Il va falloir me suivre, madame le député-maire, dit le major Leclerc en lui posant une main à la fois ferme et compassionnelle sur l'épaule.

Il est soulagé ; il retrouve son rôle.

Mais un cri monte du vide...

— Au secours ! À l'aide !

Le Bleuet, qui a reconnu la voix, se précipite vers le parapet :

— Venez ! C'est Jean-Pierre ! Il est vivant ! hurle-t-elle.

Jean-Pierre Fecht est cette fois suspendu dans le vide, accroché entre un énorme pied de lierre et un pin montagnard, qui ont stoppé sa chute et sauvé sa vie.

— Aidez-moi ! supplie-t-il.

— Il est vivant ! pleure le Bleuet en secouant sa poitrine de joie.

— Je vous suis, major, dit Florence Fischer.

— Hein ? fait le major, qui ne sait plus où donner de la tête.

— Quel jour on est ? demande l'Ortie.

Le président de la Société d'Histoire Locale de Rieswihr et Environs se frotte le crâne. Il a l'air calme. On dirait qu'il se demande pourquoi il y a autant de monde au Schweissberg. Un regain d'intérêt pour l'histoire médiévale ? Il s'en félicite.

— Un instant, madame, dit le major désolé à Florence Fischer.

On lance une corde. Le maire de Rieswihr est remonté. Il s'abat sur la plate-forme du donjon.

Florence, très digne, s'agenouille, embrasse son mari sur les paupières et se livre à nouveau au major qui revient.

Un écho lointain flotte alors dans la nuit tombante...

— Taisez-vous ! ordonne le major à la foule.

Au loin, depuis le village dont les maisons bleues paraissent fraternellement serrées les unes contre les autres comme les chatons d'une même portée gagnés par le sommeil, les hurlements d'une voix aigre et colérique montent et viennent ricocher jusqu'à eux contre les murs du château.

Chacun tend l'oreille...

— Qu'on vienne me détacher ! entend-on distinctement à la faveur de la brise. Je suis l'adjudant Howiller !

Le major sourit et se tourne vers Florence Fischer.

— Y a pas urgence, commente-t-il à l'attention de Bouafia.

Ce soir, la loi c'est lui, rien que lui. Le Code Pénal peut aller se rhabiller, et les autres, rester à poil.

Épilogue

Ce soir-là tout le monde a pu remettre son slip à temps pour assister au bûcher de la Saint-Jean. Les flammes ont longtemps illuminé la nuit, puis on est allé se baigner avec les carpes dans le Wasserloch. Il n'y a pas eu de nouveau mort, et tout le monde est redescendu au village sans que le Schweissberg s'effondre. Tout le monde, sauf le député Fischer, qui est parti entre deux ambulanciers pour la maison de repos, et son épouse Florence qu'attendait la prison plus fidèlement qu'une Pénélope. Ce n'est pas juste mais, dans ce genre de circonstances, c'est rarement juste. La plus réservée des femmes peut se transformer en abominable criminelle quand elle souffre, et après tout, on peut la comprendre, à défaut de la défendre, car ni Pascal, ni Suzanne, ni le chauffeur de son mari ne méritaient de mourir.

Vu qu'il y avait quand même quelques milliers de témoins qui avaient assisté au dénouement et qu'il serait difficile d'étouffer l'affaire, le major Leclerc, après avoir entendu Florence Fischer à la mairie dans le bureau reconquis de haute lutte par Jean-Pierre Fecht, a consenti à livrer une version publique définitive de l'affaire à l'Agora. Il s'agit des faits tels qu'avoués par l'épouse du député-maire. Il a accepté de tout raconter à la condition *sine qua non* que les festivaliers se rhabillent; question de décence: même les Grecs ne discutaient pas des affaires publiques en tenue d'Ève.

On a rouspété un peu pour le principe. Puis tout le monde est retourné au Martialmatten ramasser ses vêtements. Le Bleuet, triomphante et magnanime dans son pantalon de cuir, en a profité pour libérer l'adjudant Howiller, et l'a expédié d'un coup de pied au derrière vers la limite extérieure du ban communal, certaine que le major Leclerc témoignerait en sa faveur, si d'aventure ce foutriquet affirmait avoir été séquestré. Puis on s'en est retourné vers l'Agora pour connaître la vérité.

Là-bas, on a allumé les réverbères basse consommation, et tout le monde s'est assis sur les marches de l'amphithéâtre. Le major, qui avait cru dur comme fer à la culpabilité de Schwarzkopf, à cause de la vieille rivalité l'opposant au Jean-Pierre, a mangé sa casquette sans se dégonfler.

— Florence Fischer était depuis deux mois la cible d'un chantage pas reluisant, a-t-il commencé sous la pression du public.

On aurait dit un acteur à la dernière scène du dernier acte.

— Pascal Geishouse lui réclamait une forte somme: un million d'euros, « son million ». Car il se dit dans le pays que la femme du député-maire conserve une telle somme dans un coffre à la banque, trésor hérité de feu Modeste Schaeffer son père. En cas de refus, Pascal menaçait de dévoiler aux habitants de Sainte-Anastasie l'adresse d'un site internet où ils pourraient regarder Schwarzkopf s'ébattre avec Lucie Fecht, la femme de monsieur le maire. Excusez-moi, monsieur Fecht...

Jean-Pierre Fecht a perdu un peu de son sourire extatique.

— Mais Florence Fischer n'a pas supporté la perspective du scandale et de l'humiliation, a poursuivi le major. Elle a considéré que Schwarzie, son député-maire de mari, ne s'en relèverait pas, perdrait ses mandats électoraux, et ternirait de la façon la plus honteuse qui soit l'héritage de Modeste Schaeffer. Florence Fischer, aussi conservatrice que son père, a commis une dramatique erreur d'appréciation. Elle était obnubilée par la réaction des gens. C'était, et je formule là une opinion personnelle, mal jugé de sa part, car m'est avis que nous vivons une époque où le ridicule ne tue plus personne. Mais à Rieswihr, mesdames et messieurs, la peur du ridicule a tué trois fois.

On a entendu un murmure approbateur dans l'Agora. Le major a marqué une pause.

— Il y a eu trois victimes, mais il n'y a qu'un seul assassin, ou plutôt qu'une seule *assassine*, a-t-il repris. Le député Fischer, malgré les fameux réseaux qui font sa force et sa fierté, n'était pas au courant du chantage exercé sur son épouse par Pascal. Pour sauver son propre honneur tout autant que pour préserver la réputation et la carrière de son mari, Florence n'a discerné d'autre issue que de fixer rendez-vous à Pascal au Schweissberg le soir de la réunion publique Bois & Loisirs, tenue ici même, à l'Agora. Elle lui a fait croire qu'elle venait avec le fameux million. Là-haut, elle l'a frappé et poussé dans le vide. Les experts affirment que Pascal est mort sur le coup. Il n'a donc pas pu tracer les trois lettres SCH relevées sur la pierre du donjon, et qui sont les trois premières lettres de « Schwarzkopf ». C'est probablement Suzanne Seyller qui les a inscrites avec le sang de son amant, pour mettre les enquêteurs sur la piste du député-maire. Pascal Geishouse, qui espérait palper son million, lui avait donné rendez-vous au château ce soir-là. Et en arrivant, Suzanne a découvert son corps. Mais des « SCH » par chez nous, on en a plein les armoires… Et puis la représentation nationale est ce qu'elle est, mais quand-même, on ne soupçonne pas comme ça un député de meurtre. Alors la Gendarmerie n'a pas tout de suite pensé aux Fischer, d'autant qu'à ce moment on ignorait tout de ce scabreux chantage, l'affaire semblait inexorablement tourner autour du projet de village vacances qui divisait Rieswihr et opposait Roland Fischer à Jean-Pierre Fecht.

Le major Leclerc a agité un pouce vers son gosier. Il avait la pépie. Une bouteille d'edelzwicker, miraculeusement intacte après cette folle journée, a voyagé jusqu'à l'estrade. Le major a extrait un couteau suisse de la poche de son short, puis déplié le tire-bouchon. Il y a eu un « plop » sympathique, qui a donné soif à tout le monde. Il s'est rincé la bouche, a transmis la bouteille au public, et a repris son exposé :

— On aurait pu en rester à cet unique cadavre, et tout le monde aurait été content. Seulement, Suzanne a été contrainte de continuer le chantage malgré la mort de Pascal.

Le major a reniflé avec vanité et plissé les paupières pour capter l'attention de l'auditoire et mettre en valeur son fameux flair.

— Je dis "contrainte", car j'ai l'intime conviction que Suzanne aurait préféré tout arrêter et se calfeutrer chez elle dans son chagrin, avec son mari. Après la mort de son amant, ses projets de lune de miel étaient tombés à l'eau, et elle n'avait pas l'étoffe d'une *maître chanteuse*. Mais Florence Fischer, débarrassée de l'agent communal, a vite compris que Pascal Geishouse n'était pas seul, qu'il avait un complice. Elle n'avait pas retrouvé sur lui, ni à son domicile ni à son bureau, les photos scandaleuses. En apprenant par « radio Rieswihr » que Suzanne était la maîtresse de Pascal, et que les deux tourtereaux, qui ne sont pourtant pas des perdreaux de l'année, projetaient de quitter Rieswihr, Florence a conclu que l'adjointe au maire était la complice en question. L'était-elle ? Sans doute. Jusqu'à quel point ? On ne le saura jamais... J'ai dit tout à l'heure que la Suzanne agissait sous la contrainte... Mais sous quelle contrainte, me direz-vous ? Sous la contrainte de l'amour d'abord, pour venger Pascal. Et surtout sous celle d'un troisième lascar, le cerveau du chantage, j'ai nommé Loïc Felzach, le chauffeur du député Fischer. C'est lui qui avait la confiance de son maître ! Il le servait depuis des années, il le conduisait à droite à gauche, se soumettait sans faillir à son devoir de confidentialité ! Et c'est lui qui avait donc connaissance des rendez-vous amoureux entre Fischer et Lucie Fecht ! C'est donc lui qui a piégé le couple illégitime en installant un appareil photo dans l'appartement parisien du député ! Mais Loïc Felzach ne voulait pas s'exposer. Le cerveau avait besoin de bras. Raison pour laquelle il avait contacté Pascal, qu'il connaissait pour avoir accompagné plusieurs fois Fischer à la mairie de Rieswihr, et dont il soupçonnait les besoins d'argent. On le sait, Pascal a eu la mauvaise idée d'accepter. Et à sa mort, Loïc Felzach a obligé Suzanne à recontacter Florence pour mener le chantage à son terme. Florence s'est donc rendue chez la maîtresse de Pascal Geishouse dans l'intention de l'assassiner. Elle n'en a peut-être pas eu besoin, c'est en tout cas ce qu'elle m'a affirmé. Car un orage "providentiel" s'est abattu sur Rieswihr et a transformé les rues en torrents de boue. Suzanne a été retrouvée noyée dans sa cave.

Après ce coup de pouce du Destin, Florence a cru pouvoir enfin respirer car elle ignorait encore l'implication du chauffeur de son mari. Et bien qu'elle n'ait pu récupérer les photos compromettantes, elle pouvait espérer que celles-ci dorment quelque part dans une cachette ignorée de tous, et s'être enfin sortie du cauchemar. D'autant que rien ne permettait alors de la relier aux deux morts, et que la rivalité haineuse qui oppose le député Fischer à Jean-Pierre Fecht créait suffisamment de confusion pour embrouiller les enquêteurs. Devant la mort de ses deux complices, Loïc Felzach, lui, a compris que quelque chose clochait et qu'il fallait accélérer la manœuvre. Il savait pour le côtoyer que son patron n'était pas au courant du chantage exercé sur sa femme. Il soupçonne donc rapidement Florence Fischer, dont il peut surveiller les déplacements, d'être l'auteur des meurtres. Sans plus se cacher derrière des exécutants, il vient la trouver directement et joue son va-tout : « Tu me donnes mon million ou je dis aux gendarmes que tu es la meurtrière », déclare-t-il tranquillement.

Florence, tétanisée, comprend qu'elle s'est enferrée et qu'elle est prise au piège. Elle croyait que c'était fini, mais c'est un cauchemar sans fin. Alors, elle a l'idée de saboter la direction de la Citroën de fonction de son mari. Ce n'est évidemment pas son conjoint adultère qu'elle vise, Florence Fischer aime son mari et veut protéger sa carrière. C'est Loïc qui doit mourir. Elle lui fixe rendez-vous un soir. Elle sait qu'il empruntera la C6 de son mari. Le rendez-vous est fixé à Colmar, pour plus de discrétion. Elle promet de lui remettre l'argent le soir même, contre les photos. Dans un virage, Felzach, qui roule vite et est éméché, perd le contrôle de la C6, dont la direction ne répond plus, et pour cause. Il se tue contre un chêne. Florence Fischer est débarrassée du maître chanteur… Mais les photos doivent toujours être dans la voiture… Et, de crainte d'éveiller les soupçons, elle n'ose pas se rendre elle-même au garage Meister, où la Citroën accidentée a été remisée. Le hasard veut que le lendemain, Jean-Pierre Fecht…

Fecht a sursauté sur sa chaise et est sorti de sa rêverie, mal à l'aise, tandis que les regards convergeaient vers lui.

— … rende visite à Florence pour lui dire qu'il sait que son mari la trompe avec sa femme. Cela, Florence Fischer le sait, évidemment. Mais elle réalise que le mari de Lucie ignore totalement l'existence des photos. Une aubaine pour elle. Elle le lui dit, affirme qu'elle avait rendez-vous ce soir-là avec Felzach, et le convainc d'aller au garage Meister inspecter la carcasse de la Citroën où se trouvent probablement les clichés. N'est-ce pas, monsieur Fecht ?

Penaud, Jean-Pierre a affronté les spectateurs.

— Oui, articule-t-il. Je m'étais engagé à aller au garage Meister. Mais…

— Mais quoi ?

— Après, j'ai réfléchi, et j'ai appelé Roland Fischer pour lui dire que je savais tout, que nous étions tous les deux concernés et que nous avions tous les deux intérêt à récupérer les photos…

— Et vous y avez été ?

— Non, admet le JiPé.

— Vous aviez alors une idée derrière la tête… a ajouté le major.

Le Jean-Pierre a fait l'innocent :

— Je ne comprends pas, major…

— Alors, je vais vous expliquer, a rétorqué le gendarme en s'asseyant à côté de lui. Vous avez soupçonné un chantage. Et en envoyant Roland Fischer au garage Meister, vous faisiez de lui un suspect. Vous espériez ainsi vous venger de l'amant de votre épouse et vous débarrasser du député pour avoir le champ libre aux prochaines élections.

— C'est faux... a dit le Jean-Pierre, pas fier.

— Roland Fischer est alors formellement identifié par le gérant du garage, poursuit le major. Malheureusement pour lui et Florence Fischer, les photos ne sont pas dans l'épave. Peut-être ont-elles été détruites dans l'accident ? Non. La carte-mémoire qui les contient toutes est cachée dans l'appartement de Pascal Geishouse, dissimulée dans un refuge que personne ne soupçonne : le djembé communal. Loïc Felzach la lui avait remise pour ne pas se compromettre et Pascal n'avait parlé à personne de sa planque.

Le major Leclerc s'est rengorgé :

— Il faudra donc la sagacité d'un simple major de gendarmerie, dont je tairai le nom par modestie, pour retrouver les photos et qu'éclate enfin au grand jour la vérité et le mobile des trois crimes.

Le major a guetté les applaudissements mais on n'applaudit pas dans ce genre de circonstances sanglantes. Déçu, il s'est rassis tandis que le public commentait l'affaire.

Alors le JiPé, dans ses petits souliers, vu qu'il ne s'était pas vanté d'avoir voulu mettre Schwarzkopf dedans, a dit merci à tout le monde. Il a embrassé l'Ortie, qui avait retrouvé ses esprits, le Bleuet, Francisco Lolona et Philippe Dirringer, les a salués ainsi que le public pour leur mobilisation et leur soutien tout au long des semaines qu'avait duré l'imbroglio, et a eu une pensée pour le Pissenlit, qui les avait quand même bien aidés à faire reculer Bois & Loisirs, ses cottages HQE, son aqualude tropical et son éolienne géante.

Le Chean-Paul, vexé qu'on l'oublie, a gueulé que c'était lui qui avait saboté les engins sur le chantier mais personne ne l'a cru.

Le JiPé a donc dit que, parfois on n'agit pas comme on aimerait agir, et qu'il aimerait bien aussi qu'on pardonne au Pissenlit quand il sortirait de prison. Il a donné rendez-vous à tout le monde au *Fackel,* où les conscrits, ronds comme des queues de pelles, attendaient depuis deux heures en maudissant la Gendarmerie et la Justice, qu'on vienne enfin allumer le bûcher. Cette nuit-là, les flammes ont dansé longtemps et dévoré de gros morceaux de ciel noir. Le brasier consumé, on est allé au Wasserloch pour un dernier verre de l'amitié. Le Jean-Pierre, qui pense toujours aux élections, a promis de lancer un référendum sur l'avenir du Schweissberg, et il a dit qu'il allait renoncer à son projet d'écohameau si les gens préféraient voir la forêt repousser. Mais il avait un petit coup dans le nez, et des choses à se faire pardonner, alors faudra voir à voir. Il a aussi juré à Francisco Lolona d'organiser un second Waldstock l'année prochaine avec l'aide de tout le village. Nous, on est allés se baigner et faire « plouf » avec les carpes. On était tellement nombreux que le Wasserloch a débordé. Et ça a été un beau spectacle de voir le Chean-Paul tenter d'enlacer le Bleuet sur la berge... et se faire expédier à la baille dans l'hilarité générale, comme trois semaines auparavant, lorsque le village vacances avait déclenché la guerre civile au village.

Ouvrage réalisé sur des papiers issus de forêts gérées durablement.

IMPRIM'VERT®

Première édition - deuxième tirage

—

Achevé d'imprimer en novembre 2013
par Présence graphique à Monts (France)
Dépôt légal 4e trimestre 2010
ISBN 978-2-84574-098-3

—

Composé en *Arno Pro* par Le Verger Éditeur
Couverture de Vlou – www.vlou.net

Le Verger Editeur – 67140 Barr – France

—